新典社選書80

説話の中の僧たち

京都仏教説話研究会 編

新典社

まえがき

古典の読み方というものは、ひとつの視点に限られているわけではない。

本書は、日本の古典作品、特に古代・中世の説話に登場する「僧」の描かれかたについて、考察を加えた論集である。とりあげた作品は、いわゆる仏教説話集だけでなく、世俗説話集、史書、軍記、仏画などにも及んでいる。

古代・中世の世界は、大なり小なり仏教的世界観によって意味づけられているが、それぞれの作品の性格、編まれた時代、環境により、仏教や仏教修行者のありかたはまったく違う。

そこで、第一部では、説話集における多様な「僧」（仏教修行者）をとりあげた。大寺で学を修めた名僧もいれば、世俗のなかで生きた僧もいる。山林に分け入り、信仰を全うする聖もいれば、奇行、狂惑のふるまいで他者を圧倒する怪僧もいる。逆に言えば、それぞれの作品における「僧」の語られ方を通じて、作品研究に迫ることもできるだろう。

さらに第二部では、「僧」をめぐる説話の分析から、背景となる歴史、社会を考察した論考を集めた。現在の説話研究は対象となる作品が拡大し、これまで文学研究の対象とはならなかった寺社資料や、古記録、絵画なども注目されている。そのことにともない、歴史学、宗教学、民俗学などの隣接諸分野を巻き込み、学際的な知見から研究が展開されている。ここではその最新の成果が反映されている。

説話研究の入門として手に取っていただければ幸いである。

加美甲多
久留島元

目 次

2 僧の説話と社会

1　説話集の中の僧たち

『今昔物語集』震旦部の位置
―― 聖と外道のいない国 ――

久留島 元

今昔物語集の「魅力」

『今昔物語集』*は日本最大の説話集である。(1) 全三一巻、うち巻八、一八、二一の三巻は欠巻で、おそらくはじめから成立しなかったと考えられるが、それでも一〇〇〇話以上がおさめられている。正確な数がわからないのは、標題だけの説話や、一部が欠脱し失われた説話などがあり、数え方に大小のあるためである。そのほか、漢字表記や数字、固有名詞をのちに書き入れるつもりだったらしい空白（欠字）が全体に散見され、なんらかの事情により未完に終わった作品とされる。編者の名は伝わらず、序跋も記されていない。そのため編纂の主体、目的は不明である。さまざまな点から成立は一一一〇年ごろ、*法相《ほっそう》宗系の学僧がかかわったという説が有力だが、[2]決定的ではない。

未完ながら、作品全体はきわめて整った分類方針に貫かれている。まず、さまざまな出典をもつ説話をすべて「今ハ昔」で始まり「トナム語リ伝ヘタルトヤ」で閉じる形式に統一する。ちなみに本作は歴史的に「今昔物語」の名で呼ばれることもあったが、現在は「今ハ昔」の物語を集めた作品という意味で、もっとも重要な写本である鈴鹿本につけられた『今昔物語集』（以下、『今昔』と略す）の書名を用いることが、研究上の常識である。

『今昔』は巻一～五を天竺（インド）、巻六～一〇を震旦（中国）、巻一一～三一を本朝（日本）に分かち、広く世界を位置づける。さらに巻ごとに主題を設けたうえ、内容や表現に強い関連のある説話を二話ずつ取り合わせ、かつ、ゆるやかに次の二話に連続させる方式（〈二話一類方式〉と呼ぶ）でまとめていく。これだけ膨大な説話を蒐集、編纂する作業には複数の人が長期に関わったはずだが、一方で編者は一人だったかと疑わせるほどに強い意志を感じさせる、徹底した方針である。

それは説話を叙述する文体にもあらわれる。漢字カタカナ交じりの文体は「片仮名宣命《せんみょう》書き」と呼ばれる。漢文体の簡潔さと和文体の読みやすさを兼ね、聞き書き、談話を書きとめるのに適するが、ひろく利用されるものではなかった。『今昔』は表現上説話が口頭伝承であったという前提を崩さない(説話をつたえた伝承経路を記すことも多い)が、読まれる文体として洗練し、緊迫感ある表現を生み出した。たとえば近代において芥川龍之介はその魅力を「野趣」「野性の美しさ」と評した。(3) 芥川龍之介による評価は、のちの研究によって改められなければならない点も多いが、文体への着目はさすがだった。

ただし「野性」という評価は、やはり誤読を招くだろう。『今昔』は、王朝物語に比べははるかに力強く猥雑な世界を語るが、なにより仏法を中心におく世界観をもち、天皇・国王をいただく社会秩序をきわめて重んじていた。説話には「公」という言葉がよくあらわれるが、これは天皇家の統治する王朝社会であり、『今昔』は「公」にそむく行為を厳しく非難する。作品の魅力を「野性」に求めるには、実際の『今昔』はあまりに権威的で、(当時の)常識をわきまえていたと言える。

かつて芥川は特に『今昔』の本朝世俗部と位置づけられる巻二二以降から「鼻」「羅生門」「藪の中」などの傑作を生んだ。しかし『今昔』は仏教の発生から伝播を、天竺、震旦、本朝の三国にわたって通観する作品である。したがって本朝部の説話を単体で見るのではなく、天竺、震旦の説話をふまえて考察する必要があり、そこに『今昔』の魅力も見いだされるべきだろう。

『今昔』に限らず、説話集は、基本的に事実として語られた伝承を書き留めたという前提をもつ。実際には仏典、漢籍をふくめ書籍からの書承や、断片的な記録、記憶から潤色して語り直されたものも多いが、少なくともひとりの作者による創作ではない。しかし、説話を集成し、作品として編纂するとき、必然的に編者の世界観や思惟が反映される。そのため説話集研究も、個別の説話表現に対する細かな分析の上にのみ成立する。具体的には、

・出典や類話関係にある説話との比較を通じた独自表現の分析
・説話の配列や標題から見いだされる分類意識の分析
・話末に付される評語（コメント）の分析*

などであり、そのうえで個別の説話を統轄する構成論（作品論）に展開することが望まれる。

特に『今昔』のような仏教説話集においては、個々の説話が語る修行者たちの姿と、その信仰の在り方が、作品のもっとも基幹にかかわっているだろう。

苦難にみちた仏法渡来

『今昔』巻一一第一話は、「聖徳太子於此朝始弘仏法語」と題される。『日本書紀』において仏法伝来は欽明朝のこととされ、欽明天皇一三年（五五二）冬一〇月条に、「百済聖明王」により釈迦仏像一躯が献じられたとする。しかし『今昔』は、仏法を弘めた祖として聖徳太子を設定し、「本朝付仏法」と題する巻の冒頭に掲げた。

今は昔、本朝に聖徳太子という「聖」がおわした。母の夢に「金色ノ僧」が現れ、口に入ったとみるや懐妊した。誕生した太子の体からは芳香がかおり、翌年には東を向き「南無仏」と唱えた。六歳のとき百済から経典がもたらされ、自ら「南岳ニ住シテ仏ノ道修行」した僧の生まれ変わりだと宣し、八歳のとき新羅から渡ってきた日羅は「敬礼救世観世音、伝灯当方粟散王」と唱えて拝んだ。大臣蘇我馬子と力を合わせて仏法を弘めた。疫病を仏教のせいだとして神を信じる物部守屋らを誅し、四天王寺を建立、甲斐から奉られた黒い馬に乗って空を飛び、叔母の推古天皇を助けて政を行った。小野妹子を隋へ遣わし自らの前身である思禅法師の『法華経』を手に入れた。また片岡の飢人と歌を詠み交わし、不審に思った大臣らに飢人の霊験を示した。ほかに数々の霊異をあらわし、四十九歳で没した、と語り伝えている。(4)　（五二一〜五八頁）

『今昔』における聖徳太子の重要性は、前田雅之氏による一連の論考に詳述される。すなわち、『今昔』のなかで物語の冒頭に「聖」と紹介されるのは太子のほか、行基、弘法（空海）、伝教（最澄）、慈覚（円仁）、智証（円珍）にとどまり、限られた仏法史の建設者、「仏」に近い呼称としてある。なかでも聖徳太子は王族に生まれながら王家を捨てて悟りに至った釈迦と対比的に扱われ、王権（王法）と仏法との両端を担う存在として重視されるのである。

前田氏はさらに、こうした聖徳太子の在り方が『今昔』における自国意識に関わることを指摘する。現実に圧倒的な文明国である震旦に対し、仏生国である天竺を対置することで相対的に震旦の地位を軽くとらえようとする、いわゆる〈三国意識〉である。(5)

日本にとって仏法は大陸渡来の、外来の宗教である。しかし太子を修行者の転生とし、小野妹子を派遣して太子の前生を確かめさせたことは、太子の仏法を、大陸のそれと同等に引き上げることになる。むしろ聖徳太子という「聖」の存在は、本朝をより能動的な仏法国と印象づけていく。むろん、これは『今昔』固有の方法ではなく、やや先行する『*聖徳太子伝暦《しょうとくたいしでんりゃく》』『*三《さん》宝絵《ぼうえ》』*『扶桑略記《ふそうりゃくき》』などにも共通する姿勢である。

では『今昔』は震旦（中国）に仏法が渡来した由来をどう語っているのか。巻六第一話は、「震旦秦始皇時天竺僧渡語」と題される。

> 今は昔、秦の始皇帝の時代に、天竺から釈利房という僧が十八人の賢者と仏典をもたらした。しかし始皇帝は僧の姿が異様であると怪しみ、投獄した。釈利房が悲しんで助けを求めたところ、釈迦みずから黄金の光を放つ丈六の姿を現し、獄門を踏み破って救い出した。これにより天竺から渡ろうとした仏法は渡らず、のち後漢明帝のときに渡った。昔周の時代に正教が渡り、また阿育王の造った仏塔がこの国にある。秦の始皇がもろもろの書を焼き、仏典も焼かれてしまった、と語り伝えている。
>
> （五二～五三頁）

出典は不明だが、*『歴代三宝紀《れきだいさんぼうき》』巻一、巻四、*『法苑珠林《ほうおんじゅりん》』巻一二、*『仏祖統紀《ぶっそとうき》』巻三四、巻三五、巻五三、巻五四などの漢籍に類話がある。僧の名はさまざまに表記されるが、漢籍の説話は、

秦始皇之時。有外国沙門釈利防等一十八賢者。齎持仏経来化。始皇弗従遂囚禁之。夜有金剛丈六来破獄出之。始皇驚怖稽首謝焉。准此而言則知秦漢已前有仏法也。

（『法苑珠林』巻一一、千仏篇第五之五、感應縁）[6]

秦始皇四年。西域沙門室利房等十八人持経至。帝囚之。有丈六金神。破戸出之漢武帝元狩四年。霍去病討匈奴。得祭天金人長丈余。帝列於甘泉宮。焚香礼敬

（『仏祖統紀』巻五四）[7]

など、あらすじのみの短いものである。これに対し『打聞集』*第二話、『宇治拾遺物語』*第一九五話など日本側の資料は同一*説話をもち、密接な関係、もっと言えば同じ和文の出典にもとづく兄弟関係にある説話とされている。

この説話は仏法渡来の失敗譚である。しかも『今昔』は説話末に、のちの後漢明帝の時代に仏典が広まったことや、始皇帝に先んじて仏法が伝わっていたことを記し、始皇帝によって仏典正教が焼かれたという。これは同一説話に見られない独自表現である。

始皇帝前後の渡来説を知りながら、なぜ失敗譚を冒頭に据えたのか。すでに指摘のあるとおり、まず始皇帝を震旦の始まりと置く意識があったのだろう。震旦部の巻一〇第一話は「秦始

皇、在感楊宮政世語」であり、まさに「震旦は秦から始まる」（宮田尚氏）[8]。前田氏はさらに始皇が震旦国家の創始者として重視されている点をあげ、「仏法霊験がはじめて現れたときの皇帝を震旦の建国者であると捉えた」と述べる[9]。

ほかに同一説話との異同では、始皇帝に異様な風体を質された釈利房が「西国ニ大王在マシキ、浄飯王ト申シキ。一人ノ太子在マシキ、悉達太子ト申シキ。」に始まる仏伝を語る部分も注目される。ここに天竺部との接続、仏法伝来が意識される。

しかし、なんと言っても印象的なのは、「悪王」に捕らわれたことを嘆く釈利房に応え、丈六の仏が飛び来たり、獄門を破って救い出す場面であろう。原文には、

其ノ時ニ、利房、嘆キ悲テ云ク、「（略）願クハ我ガ此ノ苦ヲ助ケ給ヘ」、ト祈念シテ臥シタルニ、夜ニ至テ、釈迦如来、丈六ノ姿ニ紫磨黄金ノ光ヲ放、虚空ヨリ飛ビ来リ給テ、此ノ獄門ヲ踏ミ壊テ入給テ、利房ヲ取テ去給ヒヌ、　（二六八～二七二頁）

とある。始皇帝の権力を圧倒し、粉砕する仏の偉容。「聖」の存在が語られない震旦部冒頭話において、僧（釈利房）の祈念に応えて金色の「釈迦如来」が顕現したという事実こそ、震旦

部冒頭にふさわしい霊験だった。[10]

天皇と道士

仏法渡来の失敗譚に続く巻六「震旦後漢明帝時、仏法渡語第二」で、ようやく仏法が伝来する。前話において予告された、後漢明帝の時代である。

今は昔、後漢明帝の時代、「天皇」が「金色ノ人ノ長一丈余許ナル来ル」の来る夢をみた。大臣によれば「他国ヨリ止事無キ聖人可来キ相也」という。果たして天竺から摩騰迦、竺法蘭という僧が渡り、仏舎利、正教をもたらした。反対する大臣、公卿、五岳の道士も多かったが、「天皇」は摩騰法師に帰依し、白馬寺を建立した。道士たちは心やすからず、力比べを申し出た。当日、殿の御前の庭に、道士二千人ばかりが居並び、大臣公卿多くが控えた。摩騰法師側は大臣一人が寄った。道士は玉の箱に法文を納め、摩騰法師は瑠璃の壺に仏舎利を入れ、箱に仏典を納めた。双方が火をかけたところ、仏舎利は光を放ち仏典とともに浮き上がり、虚空に止まった。道士の法文は焼けて灰となってしまった。これを見て道士たちは憤死し、あるいは法師の弟子となった。そののち、法文、正教が漢土に広

まり、今も盛んだと語り伝えている。　（五四〜五五頁）

説話は前半の明帝が金人の夢を見、仏僧に帰依したという仏法伝来譚と、後半の摩騰法師と道士との術比べに分かれる。多くの漢籍に引かれる著名な説話だが、やはり『打聞集』第二一話と同文的同話関係にあり、同じ出典をもつとされる。

本話において明帝は、一貫して「天皇」と呼ばれる。一方『打聞集』は明帝を「帝王」「王」と呼び、話末で「随陽《（隋煬帝）》ダイノ御時ニ、此国ニ渡レル也。此国ノ帝王ハ、欽明天皇御世ナリ」とする。震旦へ仏法が広まった由来に続けて日本への渡来を語る、日本の仏教説話として妥当な展開と言える。『打聞集』では「天皇」は本朝の帝王をさす。しかし『今昔』において「天皇」は震旦部に八一例、天竺部に一一例を数え、「国王」と併用されるごく普遍的な語でしかない。また欽明朝における仏法渡来の事実も語られないのである。

中国仏教史では、明帝が金人の飛来する夢を見て西国へ使者を遣わし、法を求めた「感夢金人、遣使求法」説話が知られ、『歴代三宝紀』巻二、『仏祖統紀』巻三五、巻五四、『法苑珠林』巻一二、巻六、巻五五、*『高僧伝』巻二、『神僧伝』巻一、『三宝感応要略録』第三話など多くが仏法初伝として語る。(11)

しかし『今昔』は「感夢金人」のみで「遣使求法」を語らない。黒部通善氏が注意したこの問題を、本田義憲氏は敦煌出土文献に遣使部分のない「感夢金人」説話があると紹介し、「口がたり」を映したものと結論した。[12] さらに本田氏の指摘をふまえ荒木浩氏は、明帝が「動かない王のもとに、仏法が、向こうから勝手にやってくるというイメージ」をもつ〈待つ王〉として形成されているという。そして、明帝と仏法（摩騰法師）、大臣との三者関係が、本朝部における聖徳太子と仏法、大臣（蘇我馬子）との関係にパラレルに呼応すると言う。[13]『今昔』全体を見通した荒木氏の論はきわめて興味深いが、明帝と聖徳太子との関係はむしろあざやかな対比として読むべきだろう。聖徳太子は渡来以前に仏法を学んだ前生を持ち、かつ小野妹子を大陸に派遣し、法文を求める。仏法に対しきわめて能動的な行動力を発揮している。

これに対し明帝はあくまで王家として仏法に心を寄せるのみにすぎず、王権と仏法をつなぐ釈迦や聖徳太子のような存在とはなりえていない。つまりここでも震旦の「聖」は存在しないことになり、天竺（釈迦）、本朝（聖徳太子）に対する震旦の不均衡、劣位が明らかとなる。

後半の摩騰と道士との術比べについても『仏祖統紀』巻三五、『法苑珠林』巻一八、『廣弘明集』*巻一、『三宝感応要略録』第三七話などに類話が見える。これらは南北朝末に成立した偽書「漢法本内伝」に由来するらしい。術比べの相手は『法苑珠林』巻一八に「五岳諸山道士六百九十人」とあり、『仏祖統紀』などには「褚善信」という名も見える。『打聞集』には道士ではなく「唐人」と記されるが、「これはおそらく音による転化であって、ここであえてもんだいにするにはあたらないもの」とされる。(14) 『打聞集』において「道士」が「唐人」と転化したのは、『打聞集』にとって「道士」の語が意味を持たなかったからだが、『今昔』では「道士」の必然があったようである。『今昔』震旦部における「道士」は、本話をふくめわずか三話にあらわれるに過ぎない。

今昔、震旦ノ洲ノ天水郡ニ一人有ケリ、名ヲバ張ノ志達ト云フ。此ノ人、本ヨリ書籍ヲ憑テ、道士ノ法ヲ読メテ此レヲ信ズ、敢テ仏法ヲ不知。
(『今昔』巻七「震旦天水郡志達、依般若延命語第八」)

而ルニ、此ノ人、道士、寇ノ謙之ニ仕ヘテ、其ノ道ヲ習ヘリ。尤モ仏道ヲ不信ズシテ、「此レ、虚誕ノ教也」ト云フ。
(『今昔』巻九「後魏司徒、不信三宝得現報遂死語第三八」)

いずれも仏法以外の信仰であり、巻七の例は「邪師ノ道ヲ信ジテ佛法ヲ不悟ズ」とも語られる。本朝では「廬岳ノ道士」（巻一一第一話）、「新羅国ノ五百ノ道士」（巻一一第四話）のように仏教修行者をさす例があるので厳密ではないが、少なくとも震旦部において「道士」は仏法以外の修行者をさし、敵対者として意味づけられているらしい。

　仏法渡来譚とは言いがたい術比べだが、巻一第六話において釈迦の成道を妨げた「魔王*」、同第九話において舎利弗と術比べを行った「外道*」、巻一一第一話において聖徳太子に誅された物部守屋、など仏法弘布の始まりには障害がつきものであり、説話的感興をそそる話題であった。震旦では前話において「悪王」と名指された始皇帝による焚書が行われ、続く本話では「五岳ノ道士ト云フ者」との対立が語られる[15]。

天魔・外道とは何か

『今昔』巻一は第一話から第八話まで釈迦の伝記を語る。釈迦が魔王を降した、いわゆる「降魔相」は第六話である。天竺部において釈迦や仏弟子はその後も障碍《しょうがい》をなす「魔」や「外道」の修行者を次々に降していく。これは釈迦の入滅後も変わらない。たとえば「仏後」と題された巻四のうち「優婆崛多、降天魔語第八」は次のような説話である。

今は昔、天竺に優婆崛多《ウバクッタ》という「証果ノ羅漢」がいた。人々に仏法を説き、教化して利益させることは仏のようだった。あるとき、説法の場に美しい女がやってきて妨げになったので、優婆崛多はこれを*天魔と見抜き、女を呼び寄せて花鬘を首にかけたところ、花鬘は牛馬の骨に変わり、臭くてたまらなかった。女は天魔の姿に戻って手を尽くして外そうとしたがどうしても棄てられず、優婆崛多に頼んで取りのけてもらった。天魔は喜び、「何デカ此ノ事ヲバ報ジ申サム」と言い、優婆崛多は「仏ノ御有様」が極めて恋しく、姿を見たいと願った。天魔は決して拝まないように、と念を押して「長ハ丈六、頂ハ紺青ノ色也。身ノ色ハ金ノ色也。光ハ日ノ始メテ出ガ如シ」という姿になった。優婆崛多はこれを見て思わずその場に伏して涙を流した。たちまち天魔は元の姿になり、「だから言わぬことではない」と悲しんだ。

優婆崛多は、天魔を降伏し衆生を救うことは仏と同じだと語り伝えているという。

（二八二〜二八八頁）

国東文麿氏は「本話前半の優婆崛多は天魔を降伏教化したのであるから、たたえられるにふさわしいが、後半は失敗に類する話でいく分優婆崛多の高徳の印象を薄める」(16)と評する。

確かにいささか滑稽な印象を与える説話である。直接の出典関係は不明ながら『賢愚経』巻第一三「優波毱提品」、『阿育王経』*巻第八「優波笈多因縁篇」に見える。同話を伝える『十訓抄』上巻第一「可定心操振舞事」は、この話に続いて叡山の僧が子どもに捕まった鳶を助けたところ天狗が恩返しにあらわれ、僧が見たいと願った仏の世界を見せるが、やはり礼拝のため術が破れ天狗が傷を負う、という類話を語る。

『今昔』では天狗説話は本朝仏法部最終巻である巻二〇の第一話から第一二話に集中している。第一二話では法文の学習の足りない三修禅師が天狗の見せる偽来迎（往生人を仏の一団が浄土へ迎える「来迎」の偽もの）にだまされ、ついに狂気に陥ってしまう。逆に第一三話では野猪の術であらわれた偽来迎を見破り、弓を射かけた猟師の胆力、「思慮」が称賛される。幻術の仏を拝むということで両者は共通するが、三修はおとしめられ、優婆崛多は「仏」と重ねられるほど称えられる。いささか理不尽な気がするが、なぜだろうか。

『今昔』巻四第六話から第八話は優婆崛多の説話を並べているが、前話「優婆崛多、会波斯匿王妹語第七」では、優婆崛多は仏の生前に立ち会った波斯匿王の妹だった尼に会い、仏の様子を尋ねる。しかし尼から「涅槃《ねはん》後百年間に仏法は大変衰えた。戸の脇の油坏に裾を引っかけるようなことは、かつて狂騒な六群比丘でさえ冒さなかったが、今はあなたのような高僧も油をこぼしている。また、仏の身光は七日間金の簪《かんざし》を見失わせた」と告げられ、涙を流し言葉も失った、という。

これも同じく失敗譚にも見えるが、尼を訪ねた優婆崛多の「詣タル故ハ、仏ノ御座ケム御有様極テ恋シク思ヒ給フレバ、其ノ事承ラムガ為ニ詣タル也」という発言に注目したい。第八話で天魔に仏の姿が見たいと願う「我レ、仏御有様マ極メテ恋シ。然レバ仏ノ御有様ヲ学ビ奉テ我レニ見セテムヤ」という発言に、きわめて似通っているからだ。

すなわち優婆崛多は仏の涅槃後（仏後）の世界において、「仏ノ有様」を恋い慕う者として形象される。天魔に対しても、それが魔とわかっていて拝まずにいられないのであり、魔に心を寄せたわけではない。また、その礼拝によって魔を退けることにも成功した。それゆえ優婆崛多自身「仏ニ不異ズ」と最大の賛辞を送られるのである。

『今昔』全体から「魔」「外道」につらなる語彙の出現話数を見ると、「天魔」五話、(17)「魔」「魔王」三話、(18)「魔縁」「魔障」七話、(19)「魔界」一話、(20)「外道」一四話、(21)「外法」「外術」四話(22)となる。

すぐに気づくのは用例が天竺部、本朝部に集中し、震旦部の用例がひとつもないことである。また、「天魔外道」と併称する例は巻四第一話の例（阿難結集）のみ。修行を妨げる存在としては似ているが、「魔」が独立の存在であるのに対し、「外道」は仏法とは別の信仰（外道ノ法）、あるいはその信仰者に対して用いる例が多い。とはいえ本朝部巻一九第二話では僧を罵った元妻を「外道」と呼び、信仰に関わらず仏法障碍にかかわるものを呼称する例と見なせる。

本朝部において「魔」と同一視される「天狗」の用例は震旦部で一話、本朝部で一四話（うち二話欠文）、多くが巻二〇に集中する。そして天狗の術を学ぶことを「魔界ニ趣カム事」（巻二〇第一〇話）といい、三修禅師のように「天狗」に引き入れられるものは「魔縁ト三宝ノ境界」を見極める「智《さと》リ」のなさを強く批判される。

危険を見分ける判断力、洞察力の大切さは『今昔』においてしばしば説かれる。より時代の下る鎌倉期には、往生者にとって「魔」へ誘引され往生に失敗することが身近な恐怖として語られるが、(23)『今昔』にもその萌芽を見いだせる。

「僧」と「法師」との違い

ここで『今昔』における仏教修行者の呼称についてまとめておきたい。すでに紹介したとおり『今昔』は用語、用字にきわめて厳密であり、たとえば「聖」や「道士」「外道」にそれぞれ限定した定義づけを行うなどの意図が見られる。

仏教修行者をさす「僧」「法師」はともに漢語であるが、古くは「僧」の訓として「ホフシ」が宛てられるなど、「ホフシ」のほうが定着が早かったという[24]。岩松博史氏は『源氏物語』などの用例を精査したうえで「法師」のほうが「日常的に使用される頻度が高く、より口語的な語であった」とする。そして、

先に見たように、既に『源氏物語』において明確な形で加持祈禱や法会などと「僧」の結びつきが表わされ、『今昔』においては加持祈禱・法会は勿論のこと、「僧」が寺院組織の一員であることが繰り返しはっきりと示されていた。（略）一出家者としての身分を表わすに過ぎない「法師」の呼称と、寺院に属し加持祈禱・法会などに関わることによって社会に強い影響力を与えた「僧」という呼称では、その世界に身を置く『今昔』編者の用語意識に明確な使い分けが生じて当然であろう[25]。

と結論する。すなわち「僧」は寺院などに属する身分が保証された修行者をさし、「法師」は不確かか、または身分の劣る修行者をさす場合が多い。『今昔』はこうした使い分けから一話のなかでも呼称を変化させる例が多く、筆者もかつて巻二〇「祭天狗僧、参内裏現被追語第四」

を取りあげて論じたことがある。[26]

東大寺の南、高山で修行する「聖人」が円融天皇の病を治すため招かれるが、都に近づくにつれ正体をあらわし、ついに自ら「天狗ヲ祭ルヲ以テ役」とする者だったと白状する。標題や説話本文でははじめ「僧」「高山ノ僧」と呼ばれるが、都の官僧たちは「此法師」と呼び、正体が判明すると本文でも「法師」と呼ばれ都から追われる。山岳修行者が都に近づき天皇家（王権）と結びつこうとするとき、『今昔』はこれを「天狗」と同一視して激しく批判する。[27] 呼称もそれに応じて変化していくのだ。

本朝において山岳での仏教修行者はときに「智リ」のなさを批判され、天狗と同一視される。それは『今昔』が都の大寺、官僧としての立場に立っているからであろう。

しかし一方で役優婆塞（巻一一第三話）や久米仙人（巻一一第二四話）のように、「仙人」として尊ばれる者もいた。特に巻一三は『*本朝法華験記』に由来する*法華経*持経者の説話を語るが、第一話から第四話まで「持経者と仙人とを同一視していること」（新大系脚注）[28] が注目される。すなわち「山岳仏教修行者と神仙とを同一範疇の存在と考えていた」のだ（同前）。『今昔』には名聞を捨てて修行を全うする山林修行者への強い憧憬、共感がある。[29]

震旦部でも、前掲の巻六第二話で道士たちが仏僧を誹謗する言葉に、「異国ヨリ奇シノ禿ノ、由无キ事共ヲ書キ継ケタル文共及ビ仙人ノ骸ナドヲ持渡セルヲ、」とあり、仏舎利が「仙人の骸」と呼ばれる。「仙」はときに仏の異名となるらしい。

巻六「震旦曇鸞、焼仙経生浄土語第四三」では、「震旦ノ斉ノ代」の僧曇鸞が「長生不死ノ法」として「震旦ノ仙経」一〇巻を手に入れ、「仙術」を学ぶ。しかし三蔵菩薩にその知識を誇ったところ、震旦の法では延命はできても不死はありえないと退けられ、代わりに「大仙ノ法」として『観無量寿経』*を示され、解脱の道を開く。

震旦付国史と題された巻一〇は仏法から離れた話題をおさめる巻だが、「費長房、夢習仙法至蓬莱返語第一四」では費長房が路傍の死体を埋めてやったところ、夢に死体の主があらわれて返礼に仙法をさずけ、見事に仙人になったという。

但シ、我レ、昔シ、生タリシ時、仙ノ法ヲ習テ行ヒキ。（略）其ノ後、習ヒノ如ク行ズルニ、忽ニ身軽ク成テ、即チ、虚空ニ飛ブニ障リ无シ。此レヨリ後、費長房、仙ト有ケリ。

（二九六～二九七頁）

仙人「費長房」は震旦の賢人として孔子、荘子に続く。(30) しかし、漢籍にあらわれる他の神仙はほとんど『今昔』にとりあげられない。敵対者としての「道士」と、「仙」との区別は、震旦における「仙」を排除することで成立したとも言えよう。

聖と外道のいない国

『今昔』巻一九「讃岐国多度郡五位、聞法即出家語第一四」は、芥川の掌編「往生絵巻」の出典として知られる。殺生を好む悪人の源太夫が、偶然出会った僧の説教を聞いてにわかに発心、出家する。そして「阿弥陀仏ヨヤ、ヲイ〳〵」と一途に呼びかけながら西方を目指して直進し、海辺にいたって木の股にのぼったまま往生を遂げる。仏を希求する源太夫の声は痛切で、『今昔』が一貫して語る信仰の在り方が提示される。悪人であっても翻心して仏を希求し、信心を全うすることが望まれたのである。

『今昔』において説話が事実として語られるのは、天竺で生まれ、震旦を経て伝わった仏の教えが「今」本朝に生きることを証《あかし》だてるためであろう。そのため仏の実在を確認することは、必須であった。本朝部冒頭では仏に代わる「聖」聖徳太子の霊異を語り、「聖」のいない震旦部では冒頭二話に「金人」の出現を据える。仏生国である天竺においても、涅槃後に重視されるのは「仏ノ有様」であり、仏に異ならずとされる聖人の存在をことさら強調せずにはい

られない。仏への関心こそ、説話集全体を貫く原動力のひとつだったと考えてよいだろう。(31)

しかし、どの程度意識的であったかはさておき、三国の比重は明らかに不均衡であった。もちろん素材面での過不足を考慮する必要がある。震旦部説話の出典の多くは『三宝感応要略録』*『冥報記』*など一部の文献に限られる。王朝交替をくり返す中国史に一貫した仏法史を見いだす困難や、日本とは異なる道教と仏教との対立状況への理解の浅さもあっただろう。不均衡は意図せず生まれた結果とも考えられる。

とはいえ、先行研究においても示唆されてきたことであるが、『今昔』震旦部には、天竺部の釈迦、本朝部の聖徳太子に比すべき「聖」の存在がない。また呼応するように震旦部には魔縁、外道といった「仏」「聖」を妨げる存在に乏しく、始皇帝のような「悪王」や「道士」がそれに代わる。(32)その結果、王家や修行者たち自身も天竺や本朝のような能動的な信仰者としては語られないことになった。

聖と外道のいない国。『今昔』における震旦は、仏法の先進国でありながら、天竺、本朝を際立たせるための、いわば相対的に低い地位を与えられた国として形象されたのである。

注

（1）『今昔物語集』に関する理解については、池上洵一『今昔物語集の世界　中世のあけぼの』（筑摩書房、一九八三年）、小峯和明編『今昔物語集を学ぶ人のために』（世界思想社、二〇〇三年）、小峯和明編『今昔物語集を読む』（吉川弘文館、二〇〇八年）などを参照した。

（2）『今昔物語集』の南都成立説については原田信之『今昔物語集南都成立と唯識学』（勉誠出版、二〇〇五年）参照。

（3）芥川龍之介「今昔物語鑑賞」（『芥川龍之介全集』第一四巻、岩波書店、一九九六年）。

（4）山田孝雄他校注『日本古典文学大系　今昔物語集』全五巻（岩波書店、一九五九〜六三年）を参照した。

（5）前田雅之「仏陀・僧・聖徳太子」（『今昔物語集の世界構想』笠間書院、一九九九年）。

（6）『大正新修大蔵経』五三巻、二一二一。

（7）『大正新修大蔵経』四九巻、二〇三五。

（8）宮田尚「震旦は秦から始まる」（『今昔物語集震旦部考』勉誠社、一九九二年）。

（9）前田雅之「震旦「国史」の構想　仏法と王権の同時発生」（注（5）前掲書）。なお、〈三国意識〉については市川浩史『日本中世の歴史意識　三国・末法・日本』（法藏館、二〇〇五年）も参照。

（10）小峯和明氏は、本話について「霊験譚の構造を支える背後に、そうした生身の釈尊との時空のへだたりへの認識があったことを見落としてはなるまい」と指摘する（「組織構成の展開」

『今昔物語集の形成と構造』笠間書院、一九八五年。補訂版、一九九三年)。また本田義憲氏は、「その無碍光明の「尺迦如来験事」を「秦始皇時」の聖俗の意味の世界として編み直したのが、『今昔』の「仏法」震旦初伝史的体験の方法である」と述べる(「今昔物語集震旦部仏法史譚史料に関する二三の問題」『和漢比較文学叢書一四 説話文学と漢文学』汲古書院、一九九四年)。

(11) 鎌田茂雄『中国仏教史一 初伝期の仏教』(東京大学出版会、一九八二年)。

(12) 黒部通善「今昔物語集震旦部考」(『打聞集 研究と本文』笠間書院、一九七一年)。本田義憲、前掲注(10)論文。

(13) 荒木浩『説話集の構想と意匠—今昔物語集の成立と前後—』(勉誠出版、二〇一二年)。

(14) 宮田尚「資料への再評価」(注(8)前掲書)。

(15) 三田明弘氏は、『法苑珠林』との比較から、原話は唐代における中国仏教界の政治的意図を反映していたが、『今昔』は無関係に中国仏教伝来史として享受しているという(「『今昔物語集』震旦部冒頭話群の遡及」『国文学研究』第一三〇号、二〇〇〇年三月)。ただし三田氏は『法苑珠林』巻一八の説話を扱っておらず、本稿と視点が異なる。

(16) 国東文麿『今昔物語集 四』(講談社学術文庫、一九八一年)。

(17) 巻一第六話、第七話、巻四第一話、第八話、巻一三第二話。

(18) 巻一第二話、第六話、巻二第二八話。

(19) 巻五第四話、巻一二第三三話、第三四話、巻二〇第六話、第一二話、第三六話、巻三一第二〇話。

(20) 巻二〇第一〇話。
(21) 巻一第五話、第九話、第一〇話、第一一話、第一二話、第一三話、第一五話、第一六話、巻二第三六話、巻四第一話、巻四第九話、第二四話、巻一一第二六話、巻一九第二話。
(22) 巻四第二四話、巻二〇第三話、第九話、巻二八第四〇話。
(23) 『発心集』第二ノ八話、『沙石集』巻一〇末など。この問題については、伊藤聡「臨終と魔」（『東アジアの今昔物語集　翻訳・変成・予言』勉誠出版、二〇一二年）が詳しい。また『今昔』の天狗説話については、拙稿「説話集と怪異」（『怪異学入門』岩田書院、二〇一二年）参照。
(24) 「日本語に入ってきた漢語の位置」（亀井孝、大藤時彦、山田俊雄編『日本語の歴史二　文字とのめぐりあい』平凡社、一九六三年）。
(25) 岩松博史「「僧」と「法師」の間―『今昔物語集』の用語意識―」（『語文研究』第八一号、一九九六年六月）。
(26) 拙稿「『今昔物語集』巻二十第四話考―天狗と天皇に関して―」（『説話・伝承学』第一八号、二〇一〇年三月）。
(27) 同じく山岳修行者が天皇家に近づいて危難を招いた説話として、巻二〇「染殿后、為天宮被嬢乱語第七」がある。拙稿「『今昔物語集』における「鬼」と「天狗」―巻二十第七話を中心に―」（『同志社国文学』第七〇号、二〇〇九年三月）参照。
(28) 『新日本古典文学大系　今昔物語集　三』（岩波書店、一九九三年）。
(29) 中根千絵「『今昔物語集』における山林修行者―「モノニ狂フ」人々―」（『今昔物語集の表現

と背景』三弥井書店、二〇〇〇年)。

(30) 巻一〇の配列については、国東文麿『今昔物語集成立考』(早稲田大学出版部、一九六二年。増補版一九七八年)、国東文麿『今昔物語集 九』(講談社学術文庫、一九八四年)、川上知里『『今昔物語集』非仏法部の形成—巻十「震旦付国史」を中心に—』(『国語と国文学』第九一巻第四号、二〇一四年四月)などを参照。なお、費長房の説話が採用された根拠は有力な定説がないが、俗人として公に仕えながら「仙人」となったことが、注目された可能性もあろう。

(31) 川上知里氏は、『今昔』の事実追求に仏後の証を求める意識をみとめ、巻一~三と巻四以降の文体に差違を見いだす(『『今昔物語集』の求める事実性」『説話文学研究』第四七号、二〇一二年七月)。

(32) 青木千代子氏は「天狗と結びつく以前の魔においては、修行者が魔となる可能性・危険性はさほど問題とならなかったが、次第に「修行者なら誰もが魔へと転生する可能性・危険性が強調されはじめる」という(「中世文学における「魔」と「魔界」—往生失敗者と往生拒否者—」『国語国文』第六五巻第四号、一九九六年四月)。もともと「魔」は、限られた修行者が直面する問題であり、正しく排除すれば怖れる必要のない障害であった。池田魯参『詳解摩訶止観』(大蔵出版、一九九七年)参照。その理解をふまえれば、「聖」のいない国と「魔」「外道」の存在しない国は表裏関係にある。

『宇治拾遺物語』世俗の規範を探る

廣田　收

はじめに

『宇治拾遺物語』[*]は、易しいけれども難しい説話集である。

文体は平易であり、ストーリーをたどるだけであればそう難しいわけではない。ところが、もう少し踏み込んで、何を伝えようとしているのか、どう読めばよいのかと考え始めると、いよいよ難解な説話集と見えてくる。その序には、天竺のことも大唐のことも日本のこともとあり、「たふとき事」「をかしき事」「おそろしき事」「あはれなる事」「きたなき事」だけでなく「少々は空物語」もあり、「利口なる事」もあるという。(1) そうであれば、他の説話集を思い比べてみると、『宇治拾遺物語』（以下『宇治』と略称する）はテキストとしてひとつの統一性を持っているのかどうか、また難しい問題が立ち現われてくる。

そこで、試みに僧の描かれ方を視点として読んでみよう。

『宇治』において僧行は、二極をなしている。

ひとつは、説話が仏教の教学や教理を説くためのものでもなく、また厳しい修行の世界を憧憬するものでもなく、むしろ僧の生きざまをもって世俗を生きる倫理的規範としたいという願いを表すものである。もうひとつは、神聖であるべきはずの僧が破戒や乱行、悪行を犯すことを描くことで、結局のところ僧もまた世俗に生きる人と変わらないという認識を表すものである。

そこには、おそらく世俗説話集として『宇治』を編むことが、院政期から鎌倉初期という時代、頼るべき価値観や道徳観の見えにくくなった時代に、新たな倫理的、行動的規範を模索する志向であったといえるのではなかろうか。

寺をどこに建てるか

まず第一の極をなす僧として、命蓮《みょうれん》（明練）・相応《そうおう》・増賀《ぞうが》を紹介してみたい。(2)

『今昔物語集』（以下『今昔』と略称する）における信貴山の縁起を伝える説話と比較しながら、『宇治』第一〇一話における命蓮の言動を追いかけてみよう。『今昔』巻第一一「修行僧明練始信貴山語第三六」の概要は次のようである。

今は昔、「仏道ヲ修行」する「僧」がいた。名は明練といった。「常陸ノ国ノ人」であった明練は「国々ノ霊験ノ所々」を巡り、やがて大和国に辿り着いた。明練が「東ノ高キ山ノ峯」に登ると、西の方の山が「五色ノ奇異ナル雲」に覆われていることを発見する。そこで、明練はそこが「霊験殊勝ノ地」だと考え、その山を尋ねる。明練は山に登り五色の雲に覆われている峯に至る。そこで「木ノ葉ノ中ニ巌《イハホ》ノ迫《ハサマ》にある「一ノ石《イハ》ノ櫃《ヒツ》」を発見する。この櫃には銘があり「護世大悲多門天」と記されてあった。明練はここが五色の雲と「異ナル香ノ薫ジケリ」わけを知る。明練は泣く泣く「礼拝」し、ここが「霊験ノ地」だと理解して、こんな「霊験ノ地」は見たことがない、「稀有ノ瑞相」を見てとり「多聞天ノ利益」を賜りたく、ここで修行を全うしたいと考え、その「櫃ノ上ニ堂」を作り覆った。今の信貴山がこれである。多くの僧が集まり、堂舎が増え、人々の信仰をあつめているという。[3]

（一二四～一二五頁）

僧が寺を開くには由来がある。『今昔』は、開基の仕組みを伝えている。この場合、まず「五色雲」は聖別された場所の徴《しるし》である。多くの縁起が「五色雲」を仕掛けとして、選ばれた者が聖なる場所を見出すという語り方をする。(4)

さらに、その雲に覆われている場所は、かつて「多門天」を祭り修行を行なった僧がいた地であるという。寺を建てる場所がどこかということについては、必ず根拠がある。祭祀の場所を見出す方法は、『風土記』にしばしば認められるように、放たれた矢の落ちたところをもって、神を祭る場所を定めるというような、＊誓約《うけい》の仕掛けが伝承の古層をなすものとして思い出されるであろう。

草深い古代において山に登った人は、いったい何を求めた、どのような人たちであったのか。大場磐雄氏は神道考古学の時代区分として、「1　神道前期」「2　原始神道期」「3　文化神道期」という三段階を想定する。そして「文化神道期は仏教渡来により変革を受けた時期」であり、「原始神道は外観上かなり著しい変化を受けたが、その中にあっても前代以来の固有信仰は失われず」、「わが国独自の宗教現象を呈している」という。(5) さらに、「歴史神道期」は「神仏混淆時代であり、従来の原始神道の内容に著しい変化をもたらした時期」であり「遺跡において神仏習合上から起った『修法遺跡』や『経塚』の営造等、遺物においては垂迹思想による御正体と曼荼羅や神像・狛犬の出現等」のあることを指摘している。このような「神道と仏教の習合による行儀の遺跡を一括して修法遺跡と称する」という。(6) 大場氏の説かれる「固有信仰」とは何かという検討は今は措くとして、とりあえず古代の精神、在来の思惟と見ておけばよいであろう。

さらに景山春樹氏は、大場説を踏まえて「修法遺跡」について「山岳伽藍の創立」においては「すべての山岳性の伽藍地は、かならずその背後に古代的な山岳信仰（神体山的な信仰）の場として」「その土地の永い歴史の中に生きつづけて来たその『位置』にほかならないといい得るのである」と論じている。(7)

考古学では周知のことであろうが、古代、山の南もしくは東斜面における巨石のもとに神道祭祀の遺跡が発掘されることは多い。磐座に神が顕現するという信仰である。いわゆる神体山の信仰と古代祭祀の存在が想定される。つまり、そのような在来の神道遺跡の上に、毘沙門天や多聞天などの祭祀が重なり、(8) さらにその上に新たに仏教寺院が開かれるというふうに、古代日本にあっては、宗教祭祀は神道的な祭祀の上に仏教的な祭祀が重なるという重層性がみられる。そのような仕組みを示すことが、仏教説話集である『今昔』の欠かすことのできない要点であった。

命蓮聖の生き方

そのように見ると、信貴山寺の縁起を説く『宇治』第一〇一話は、ストーリーにおいて『今昔』と概ね重なるとしても、説話の表現は全く違う。『宇治』の概要は次のようである。

今は昔、「信濃国」に「法師」がいた。「田舎」で法師になった彼は、東大寺で「受戒」をしようと上京し、ようやく願いを遂げる。そこで、彼が「のどやかに」修行する地を求めたところ、東大寺から「坤《ひつじさる》のかた」に山が「かすかに見」えた。彼はそのあたりに住もうと考え、「山の中」に行って修行をし、「ちひさやかなる厨子仏」を据えた。それが「毘沙門」であった。

さて、その山のふもとに裕福な「下種《げす》徳人」がいた。（徳の高い聖の）「鉢」は飛んで行き、いつも（必要な）物を入れて戻ってきた。（この鉢が）「大きな校倉」を開けて（物を）取り出すので、徳人は不愉快に思い、鉢に何も入れず倉の中に投げ捨てたまま鍵をしてしまう。すると、倉はぐらぐらと揺れたかと思うと、徳人があわてるのもかまわず、鉢は倉の外に出て倉を乗せて、空を飛んだ。人々が騒いで追いかけて行くと、倉は河内国の「聖の坊のかたはら」にどすんと落ちた。倉主（下種徳人）は聖を訪ねて、鉢を入れたまま鍵をしたところ、倉が飛んでここに来た。だから倉を返してくれと求める。聖は、倉が勝手に飛んで来たのだから、返せない。中にあるものは持って行けと言う。倉主が米は千石もあるから運び出せないというと、聖は簡単だと鉢に俵を乗せて飛ばした。倉主が「米二三百はとゞめてつかはせ」と申し出ると、「聖」は「あるまじき事也。それこゝに置きては、なににかはせん」と断る。やがて、米は全部倉主のもとに戻る。

そのころ、「延喜御門」が重病に陥り、様々な修法や祈禱が行われたが、なかなか治らなかった。蔵人を使いとして聖に宣旨を伝え、（内裏に）参上するよう求めたが、聖は「こゝながら祈参らせん」「我は、更に京へはえ出でじ」と参内を断る。聖が「剣の護法」を使う護法童子を遣ると、たちまち御門の病は治ってしまう。

御門は、聖に「僧正・僧都」に任命し「寺の庄」の寄進*をしたいと仰せを伝えたが、聖は「僧正・僧都」などとんでもない、寺の経営はわずらわしいし、かえって「罪得がましきことだと断ってしまう。

その後、聖の姉が「まうれん」を訪ねて来る。姉が東大寺の大仏の前で祈請すると、夢に「坤のかた」に「紫の雲」を尋ねて行けと仏の示現があった。姉が尋ねて行くと、ほんとうに「堂」があった。再会した姉は、聖に「ふくだい」という厚着を与えた。姉もここに留まり、修行をした。その「ふくだい」は、破れてはいるもののまだ「飛蔵」に今も在る。また、その朽ちた蔵の木を手に入れた人は御守りにし、蔵の木を用いて「毘沙門」像を造った人は、かならず「徳」がつき裕福になった。今、信貴山寺は「験ある所」として人々が参詣している。この「毘沙門」は「まうれん聖」が修行し、祭り据えたものだという。（二九六〜二〇二頁）

これは国宝『信貴山縁起絵巻』とほぼ同じ内容で、飛倉《とびくら》の段が印象的な説話である。残念ながら国宝絵巻は上巻を欠いており、詞書も『宇治』と酷似しているので(9)、詳細な比較については今は措こう。

まず、この説話の主人公の呼称が興味深い。

『宇治』には「まうれん」とあり、『今昔』には「明練」という。『扶桑略記』には、「命蓮」とある(10)。古代・中世において同一人物が、漢字表記を異にする事例は多い。今この異同についても問わないで措こう。問題は、主人公が『今昔』では苦行をもって回国の修行を行なう「法師」だが、『宇治』では東大寺の戒壇院で受戒をしている。(11) 古代にあって、公式に僧籍を得るには、受戒という儀礼を受ける必要があった。ところが、主人公は僧綱《そうごう》を得た僧であるのに、『宇治』では、その後も「聖」と表現されている。一般に聖とは戒律を受けない私度の僧をいうが、『宇治』は天皇を頂点とする都の世界にはなじまない僧として、あえてその精神性のゆえに「聖」と表現していると読める。

もうひとつ、先に述べたように『宇治』は、『今昔』と違い、寺の開基草創にどのような仕組みがあるかには興味がない。というのも、『宇治』では、聖が信貴山を修行の地として選ぶのに、説話に見られる慣用表現を用いた手続きが記されていない。例えば、『今昔』に見えるような「五色ノ雲」という聖なる場所の徴しが、仕掛けとして用いられていない。聖が信貴山を選び取ったことは先験的で、自明のことととされている。

さらにいえば、そのことよりも、『宇治』の興味は、聖の言動にある。『宇治』は『今昔』にはない、二つの出来事を描く。ひとつは、聖が*飛鉢《ひはつ》の法を駆使したことに対して、徳人が布施をしなかったことが、有名な飛倉の出来事を導くことである。飛倉の出来事については、『*阿《あ》婆縛抄《さばしょう》　諸寺略記』にも、簡略ではあるが類似の記事がある。(12) いずれにしても、飛鉢の法は、高徳の僧の徴しであるとともに、貴賤道俗による盛んな布施がもたらされることを示す、類型的で伝承的な表現である。この説話では、聖があろうことか倉を飛ばすほどの霊力を備えているというところに力点がある。のみならず、この倉主とのやりとりの中で、聖の無欲さが際立って表現されている。

つまり、上京もせず遠く離れたところから、天皇の不例をみごとに治療しおおせたにもかかわらず、何も見返りを望まないところに、聖の禁欲的な生き方が示されている。すなわち、命蓮が米を寄贈しようという下種徳人の申し出を拒否し、僧綱や荘園を授けようという天皇からの下賜《かし》をも断って、都との距離を置き、世俗との最小限のかかわりのもとで、みずからの修行に専念しようとする姿勢を崩さないところに、この説話の主題がある。だから、主人公は「聖」と呼ばれるにふさわしい。名利を捨て、修行に専念するいさぎよさが、世俗の人々の生き方にひとつの規範を示している。

京は人を賤しうする所なり

命蓮から連想される僧に、相応と増賀がいる。例えば、『宇治』第一九三話は、天狗の活躍する説話としてよく知られている。

今は昔、比叡山の「無動寺」に「相応和尚」がいた。相応は比良山の西、「葛川の三滝」に通って修行を行なっていた。相応は、*不動明王に負われて「都卒の内院、弥勒菩薩の御許」に上ったことがある。明王は法花経を「誦する事、いまだ叶わず」の状態にある相応に「参入叶べからず。帰て法花経を誦してのち参給へ」と葛川へ返したという。その不動尊は無動寺にある。

その和尚は、「奇特の効験」があった。「染殿后」が「物気」に悩んでいたとき、相応が呼ばれた。召された相応のようすが「鬼のごとくなる」さまであったので、人々は「其体、御前に召上ぐべき物にあらず」として「たゞ簀子《すのこ》の辺に、立ながら加持申べし」と、相応は寝殿に入れてもらえなかった。ところが、相応が宮の声を手がかりに御簾の外から加持を行なった。すると、宮は「鞠のごとく簾中よりころび出」る。人々は「いと見苦し」と思い、相応に「御前に候へ」と言った。しかし相応は「かゝるかたゐの身にて候へば、いかでか、まかりのぼるべき」と拒否する。最初から母屋に入れられなかったことに「いきどほり」、相応は簀子で宮を「四、五尺上げて、打奉る」と、人々は「御几帳」を立てて宮を隠したが、あらわなまま、何度も姫宮を打ち付け、繰り返し投げ入れた。宮は「御物気さめて」完治した。「験徳あらたなり」ということで「僧綱に任ずべき由、宣下」があったが、相応は僧綱を辞退した。その後、何度も召されたが、相応は「京は人を賤しうする所なり」と言って参上しなかったという。（三八六〜三八八頁）

相応のこの説話は、多くの同一説話*、類似説話*をもつ。

新大系は、同話として、『天台南山無動寺建立和尚伝』、『本朝法華験記』*上・五、『拾遺往生伝』下・一、『明匠略伝』日本上、『元亨釈書』一〇、『真言伝』四、『本朝高僧伝』四七、『法華経直談鈔』六末六などの他、類話・関連話として、『扶桑略記』元慶二年九月二五日条（善家秘記）、『今昔』巻第二〇第七、『宝物集』*二、『古事談』三・二一、『日吉山王利生記』一、『真言伝』四（善家秘記）、『帝王編年記』貞観五年、『毘沙門堂本古今集註』*一三、『河海抄』二〇「手習」（松月上人記・善相公の記）、『東国高僧伝』などの存在を指摘している。[13]

興味深いことは、『扶桑略記』の引く『善家秘記』*逸文は、染殿后に取り憑いた鬼のしわざと伝える。そこでは、清和上皇が染殿后、太皇太后藤原明子の知命（五〇歳）の算賀に宴を催したところ、太后は恍惚としており、「鬼」が太后の傍らにいた。そのさまは、まるで「夫婦之好」のようであり、太后と「戯」れているようであった。上皇はそれを見て、はなはだ憎み、世を厭うたという。[14]『善家秘記』という書物については、「清行の奇譚秘話集著作意識」を見て

とる説もある。(15)

これは『宇治』の伝える内容とは随分異なる。グロテスクな説話である。

一方、『宇治』では、人々は相応の風采や容貌、身分の低さをもって乞食の法師を蔑視し、后宮の御前に仕候することを許さなかったのに、后宮が治癒すると、行賞として僧綱の身分を与えようと言い出す。掌《てのひら》を返したように態度を変える人々に対して、相応は怒りを発する。

あるいは、説話の末尾に置かれた「京は人を賤しうする所なり」という、相応の吐くこの言葉のために、『宇治』の編者は、この相応の説話を選び取ったとさえいえるかもしれない。このような認識は『今昔』や『善家秘記』にはない。在俗の者は、相応のようにまっすぐには生きられないが、そのような姿勢で生きることの尊さを『宇治』は説いている。『宇治』は相応の事蹟を、奇譚としてではなく、きまじめに生き方の問題として捉え直したといえる。

奇行の聖増賀

もうひとり、忘れ難い印象を与える僧がいる。それが増賀である。『宇治』第一四三話の内容は次のようである。

昔、多武峯に「増賀上人」という「貴き聖」がいた。いちずに「名利《みょうり》をいとひて、すこぶる物狂はしくなん、わざと振舞」っていた。「三条大后の宮」が出家するとき、「戒師*」として増賀が招かれた。弟子たちは心配したが、思いのほか（受戒の仕事を）すんなり引き受けた。后の出家に際して、上達部、僧たち、天皇の勅使などが参集していたが、この上人はなかなかの難物に見えた。

さて、后宮の御前に召し入れると、増賀は無事「出家の作法」を成しとげた。女房たちは感激して泣いた。ところが、退出しようとするときになって、増賀は大声で、私を（戒師として）名指しされたのはなぜか、よく分からない。「もしきたなき物を大なりと聞こしめしたるか。人のよりは大に候へども、今は練絹《ねりぎぬ》のやうに、くたくたと成たる物を」と言い放ったので、女房たち、公卿、殿上人、僧たちはあきれて、冷や汗を流した。后宮の心中もおだやかではなかった。増賀の貴さも失せてしまった。

また、上人は退出するに際して、自分は歳をとったので風邪が重く下痢をしている。本当は参上できなかったところだが、強いて呼ばれたので意を決して参上した。もう我慢できないので、いそいで退出したいと言って、簀子に座り、尻をからげて、「（水を注ぐ器の）楾《はんざふ》」の口から水を出すように、ひり散らした音は高く、また臭いこと限りがなかった。

その音は、后宮の御前まで聞こえたという。若き殿上人は大笑いした。僧たちは「かゝる物狂を召したる事」と非難した。

こんなふうに、ことにふれて「物狂にわざとふるまひければ、それにつけても貴き覚えはいよいよいまさりけり」であったという。

（二九八～三〇〇頁）

この増賀も広く説話に伝えられた僧である。

新大系は「類話一覧」において、『今昔』巻第一九第一八のように酷似した同話だけでなく、『本朝法華験記』下・八二、『続本朝往生伝』一二、『多武峯略記』上、*『発心集』一・五、*『私聚百因縁集』八・三、『元亨釈書』一〇、『和州多武峯寺増賀上人行業記』、『扶桑隠逸伝』中、『本朝高僧伝』九など、数多くの同一説話の存在を指摘している。(16)

『今昔』巻第一九第一八の説話は、『宇治』第一四三話と同様の構成をもつ逸話を共有し、含み込んでいる。『今昔』が『宇治』と異なることは、「聖人出ヌレバ、長《オトナ》ナル僧俗ハ、カヽル物狂ヲ召タル事ヲゾ極テ謗《そし》リ申シケレドモ、甲斐无クテ止ニケリ」と閉じられることである。(17)

ところが、『宇治』の増賀の評価は、少し異なっている。

増賀の説話はいずれも「奇行譚」として有名であるが、難解であるのは、『宇治』においてはあえて卑猥さや汚穢を求めて、増賀が「物狂」を「わざと」演じてみせたにもかかわらず、世間では「貴き覚えはいよいよいまさりけり」と評価されたことである。この説話の要点は、この逆説にかかっている。

増賀は「ひとへに名利をいとひて」「物狂はしく」「わざと」行動した僧として紹介されている。増賀の奇行は「わざとふるまひ」するところにある。普段から「名利」を離れて修行してはいるが、后宮の受戒という儀礼をみごとにしおおせたにもかかわらず、増賀はそのような名誉や褒賞を捨て、断ち切ることに徹している。増賀はあえて、名利—名聞・利養を捨てるために徹底して「奇行」をなしているといえる。その徹底ぶりにおいて、世俗の及ぶところではないからだ。

言い訳する山伏

一方、『宇治』には、猥褻で卑俗な内容をもつ説話が少なからず存在する。しかも僧の言動として描かれる場合がある。問題は、その読み方である。

そこで、第二の極として、破戒僧たちの言動についてみよう。例えば、第五話は次のようである。

これも今は昔、ある人のもとに、仰々しい姿をした「山臥」が、侍《さぶらひ》の詰所の庭に入ってきたので、誰だと尋ねると、「私は白山におりましたが、金峯山に参り二千日（勤行）しようとしたが、費用が不足した。ついては寄進を願いたい」と言って立っていた。見ると、額と眉の間に二寸ばかり、なま傷があった。侍が、傷はどうされたのかと尋ねると、山臥は「これは＊随求陀羅尼《ずいぐだらに》を籠めたるぞ」と答えた。侍どもが、そんなことは今まで聞いたことがないと騒いでいると、十七、八ばかりの小侍が走り出て、「嘘つきの法師だ。あれは七条町にある江冠者《がうくわんじや》の家の東にいる鋳物師《いもじ》の妻を、（山臥が）隠れて密会を続けていたが、去年の夏、また（鋳物師の妻と）寝ていると、男の鋳物師が帰ってきて鉢合わせしたので、とるものもとりあえず、逃げて西へ走ったところ、江冠者の家の前あたりで、鋤で額を割られたのを私も見ました」と言った。

なんてことだと人たちが聞いて、山臥の顔を見ると、平然として「その機会に（随求陀羅尼を）籠めたのだ」と答えたので、集まっている人たちは一同、どっと笑ったのにまぎれて、（山臥は）逃げていったという。

（一四～一五頁）

山臥は、北陸の白山という霊地で修行し、吉野の金峯山にも千日回峯を試みようとしたが、*手許不如意、資金不足になったという。まずそのように描かれるあたりから怪しい。しかも、随求陀羅尼という観音菩薩の呪を額の中に籠めているという。自分は観音の呪を持つことで、衆生の願いをかなえることができると豪語した。ところが、登場した第三者の小侍が目撃、証言することで嘘がばれるという仕掛けになっている。すなわち、小侍は、山臥が金物の鋳造をなりわいとする男の妻と懇《ねんご》ろにしていたところ、現れた夫とはちあわせ、額を割られたという。ところが、山臥は人々からこっぴどく暴露されてもなお、随求陀羅尼はそのとき籠めたのだと、苦しい言い訳をしたという。どう考えてもそんなばかなことはありえない。

からかわれる聖たち

『宇治』には、これとよく似た説話が続けて配列されている。例えば、第六話は次のようである。

これも今は昔、中納言（師時）がいた。その人のもとに、不動袈裟《ふどうげさ》をかけた「聖法師」が入ってきて立っていた。中納言が、何者かと尋ねると、ことのほか声を作って「仮の世ははかないものであり、生死流転とは、つまるところ煩悩のなせるわざで、（自分は）生死の境を離れようと悟りを得た聖人だという。中納言が、それでは煩悩を切り捨てるとはどういうことかと問うと、さあこれを御覧くださいと言って衣の前を掻き上げると、玉茎はなくて鬚（のような陰毛）だけがあった。不思議なことだと見るうちに、下がっている袋が何か変なようすなので、中納言が侍を呼んで「その法師を引っぱって来い」というと、法師は阿弥陀仏と唱えて、勝手にしろと目を閉じた。そこで、中納言は（山臥の）足を広げさせた。（中納言は）小侍を召して、法師の股の上を手でさすれ、と命じた。小侍が言われたとおりにすると、聖は、もうやめてくれという。中納言が、もっとこすれとけしかけると、聖の毛の中から「松茸のおほきやかなる物」がふらふらと出て、腹にぱたぱたと打ち付けたので、中納言だけでなく、万座の人々は声を合わせて笑った。聖も手を叩いて、ころがり回って笑った。

これは、（山臥が）前もって大事な物を、下の袋にねじ込んで、御飯粒で毛をくっつけ、何ごともなかったかのように人をだまして物を乞おうとしたのだという。（山臥は）まさに「狂惑の法師」だったという。

（一五〜一七頁）

興味深いことは、第五話も第六話も、従来の研究史において、同一説話や類似説話の存在の知られていない、いわば孤立話*であることにある。(18) というのも、『宇治』の説話には、同話や類話をもつものが多いからである。だからといってただちに、これらの「孤立話」が『宇治』の編者の「創作」だとまで言う必要はない。むしろ、孤立話であることにおいて『宇治』独自の思想が見てとれるに違いない。

第五話についていえば、さも山伏らしい姿をしている僧が、厳しい修行の果てに寄進を願い出たところまで、われわれ読者は、本文をなぞりながら、彼の発言を受け入れて行くより他に読み方はない。ところが、小侍が「目撃者」であり「証言者」として登場し、山伏の発言が虚言であることを暴き立ててしまう。一同の笑いはそこから生じる。

説話の仕組みは、第六話も同様である。聖法師がみずから煩悩を克服し、生死を超越しえたと説くことを、中納言がこれは虚言だと見抜き、小侍を促してあの山臥は聖法師ではないと暴き立ててしまう。これもまた、第三者の目撃、証言によって、聖法師の言葉は真っ赤な嘘であることが証明されたために、居合わせた一同に笑いが生じるという仕組みになっている。

この説話の主人公に、仏教の側から戒律に違反があると指摘することは、確かに間違いではないのだが、説話を読み解く上ではあまり意味をなさない。

第一一話も孤立話である。内容は次のようである。

これも今は昔、「京極の大納言」（雅俊）という人がいた。（大納言が）仏事を営まれたとき、仏前で僧に鐘を打たせ、「一生不犯《ふぼん》なる」（僧）を選んで、講を行なった。ある僧が「礼盤」に登り、少し緊張した顔つきで別人のようになって、「鐘木《しゅもく》」を振り回し、打てずにいた。大納言はどうしたのかと（不審に）思ったが、しばらく黙っていたので、人々も不可解に思っていると、この僧はわななき震える声で、手淫はいかが（一生不犯に反するの）でしょうか、と言ったので、諸人は顎がはずれるくらい大笑いした。ひとりの侍が、手淫は何度くらいしたのかと尋ねると、この僧は、ゆうべもしましたと答えたので、また一同どっと笑った。それに紛れて（僧は）逃げてしまったという。（二三〜二四頁）

この説話はどこが面白いのだろうか。

この時代、不犯の僧は貴い存在としてあがめられた。(19)清らかな不犯の僧として登場したはずの存在が、大納言や侍によって、残酷にもただの俗物にすぎないことが暴き立てられてしまう。

要するに、以上の三話に共通していることは、一見いちずに求道する姿勢をもつと見えた僧が、第三者によって見事に化けの皮が引き剝がされてしまうところに、説話の構成からする面白さがある。俗人のなしえない修行を積み、神聖なる存在であるはずの僧が、結局のところ編者（読者）と同様、卑俗な存在にすぎないことが証明されてしまうのである。

しかしながら、これらの説話は、僧行が裏側から批評されている。それでは編者は何を評価しているのか。編者のかくあるべきだという積極的な主張はどこに認められるのだろうか。それはおそらく、次のような説話に託されている。

母の尼の祈り ― 極楽寺の僧 ―

『宇治』の説話には高名の僧ばかりが登場するわけではない。

『宇治』第一九一話に登場する僧には名前がない。この無名の僧の言動に、『宇治』の仏教信仰に対する考えが集約されている。それは仏教の教義や教理とは別のものである。

　今は昔、堀川太政大臣が重病になった。僧という僧がこぞって召集され、祈禱が行われた。極楽寺はこの大臣の造営した寺であった。ところが、この寺の「僧ども」はなぜか召されなかった。「或僧」は、「殿の御徳」を思い「召さずとも参らん」と考え、『仁王経』*

を携えて参上した。或僧は、人目をしのんで殿の「中門の北の廊のすみにかゞまりゐて」『仁王経』を「他念なく読み」奉った。すると殿から、極楽寺の僧を呼ぶように仰せがあった。人々はなぜ名もない僧を呼んだのか不審に思った。或僧を呼び寄せて殿が言うところには、夢に、自分を襲っている「鬼ども」を「びんずら結ひたる童子」が「はすえ」で追い払っているさまを見た。童子のことを尋ねると、或僧が中門の脇で『仁王経』を「他念なく」読んだことで「経の護法」が病をもたらす「悪鬼どもを追払」ったという。夢が覚めると、殿の病はすっかりよくなっていた。

だから、「人の祈は僧の浄不浄にはよらぬ事也。只、心に入たるが験あるもの也。『母の尼して、祈をばすべし』と、昔よりいひ伝へたるも、この心なり」という。

(三八一～三八三頁)

この説話は、同一説話が『今昔』第一四第三五話にあるが、ストーリーの上で大きな異同はない。[20]

問題は、殿の治療のための祈禱に呼ばれなかった或僧が、少しもひがむことなく、むしろ「他念なく」一心に『仁王経』を読誦したことにある。『仁王経』は、災厄を払うときによく読まれる経典であるから、この場合、経典が何かということには、あまり意味はない。重要であることは、話末評語のいうところに示されている。すなわち、僧の身分の高い低いではない、また「心に入りたるが験《げん》あるもの」であり、母の尼であるかのように祈りをすべきだという。(21)『今昔』の時代はまだ平安時代の末期で、身分社会は揺らいでいない。しかしながら、僧の身分と関係なく、気持ちをこめて、まるで母の尼の心をもって経を読めというのである。それは、仏教の教理・教義の問題ではない。世俗の人の用いるべき心持ち、心構え、心掟とでもいうべきものである。

信仰することへの敬意

このように読み進めてくると、最初『宇治』における僧行が二極をなすと見えたのも、結局はひとつの原理に貫かれているのではないかと見えてくる。それは次のような説話に集約されている。例えば、第一一〇話である。

昔、兵藤大夫「つねまさ」というものがいた。彼は筑前国の山鹿庄にいた。またそこに「つねまさが郎等」「まさゆき」という男がいた。(「つねまさ」のもとにいた)人は、(まさゆきが）仏像を作り供養するということで、「物食ひ、酒飲み、のゝしる」わけを尋ねると、「まさゆき」の造仏供養に向けて、同輩の郎等たちが饗宴をしているということだった。このあたりでは、四、五日間にわたって仏供養を行うという。（寄宿していた）人も饗宴で相伴《しょうばん》にあずかった。

ところが、招かれた講師の僧が、「何仏を供養するのか知らない。何仏か分からないと「説経」できない」と言う。つねまさは、もっともなことだと思って、まさゆきに「何仏を供養」するのか尋ねると、「知らない」と言う。仏師は知っているかもしれないと言うので、仏師を呼び出して「何仏を作り奉りたるぞ」と尋ねると、「知らない」と答える。それでは誰が知っているのかと尋ねると、「講師は知っているだろう」と答えたと言う。するとどうやら、「たゞ、『仏つくり奉れ』」と言われたので、「たゞまろがしらにて斎の神の冠もなきやうなる物を、五頭きざみ」しただけで「供養」する講師に名を付けてもらったと言う。仏像を造ることは「同じ功徳にもなればと聞きし」という。「あやしのものどもは、かく希有の事どもをし侍りけるなり」という。

（二三四〜二三七頁）

これも『宇治』の孤立話である。

『宇治』の編者はおそらく世俗の人であろうが、だからといって、仏神に対して信仰を持たないとは単純にいいえない。仏像の名前も知らずに供養するという営みについて、『宇治』は「あやしのものども」の事として伝えてはいるが、編者は読者と一緒に出来事や登場人物のことを笑いながら批判的に伝えているというよりも、対象が何仏であろうと、信仰することの尊さを伝えていると見たい。考えてみれば、有名な説話と、孤立した説話との双方において、『宇治』特有の思想はより顕著に見てとれるであろう。

注

（1）三木紀人・浅見和彦校注『新日本古典文学大系　宇治拾遺物語』（岩波書店、一九九〇年、一九六～二〇二頁）。以下、『宇治拾遺物語』はこれに拠る。
（2）廣田收『『宇治拾遺物語』「世俗説話」の研究』（笠間書院、二〇〇四年）。
（3）山田孝雄他校注『日本古典文学大系　今昔物語集』第三巻（岩波書店、一九六六年）。
（4）廣田收「説話世界の縁起」（堤邦彦・徳田和夫編『遊楽と信仰の文化学』森話社、二〇一〇年）。
（5）大場磐雄「神道考古学の体系」（『神道考古学講座　第一巻　前神道期』雄山閣出版、一九八一年、一一～一二頁）。
（6）大場磐雄「総説」（『神道考古学講座　第四巻　歴史神道期』雄山閣出版、一九七四年、一頁）。

（7）景山春樹「修法遺跡」（注（6）同書、一三頁）。
（8）橋本章彦『毘沙門天―日本的展開の諸相―』（岩田書院、二〇〇八年）。
（9）国宝『信貴山縁起絵巻』詞書の本文は、『宇治』とほぼ同文である（宮次男「詞書　付梅沢本古本説話集及び宇治拾遺物語との対照」『日本絵巻物全集　第二巻　信貴山縁起絵巻』角川書店、一九五八年）を参照。
なお部分的には、詞書に対して『宇治』と『古本』とが、付加された関係にある箇所もあるが、詞書と『宇治』とに共有される部分で『古本』にはない箇所もある。影響関係は単純でないが、どちらかというと詞書は『宇治』に近く、『宇治』から抽出した可能性も予想されるが、確証はない。
（10）延長八年八月一九日条（『国史大系　扶桑略記』吉川弘文館、一九六〇年、二三九頁）。
（11）古代における戒壇は、東大寺大仏殿横の戒壇院を始め、筑前国の観世音寺、下野国の薬師寺が知られている。その後、比叡山延暦寺にも置かれた。
（12）『大日本仏教全書』第四一巻（仏書刊行会、一九一四年、二八一九～二八二〇頁）。
（13）注（1）に同じ、五三三～五三四頁。
（14）注（10）に同じ、五一六頁。
（15）今野達「善家秘記と真言伝所引散逸物語」（『国語と国文学』一九五八年一一月）。
（16）注（1）に同じ、五三〇頁。
（17）山田孝雄他校注『日本古典文学大系　今昔物語集』第四巻（岩波書店、一九六二年、一〇〇

頁)。一部、私に本文を訂した箇所がある。

(18) 廣田收「孤立話から見る『宇治拾遺物語』の特質」(『同志社国文学』第八一号、二〇一四年一一月)。なお、西尾光一氏は、国東文麿氏が『今昔』において提唱された「二話一類様式」(『今昔物語集』成立考』早稲田大学出版部、一九六二年)を受けて、全説話を検討され分類案を提示し、この第五話・第六話について「二話一類の連纂」の基本的な配置であることを主張した(西尾光一「『宇治拾遺物語』における連纂の文学」『清泉女子大学紀要』第三一号、一九八三年二月)。

(19) 石田瑞麿『女犯—聖の性—』(筑摩書房、一九九五年)。

(20) その他、『古本説話集』下巻五二話、『真言伝』二にもある。

(21) 中村義彦・小内一明校注『新日本古典文学大系　古本説話集』(岩波書店、一九九〇年、四六三頁)は、『譬喩尽』に諺として登録されていることを指摘している。

『古事談』編者周辺の僧たち
――観智・貞慶を中心に――

生井真理子

はじめに

『古事談』*は、源顕兼《あきかね》（一一六〇〜一二一五）によって編集された、鎌倉初期の説話集である。『古事談』に収録された説話中、時代が確実にわかるもので、もっとも新しい時期に当たるのが、巻三「僧行」の第八二話（以下、説話番号は三―82のように表示）における、建暦二年（一二一二）の良宴の臨終時の話である。『古事談』編者源顕兼は斎宮寮頭・刑部卿等を経て非参議従三位まで昇り、建暦元年（一二一一）に出家、建保三年（一二一五）二月に五六歳で没したので、没年の一二一五年が『古事談』成立の下限になる。ここでは、保元平治の乱から治承寿永の乱、鎌倉幕府の源実朝の時代まで生きた源顕兼と同じ時代に生きた僧に焦点を当てたいと思う。

大納言法印良宴

『古事談』成立の上限とされる大納言法印良宴の話は次のようである。

> 大納言法印良宴、建暦二年九月、雲居寺《うんごじ》の房において入滅春秋八十六の時、最後に弟子等念仏を勧めければ、法印いきのしたにいはく、「年来《としごろ》、瑜伽上乗の教を翫《もてあそ》びて、已に九旬に及び畢《おはん》ぬ。今臨終の時、何ぞ其の志を変へんや。観念の乱るるに、暫《しばら》くもなのたまひあひそ」とて、西方に向ひて、手に*定印《じょういん》を結び、居乍《なが》ら命終し了《おは》んぬと云々。
>
> （岩波新日本古典文学大系『古事談　続古事談』）

すなわち、密教僧の良宴は極楽往生の願望は持っていたが、弟子たちの勧めを制して念仏を唱えることなく、自分の信じる「観念」という方法で見事に滅したのである。

この大納言法印良宴という人物は、落合博志氏が、藤原公季の末孫で紀伊守藤原季輔の子であり、天台山門の密教僧であることを明らかにしている。季輔の父は権大納言藤原仲実。仲実の姉妹に鳥羽天皇の母となった苡子がいる。落合氏の言葉を借りれば、良宴は「密法の興隆に生涯を送」り、付法の弟子も多く、藤原俊成の子で延暦寺僧の静快は、良宴を付法の師とした。また、建永元年（一二〇六）五月、藤原定家と母を同じくする姉の健御前が出家する時、この良宴が戒師＊を勤めた。落合氏はこの点をふまえて、

顕兼が本話を『古事談』に収めたことには、親交していた定家の近親と良宴の関わりもいくらか背景としてあったかも知れない。

と述べる(1)。顕兼と良宴との親疎関係は明らかではない。だが、少なくとも、近しい人物からよく名前を耳にするような高僧の臨終時の様相というのは、すでに出家し、後世のための勤めに真剣さも増していただろう顕兼にとって、我が身に引きつけて生々しい関心事であったにはちがいない。しかし、その臨終時がどうであったかの話が『古事談』に収録されるには、別の評価軸も働いていたと思われる。

当時、臨終時には善知識と呼ばれる僧が、これから逝こうとする人を出離往生に導くために、

そばに付き添い、念仏等を勧めることが一般的だった。たとえば、三―39の一条天皇は慶円座主に最後の念仏を唱えさせるよう命じていた。ところが、慶円が退下している間に一条天皇は崩御してしまったので、慶円は院源とともに啓白《けいびゃく》*と火界呪*によって一条天皇を蘇生させ、天皇に念仏百余遍を唱えさせて終わったという（一〇一一没）。三―65の永観律師は臨終の時（一一一一没）、周囲が「いかに念仏は」と問うと、念仏を唱えずに『観無量寿経』*の一節を口にして命終したという。また、三―102の吉田斎宮の臨終時（一一六一没）の場合、蓮仁聖人（本学房）は釈迦牟尼の仏名、毘盧遮那、普賢経の文を唱えさせ、「咲相」（笑みを含んだ苦悶のない表情か）で閉眼した。安心する女房たちをよそに、蓮仁聖人は念仏をやめて、不動明王の真言を唱えさせると、斎宮は蘇生し、「あら、ねたや、具し奉りゆかんと思ひつる物を」と言って、またしばらく念仏を唱え、眠るように亡くなった。蓮仁聖人は「これこそ本当のご終焉だ」と言ったという。天魔が臨終時に斎宮の魂を魔界へ連れ去ろうとするのを、うまく退けたのである。

さて、このように列挙してみると、これらの話の臨終の様相は、みな尋常ではない意外性に満ちている。良宴の場合、今は最期と弟子が念仏を唱えることを勧めると、西方浄土の方角に向かいつつ、なお自分の意志を貫徹し、定印を結んで座したまま命終したところが、話を聞く者に意外な驚きを与えたのだろう。『古事談』に良宴の話が採録された理由には、この意外性が大きな条件の一つだったと言える。

意外な人とのつながり

ここで、見方を変えて、編者源顕兼と同時代を生きた人物の話題として見ると、「定家の近親と良宴の関わり」というのも、決して無視はできない要素であったかも知れない。この意外性は良宴を知る者同士では、格好の話題ともなりうるからである。落合氏のあげた「定家の近親と良宴の関わり」に、もう一例付け加えるなら、定家の妻（為家母）の兄弟である公暁（内大臣藤原実宗の息、一一七一～一二三三）も良宴の灌頂の弟子の一人である。藤原実宗も良宴と同じく藤原公季の末孫で、公暁の兄は西園寺流の祖となった藤原公経。公暁の名は『明月記』*に度々見られる。そして、石清水祀官系図*（続群書類従本）によれば、石清水検校祐清（一一六六～一二二一）には「法印公暁室。異本　院主法印公□室。能性僧都同宿」と記される女子がいる（〔系図3〕参照。本稿末尾）。公暁は建永二年（一二〇七）に比叡山西塔院主に任ぜられ（『天台座主記』）、建保四年（一二一六）に法印に叙されている。石清水検校祐清は顕兼にとって母方の従兄弟に当たる。祐清の娘がいつ公暁と結婚したかは明らかでないので確実なことは言えないが、もし、公暁が早く祐清の聟となっていたならば、「顕兼の親族と良宴との関わり」も背景の一つに含められよう。

ちなみに、貴族出身の僧の妻帯は当時それほど珍しいことではなかった。祐清の娘は公暁と離縁した後、能性僧都と同居したと見られるが、この「能性」について、時代的に合う人物を『尊卑分脈』*で探せば、藤原能保（号一条）（一一四七～一一九七）息の法印能性（仁和寺）が該当しよう。一条能保は源頼朝の同母姉妹（源義朝の娘）を妻とし、能保の娘には摂政藤原良経室と太政大臣藤原公経室、大納言源通方室などもいる。その能性の母も僧の娘（仁操僧都の娘）である。源顕兼の父宗雅が薨じた時、中陰*の導師*を勤めた叔父の公雅（源雅綱子、源宗雅弟）（？～一二二〇）にしても、やはり園城寺の僧で法印権大僧都の地位にあったが、その子、道喜（一二〇一～一二四八）も園城寺の僧として大僧都になっている（『尊卑分脈』『園城寺伝法血脈』）。また、公雅法印の娘（宰相局）は建保五年（一二一七）二月三〇日に、順徳天皇の皇子を生んでいる（『仁和寺日次記』）。内裏に女房として出仕していたのであろう。もっとも、『三井続燈記』*（僧伝一之二）「霊鷲院公雅」の伝では、公雅の並外れた学徳を讃えながら、最後に「只恨むらくは閨房の過あり、衆香の曇無竭に似る」と、妻帯という破戒に言及して、衆香城で六万八千人の婇女と楽しみながら般若波羅蜜について説いた曇無竭（法上菩薩）（『摩訶般若波羅蜜経』巻三〇）に、やんわりとなぞらえている。もとより、僧侶にとって妻帯は瑕瑾《かきん》ではあった。

石清水八幡宮寺祀官僧

『古事談』編者源顕兼が生きた当時の貴族社会周辺には、現代では想像ができないほど多くの僧尼がいた。顕兼の父は刑部卿三位の源宗雅である。源顕房流に属する村上源氏の末裔になる。『尊卑分脈』によれば、源宗雅の兄弟は、左少将・皇后宮権亮であった源国雅の他は、最雅（比叡山・阿闍梨）、晴雅（園城寺・権律師）、雅経（比叡山・阿闍梨）、公雅（園城寺・法印）と、全員が僧である。さらに、源顕兼の母は石清水八幡宮護国寺（以下、石清水と省略）の別当であった光清（一〇九二〜一一三七）の娘である。石清水八幡宮は神社ではあるが、これと不離一体の護国寺の別当が石清水八幡宮の経営に当たっており、祀官僧である石清水別当は宮寺のトップとして大きな権限をふるった。母方からの関係からか、『古事談』第五「神社仏寺」の巻では神社関係は石清水八幡宮の話が一番多い。また、曾祖父頼清・祖父光清・叔父成清・成清の子である幸清、及び、頼清のおじに当たる清成・永観も『古事談』に登場する。これを略系図にまとめ、（）内には『古事談』に登場する説話番号を記すと、〔系図1〕のようになる。

〔系図1〕石清水紀氏系図

源顕兼自身の歌集や日記などは残されておらず、彼に関する史料は非常に乏しい。親しかった藤原定家の日記『明月記』に時折登場するのが、顕兼に関する大きな情報源となる。『明月記』を見れば、顕兼は石清水の祐清や幸清とかなり親しかったようである。

さて、このように身内に多くの僧がいたのだが、『古事談』第三「僧行」に入っているのは、石清水関係者では永観（一〇三三～一一一一）だけである。永観は石清水祀官系図によれば、石清水の寺任権寺主・官符少別当の肩書きを持つ。『古事談』三―64では、「永観律師」に関して、「八幡別当元命子也」と傍注の形でその出自が記される。『古事談』の原本が残っていないので確認はできないが、この傍注は後人による増補の可能性があろう。『拾遺往生伝』下―26「前権律師永観」の伝によれば、永観は文章生源国経の子であったが、二歳の時に石清水別当法印元命が養子にして育てたという[2]。

ただし、『続古事談』一―14では「禅林寺の永観律師」と呼ぶように、彼の活躍の場は石清水ではなかった。永観の一生に関しては、『拾遺往生伝』に詳しいが、彼は東大寺で深観大僧都を師として受戒、学僧として認められるも光明山に隠遁、後に深観から禅林寺を受け継ぎ、後には権律師となり、東大寺別当に抜擢されて、東大寺の修理を行った人物である。石清水祀官としての活動記録はほとんど見あたらない。往生思想の普及に努め、『往生講式』『往生拾因』などの往生に関する著述もある、東大寺出身の学僧と言ってよい。話の内容も三—64では法勝寺の供僧になって出挙*をしたものの回収することなく終わった話や、東大寺別当になって拝堂のために南都に下向する時は、小法師二人連れての歩行で、その清貧に徹する態度に東大寺の所司も感服、帰依した話。三—65は永観の臨終時に、往生思想に徹した彼らしく、『観無量寿経』の一節を示して命終した話（前節で既述）で、石清水や八幡信仰は出てこない。

祀官僧とは何か

永観を除いた石清水の僧が「僧行」の巻に登場しないのは、そこにふさわしい話題がなかっただけなのかも知れない。が、石清水祀官僧の特殊さも考慮に入れてもよいだろう。時代を遡れば、石清水八幡宮寺の初代検校には東大寺別当・東寺長者となった益信僧正（八二七〜九〇六）や、第二代検校としては天台座主を兼ねた義海僧都（八七一〜九四六）など、歴史上著名な高僧もいる。ただ、この二人は、石清水に在住し、若いときから八幡神に仕えて、寺務社務の経営組織の中で昇進してきた石清水所司出身ではない。石清水創建の行教や初代別当の安宗は清僧であったと思われるが、所司クラスの系譜を見れば、徐々に妻帯僧が増え、その子孫が代々祀官となる家筋を形成してゆくことがわかる。(3)

無論、祀官僧もれっきとした僧である。たとえば、源顕兼の祖父光清（一〇八三〜一一三七）は、一一歳で天台座主僧正任覚を師主として出家。翌年には石清水の上座に補され、一五歳で修理別当、一八歳で権別当、二〇歳には別当となり、行幸の賞で法橋《ほっきょう》*の僧位を得ている。この後、法眼（御幸賞）・法印（行幸賞）と僧位は上昇、ついには御幸賞で権大僧都にまでなっている。一般の寺院僧との違いは、光清の僧としての昇進はすべて行幸・御幸の賞によるという点である。光清が加持祈禱や読経のために宮中に請じられて、それで賞を得たというような形跡は今のところ見あたらない。石清水の祀官僧は基本的に八幡神に仕え、信者の依頼も含めて八幡神のために仏事を執行することが主な仕事であった。

さらに、頼清・光清たちの紀氏一族は石清水宮寺組織の上層部を独占する家系を確立してゆく。光清の娘である美濃局が鳥羽院の寵を受けて法親王二人と姫宮一人を産んだことの影響も大きく、光清の嫡男である任清は権中納言藤原宗能（後に内大臣）の娘と結婚している。実態はともかく、本来的には僧は結婚しないのが原則であり、永観もまた信仰に生きる清僧であったが、石清水の祀官僧は女犯・妻帯に関しては世間的にも問題にされず、僧綱の地位をさえ得ていたのである。八幡信仰や社会的地位とは別な意味で、修学の功や修行の成果、信仰生活の高潔さなどから、貴い僧として評価され、尊敬され、崇《あが》められる話題があったか、となると、その例は今のところ見出せない。その意味では石清水祀官は一般の僧とは異質な存在であると言ってよい。そういえば、『古事談』「僧行」の巻には、熊野・祇園・天満宮といった、神社には分類されるが、僧侶が支配する組織の中の別当などの話題はまったく見えない。源顕兼の意識の中では、やはり神に仕える僧は、一般の僧と区別されていたのではないだろうか。

安芸僧都観智

再び、『古事談』の良宴の話に戻すと、良宴の話の前には、比叡山の智海法印が清水坂に住む白癩病*の僧に出会った話、三―81がある。彼は「南都北嶺でもこれほどの学僧はいるまい」と、智海法印が舌を巻くほど学識があったという。〈もしや、仏菩薩の変化の人か〉と疑うのだが、良宴がこの話に続いて登場するのは、編者源顕兼が、一生を天台密教の学問に捧げた良宴の学識を認めるからでもあろう。国家や皇族・貴族社会が寺僧に求める能力の一つに修学があるが、これをわかりやすく説く能力も求められた。関山和夫氏は『兵範記』保元元年（一一五六）七月二日の記事に見える「鳥羽法皇の遺詔」を挙げて、

これは御前僧を選ぶのにまず「能説」のものを優先し、それ以外は浄行のものをということである。御前僧を選ぶ条件に能説があげられているのは注目すべきである。

と述べているが、(4)『古事談』三―78・79・80には説教の名手が登場する。

三―78の安芸僧都観智（園城寺・大僧都）の話のあらすじをまず述べると、観智僧都は「能説の名徳」、つまり説法の名手であり、人に頼まれて法事を務めることで生計を立てる一生を送った。けれども、親疎に関わらず憐憫の心を持って人に接し、人柄はよかった。臨終の時も、苦痛なく笑みを浮かべるようにして臨終正念*で終わったので、往生は疑いないと弟子たちも思っていた。ところが、中陰の後、「後房」（僧の妻）の夢に、裸に近い姿の彼が庭に来て、「鬼道」に墜ちてしまったことを告げる。彼は妻の眼前で、その受苦の有様をあらわにする。膨大な量の布施布が虚空から降り、地中から出てきて彼の身を埋め、火炎が布を焼き、彼もまた消し炭のような姿となってしまった。一日三度、この苦しみを受けていると言って、観智は泣きなが

ら帰って行ったという。

九条兼実の日記『玉葉』承安四年（一一七四）一〇月一七日の記事によれば、関白藤原基房が五部大乗経の供養をする際、「当時之能説五人」すなわち、澄憲・観智・覚長・明遍・弁暁の五人を請じ、五日間に各自に分担させて供養したという。また、安元二年（一一七六）七月二四日条では、後白河院が建春門院（七月八日没）の中陰の間に臨時の御仏供養をする際、導師は権大僧都観智が担当したが、九条兼実は観智に「寵僧第一也」と割注をし、「説法優美」とその説法を賞賛しているから、講師・導師としては、後白河院お気に入りの、当時の第一級の人物であったことが知られる。『古事談』では、次の三―79には澄憲法印と覚長僧都が登場し、能説の僧の話題が続く。

観智と澄憲の世系を『尊卑分脈』をもとに簡略に表すと次の〔系図2〕のようになる。

〔系図2〕藤原貞嗣卿孫

季綱―友実―能兼―範兼（五―14）
　範兼の子
　　範光（権中納言）―範朝―範氏
　　範子（後鳥羽院乳母）（三位局）（能円妻・源通親と再婚）―承明門院在子（土御門天皇母）
　　兼子　典侍卿二品（卿二位）後鳥羽院乳母

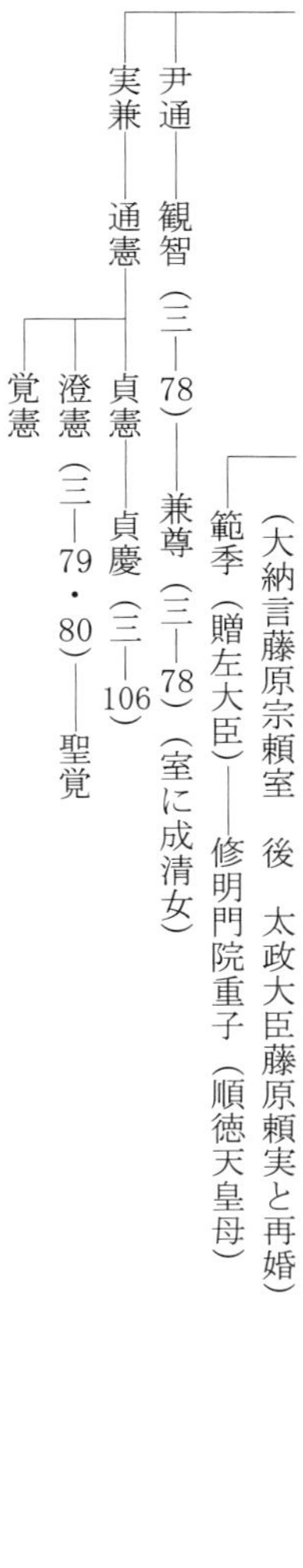

この〔系図2〕を見るとわかるように、季綱流としての同族には、後鳥羽院政のもと、乳母一族として、近臣として、また土御門天皇や順徳天皇の外戚として華やぎ時めいた範兼一家がいる。観智の話に「後房」が出てくるように、観智は妻帯しており、「浄行」とは言えない僧である。その点では、澄憲法印・覚長僧都も同じで、澄憲・聖覚父子は唱導の安居院流の基礎を築き、覚長の子の信宗は正治二年（一二〇〇）に興福寺権別当となっている。したがって、観智が鬼道に堕ちたのは多額の布施目当ての*不浄説法を行ったがためであって、妻帯の破戒ゆえではない。ちなみに、夢を見たのは兼尊律師の母だったが、兼尊（園城寺・阿闍梨律師）は源顕兼の従姉妹の夫に当たる。石清水祀官系図によれば、成清の娘の一人が「法成寺執行、大納言律師兼尊室」なのである（〔系図3〕）。

兼尊の名は『玉葉』建久二年（一一九一）五月三〇日条や建久七年（一一九六）五月二四日条

の最勝講第二日に問者《もんじゃ》として見える。承元二年（一二〇八）一一月二九日には、権律師として法成寺御八講初日の問者を勤めており、この日の参入公卿の中には刑部卿顕兼の名前も見られる（『猪隈関白記』）。また、建保元年（一二一三）四月五日、法勝寺で行われた前中納言藤原範光のための五七日供養に、藤原定家は「追従」のために、しぶしぶ出向いているが、法要の講師は兼尊律師であった（『明月記』）。『尊卑分脈』によれば、兼尊の孫の観兼（園城寺）は、藤原範光の孫である範氏の養子となっており、範光一家とは近しい関係にあったようである。『玉葉』建久七年の条では兼尊に対して、「第二重難の後、問者述懐の詞有り、尤も悪気なり」という九条兼実の批評があり、『明月記』の建保元年の条では「請僧三人籠僧か、講師兼尊律師、事頗《すこぶ》る等閑に似たり」という定家の評があるから、兼尊律師の方はあまり言葉で人々を惹きつけるタイプではなかったらしい。

「故」と「母堂」

今のところ観智の没年は知られていない。臨終時に苦痛なく正念のままという理想的な状態で、弟子が観智を西方に向けようとした時、空中から「正念を以て西方を見るなかれ、西方は西方にあらず」という声がして、観智は「心を西方に念ずべし」という文を誦して「同じ事なり」と言ったとあるから、観智は西方には向かわなかったようである。種々の法文を唱え、笑うが如く命終したというあたりは、先述した三―102の吉田斎宮の話を想起させる。すなわち、天魔が往生であるかのように周囲を錯覚させて、往生を妨げて鬼道に引きずり込む事態を疑わせる要素が、すでに伏線として話中に含まれている。それだけに意外性は大きく、観智の名声を知る人々にとって、話題性は十分ある内容である。

源顕兼がこの話を入手した方法は文字情報だったのか、伝聞だったのかは明らかではない。ただ、この話の最初の語り手は、夢を見た「後房」、つまり妻自身でなければならない。『古事談』には「後房」に「兼尊律師母堂」と割注がある。兼尊律師の「母」ではなく「母堂」としたのは、兼尊に対する敬意がこもる。伝聞によるのであるなら、この割注に「母堂」を用いたのは、兼尊律師が貴族階級出身であることと、成清の聟であることを知っている源顕兼自身だろう。

というのも、兼尊律師の義父である成清の場合、源顕兼にとっては母方の叔父に当たるが、『古事談』五―11では成清について、地の文で「故八幡検校成清」と、身近な関係にあった者に使う「故」をつけて表記している。『古事談』五―11の始まりには、八幡故検校僧都成清は、光清第十三郎の弟子、小大進三宮女房の腹なり。小大進所生の子息八人、皆な女子なり。仍《よ》りて男子一人を慕ふ間、夢告有り。「熊野権現に祈り申すべし」と云々。之れに依りて即《すなは》ち参詣を企つ。還向の後、幾程を経ずして懐妊し、産生する所の子なり。

とある。すなわち、小大進は光清との間に八人の女子を生み、熊野に参詣して得た男子が成清であった。光清の没後、小大進は花園左大臣家に女房として仕え、花園左大臣源有仁は、母とともに伺候した成清を一二歳の時に元服をさせるかどうか、八幡大神の意志を問うために祈請し、大臣家の侍である木工允頼行の見た夢によって、仁和寺の高野御室（覚法法親王）のもとへ連れて行き、一六歳で出家させたという。だが、花園左大臣が亡くなって後ろ盾を失い、「其の憑《たの》む母さへ逝去して後」は仁和寺の辺に籠居していたという。

孤児となった成清が石清水の祀官の道を歩むことになった数奇な運命の霊験物語は、第三者が語る伝記風に進むので、ここで「其の憑む母堂さへ逝去して後」などと記すと、いかにも違和感のある表現になる。「母堂」は、語り手もしくは書き手と、話中の人物との人間関係を反映する言葉であるからである。では、「故」を「今は亡き」と言い換えると、これもまた語り手と話中の人物との関係を示す言葉である。『古事談』では、地の文で「故」がついているのは成清だけである。後代の書写段階で「故」が増補されるということは考えがたい。とすれば、これは成清に近しかった者が語った話の言葉がそのまま残ったとも、成清の子である祐清・幸清兄弟とかなり親しかった編者源顕兼が、叔父成清に対して「故」を残してしまったか、付けてしまったとも考えられよう。正治元年（一一九九）に没した叔父成清への親近感が、「故検校僧都」という表記を自然に用いさせたとすれば、「兼尊律師母堂」の表記もまた、自然に用いられたと見ることができよう。

解脱房貞慶

『古事談』の登場人物の多くには、出自に関する解説がほとんど見られない。僧の場合、出身寺院も語られることがほとんどない。成清の場合は、出自、出生の霊験話が避けて通れない問題になるからであろうか、父親・母親が誰かは明記されているが、『古事談』の「僧行」の巻では、登場人物の出自に触れるのは、三―90の「僧賀上人」と三―106の「解脱房」だけである。僧賀（九一七～一〇〇三）は増賀と表記されることが多く、『本朝法華験記』『続本朝往生伝』『今昔物語集』『発心集』など説話の世界では、『法華玄義抄』等を著した高徳の学僧であ

りながら、名聞利養を嫌い、比叡山を去って多武峰に隠遁し、偽悪的な奇行でも知られる有名人である。三―90は、

僧賀上人は、恒平宰相の息なり。叡岳住山の学侶なり。而して千ヶ夜、中堂に通夜して拝礼せられて、微音に「付き給へ」と祈り申しけり。之《これ》を聞く人不審を成して、「何事を付くべきか。若《も》しくは天狗付くべきか」など興言《きょうげん》しけり。漸《やうや》く七八百夜許《ばか》りに及ぶ間、猶ほ微音に「道心付き給へ」と申しけり。九百夜許りよりは高声に「道心付き給へ」と叫喚す、と云々。之れを聞く者奇《あや》しむ間、番《つがひ》論義の時、投饗を投げ棄てけるを、乞食非人など競ひ取りけるに、此の僧賀交りて之れを取りて食はる、と云々。諸人之を惜しみ悲しみけり、と云々。

と、道心を真摯に求め、同輩の眼前で乞食非人の群中に身を投じた僧賀を語る。父親は参議、すなわち公卿の子息という出自、比叡山の学僧という身分の説明がなければ、*番論義という場で同輩が居並ぶ眼前で、乞食非人の群れとともに投げ棄てられた食物を拾って食べる行為との衝撃的な落差は見えてこない。

では、三―106の解脱房貞慶（一一五五～一二一三）の場合はどうか。前半の逸話だけを引用してみると、

解脱房は、弁入道貞憲の息なり。母堂の夢中に、止《や》むごと無き聖人来たりて、腹中に宿らむ事を請ふ。爰《ここ》に弁の室云はく、「此くの如き不浄の腹中に、争《いか》でか宿らしめ給ふべきや。但し誰とか申すや」と。重ねて云はく、「宿因有るに依りてなり。名をば貞慶と申すなり」と云々。又た答へて云はく、「縁御坐《おはしま》さば固辞する能《あた》はず。承はり了《おは》んぬ」と云々。此の夢の後、懐妊して産める所の人なり。件《くだん》の名字、鏡の裏に記し付くる許りにて口外せずして年序を経るの間、忘却せられ了んぬ。此の児、幼稚にて師匠に付きて南京に在り。母堂、隙無きの間、南都に親近せず。出家の後、母堂に消息を通はすに、表書に貞慶とあり。母堂驚て、「さる事ありし物を」とて取り出して鏡の裏を見れば、敢《あ》へて違はずと云々。不思議の事なり。

という。貞慶の母の夢にいかにも貴そうな聖人が現れ、彼女の腹に宿りたいと願う。生まれた男児は、幼いときから南都の師匠の僧へ預けられ、出家した。その法名が「貞慶」と知って、

母親は夢に現れた聖人の名が「貞慶」で、鏡の裏に書き付けておいたことを思い出したという。また、後半の逸話では、貞慶が六、七歳の時、夢に悪鬼が出てきて唱えたのは、子どもが知るよしもない十一面観音の呪だったという。解脱房貞慶が「弁入道貞憲の息」であると始まるのは、僧賀の例にも似ているが、弁入道貞憲の子であることはほとんど話の構成に影響がない。成清の場合、光清の子であることが石清水祀官となる絶対条件であったが、貴い聖人が解脱房貞慶となってこの世に生まれたとは、貞慶が僧として非常に高い評価を得ていたことと繋《つな》がるものの、弁入道貞憲とは話の中では繋がってこない。

とすれば、「弁入道貞憲の息なり」とは、貞慶を一般庶民出身の聖や下級僧と区別するためだけでなく、貞慶の母を「母堂」や「弁の室」と呼ぶことから見て、話の語り手が貞慶や、貞慶の父である藤原貞憲をよく知る人物であることを思わせる。「弁入道貞憲」の世系は、〔系図2〕に示したように、先述した観智や兼尊と同じく藤原季綱流に属し、実兼の子孫である。貞憲の父親は、後白河院の乳父として敏腕を振るい、平治の乱であえなく自刃したことで有名な藤原通憲。藤原通憲と高階重仲の娘との間には俊憲・貞憲・澄憲などがいる。平治の乱の後、通憲の子どもたちの多くが連座して流罪になったが、正四位権右中弁だった貞憲は流罪にならずに出家し、大原や高野山に籠もったという。そして、源顕兼は高階泰経の娘（源顕清母）を妻としていた（『尊卑分脈』）。高階重仲は高階泰経には父方の直系の祖父に当たる。貞憲の母は高階重仲の娘であるから、顕兼の妻にとって、父泰経と貞憲は従兄弟関係になるのである。(5)

この話だけでは、貞慶が菩提院蔵俊のもとに入室し、叔父覚憲（通憲の子・興福寺別当・権僧正）のもとで学び、興福寺の碩学として頭角を現し、九条兼実に惜しまれながら、笠置《かさぎ》寺や海住山寺に隠棲したという経歴はわからない。

ただし、源顕兼がそれを知らなかったわけではない。顕兼の立ち位置の基本が、九条家・村上源氏・石清水にあるとすれば、これらは皆、貞慶と繋がっていた。

貞慶をめぐる人たち

まず、九条家から見てみる。顕兼は父源宗雅とともに九条兼実に幼いときから近侍し、兼実の子である良通や良経に仕え、宗雅は良経の姫君を養育し、宗雅の娘は良経の乳母であった。顕兼や藤原定家とともに良経に仕えた藤原長兼は、元久三年（一二〇五）二月、『法華経』供養の導師を貞慶に頼んでいるが、長兼の母は藤原通憲の娘で、長兼と貞慶は従兄弟同士という関係があった。同年三月に良経が急死した後、藤原定家は笠置寺に赴いて、解脱上人が導師となり、良経が自ら書写した『法華経』一部・『弥勒上生経』等を「弥勒御前」（笠置寺の本尊）で供養している（『三長記』元久三年四月一二日条）。また、後鳥羽院の有能な近臣で、かつ家司として九条兼実に仕え、源宗雅と同じく良経の姫を養育していた藤原長房は、貞慶の弟子となって、海住山寺に入っている。海住山寺の本尊は十一面観音である。本話の中で、幼い貞慶が知らずして十一面観音の呪を唱えたということに通ずるだろう。九条兼実の娘である宜秋門院任子が生んだ春花門院の五七日の仏事の導師も貞慶である（『明月記』建暦元年（一二一一）一二月一二日条）。良経の後嗣となった藤原道家は貞慶から仏法の教えを受けてもいた(6)。

後鳥羽院も貞慶を評価し、笠置寺に寄進の支援も行ったが、上横手雅敬氏によれば、後鳥羽院と興福寺別当雅縁（一一三八〜一二二三）と貞慶は弥勒信仰で*繋がっているという(7)。雅縁は建久九年（一一九八）に興福寺別当となってから、平家に焼かれた興福寺の再興に努めた。彼は源通親の兄で村上源氏顕房流の出身。『古事談』編者源顕兼とは同族である。さらに、雅縁や源通親は石清水と繋がっていた。正治二年（一二〇〇）の石清水若宮歌合は、石清水別当道清が形の上で主催となり、時の内大臣源通親が判者となって、六六人の歌を集めたものといわれる(8)。参加者には、権別当幸清・印雅・成清の同母の姉である小侍従、源顕兼といった石清水関係者の他、通親の子通具、さらに藤原俊成一家の名前も見える。源通具は藤原俊成の娘（実は孫）と結婚し、源具定が生まれている。顕兼は具定の元服の折には理髪役を務めるなど、源通親一家とは同族としての私的な交流もあった[9]。

この歌合の主催者道清は、「院参*」して「中将局」と呼ばれた成清の娘（宗清母）の夫であり、また、道清の母方のおばは雅縁僧正室であった。石清水祀官系図によれば、道清の母は石清水権別当最清（検校光清子、一一一八〜一一五五）の娘であり、その姉妹の一人が雅縁室となって、法眼信顕や権少僧都定基たち「男女三人」を生んだという（［系図3］）[10]。また、成清には南都の重信法印室となった女子がいる（［系図3］）。この「重信」は、承元四年（一二一〇）の春日社行幸の権官賞*として、権別当信憲が大僧都に任じるよう申請して認められた「権少僧都重信」（興福寺、法相宗、権中納言藤原家通の子）ではないかと思われる（『興福寺別当次第』）。信憲は藤原俊憲（父通憲、母高階重仲女）の子なので、覚憲権僧正の甥であり、かつ弟子であった。覚憲は貞慶の叔父であり、師でもあるから、信憲は貞慶と従兄弟同士で兄弟弟子という関係になる。信憲の弟子である重信も、貞慶を見知っていたはずである。

『解脱上人貞慶―鎌倉仏教の本流―』に掲載される「解脱上人貞慶年譜」には指摘がないが[11]、元仁二年（一二二五）三月の石清水権別当宗清の告文には、「先師道清」すなわち宗清の父である道清が逆修を行ったとき、導師として貞慶を請じたことが記されている（『宮寺縁事抄』告文部類）。貞慶の説法の内容は「獼猴去他国之時、預置二子師子王之因縁也」とあるから、『大智度論』・『*大集経』・『今昔物語集』（巻五第四話）等に見える、猿の夫婦が二匹の子猿を獅子に預けて、獅子が我が身を犠牲にして子猿を鷲から守った話の類であろうか。道清が滅したのは元久三年（一二〇六）正月三日。逆修の法要はそれ以前に行われたことになる。その後、石清水検校祐清が建暦二年（一二一二）に丈六阿弥陀仏像を造立、その*開眼供養の導師は貞慶であった。[12]

このように、源顕兼を中心に人間関係を見るなら、顕兼の周囲の多くの人々が貞慶と関わりを持っているのである。おそらく顕兼の周囲では、貞慶に関する情報はある程度、共有されていただろう。それを前提にして、『古事談』では「遁世の高僧」貞慶を象徴するような、かつ驚くような話が書き留められたのではないだろうか。

無名の僧

三―106の貞慶の話の前には、東大寺を再建したことで著名な俊乗房重源（一一二一〜一二〇六）の話がある。重源が入宋した時、藤原教長（一一〇九〜?）の筆になる『和漢朗詠集』を持って行き、育王山の長老以下の僧たちが感嘆・珍重して、ついに育王山の宝蔵に収められたという。参議藤原教長は関白師実の孫で、大納言忠教の子。崇徳院に仕え、能筆で法性寺殿忠通（九条兼実の父）の書の師範でもあった。しかし、保元の乱で連座して常陸国に流罪となり、出家して、最後は高野山で入滅した。重源も高野山に別所を開いたことは有名で、高野山で夢に、弘法大師から東大寺再建を告げられたという。これを「直《ただ》なる人に非ざるか」と評しているから、やはり「ただびと」とは言えない貞慶が次の話に連鎖してくる配列になっている。貞慶もまた、笠置寺の興隆、海住山寺の再興に尽力した。同時に、父貞憲も平治の乱の敗者として出家して高野山に籠もっているから、この二話は登場人物できれいな対をなしている。

もっとも、貞憲や藤原教長の経歴を知らなければ、この対も意味をなさない。教長は出家隠棲してからも歌人としての活動は続き、藤原俊成の猶子で定家の従兄弟に当たる寂蓮などとも親交があって、都社会に忘れられた存在ではない。教長には守覚法親王に伝授した『古今集註』*などの著作もあるが、守覚法親王は石清水別当幸清（成清の子）にとって、出家の際の師主である。したがって、『古事談』は同時代の、源顕兼の周囲の人間が持っている一定程度の知識が前提になっている作品だと見てよいだろう。

さらに、重源と貞慶の二話は続く三―107・108の二話とも対をなす。「ただびと」ではない聖人二人に対して、落堕の僧二人である。三―107は、大原の聖人たちが高野山参詣の途次、河内国石川郡で宿を取るが、その宿の主は粗末な紺の直垂の上衣だけで、袴もはかないという異様な姿の下賤の老僧。「俊盛卿息の円舜坊」（未詳、俊成卿息・円寂坊とも）が『止観』を取り出して復唱し始めると、家主は「何事ぞや」と問う。「止観《しかん》という文だ、四巻《しかん》ではないぞ」と、すっかり老僧を小馬鹿にした円舜坊はダジャレで答えるのだが、老僧は小声で『摩訶止観』*の一節を誦した。大原の聖人たちは驚愕とともに赤面。老僧はもと比叡山の学僧で落堕の後、縁あってここに住むという。「高野山」という点で三―105の重源の話と共通項があり、やんごとない僧の生まれ変わりの貞慶と落堕の比叡山僧とは対称的だが、思いも寄らない所に隠棲する「元修学の僧」という点では共通する。

そして、三―106の貞慶の話と三―108は、法然*（一一三三～一二一二）の専修念仏*の問題で関連する。貞慶が、法然門下の専修念仏者集団を批判した興福寺奏状を書いたことを、源顕兼が知らなかったとは思われない。九条兼実は何度か、法然から受戒しており、出家の際も法然を戒師とした。興福寺奏状に関して、後鳥羽院や九条良経と連絡を取り合っていたのは、当時蔵人頭だった藤原長兼である。法然の教えが誤解も含んだまま急速に広まって社会問題となり、ついには後鳥羽院の怒りを買って、法然が讃岐に流罪となったことも、源顕兼の周囲にいる人々と無縁ではなかった。法然の弟子には、源通親の子である善恵房証空がいるが、証空は慈円（九条兼実の同母弟・天台座主）の弟子でもあったことから流罪は免れた。勢観房源智は平師盛の子と言われるが、慈円の弟子ともなり、石清水の祐清・幸清たちと親類に当たることが知られている。[13] 源智は法然の一周忌に向けて阿弥陀仏像を造立し、胎内文書として発見された結縁の交名帳には約四万六千人が名を連ねるほどの勧進*を行った。[14] その中には慈円や祐清・幸清の名も見える。藤原定家の異父兄である藤原隆信は、源顕兼と交流があったが（『隆信朝臣集』）、隆信は法然に深く帰依していた。[15]

双六に負けた僧

三―108の話題の主は、京から東国に修行する僧で、『法華経』を読む持経者である。武蔵国で、双六で自分の身体まで賭けた挙げ句に負けてしまう。陸奥国で馬と交換するために連れ去られようとするところを、熊谷直実が広めた一向専修の僧徒たちが「不便《ふびん》の事なり」と同情して、布を出し合って彼を助けようとした。負けた僧は喜んだ。勝った男も「三百段を以て請ひ替へらるべしとは雖も、上人達憐愍を発して請はしめ給ふ事なれば、半分をば取るべからず。今百五十段を給ひて免し奉るべきなり」と、専修念仏の僧達の心意気に感じて半額にすると言う。そこで、念仏の輩が「この恩を思い知って、今から専修念仏者となれ」と言った。憐愍《れんびん》で救うはずだった展開が、直前になって、恩と引き換えに入信を迫る専修念仏者の言葉に、どうしようもない堕落僧たる持経者が追い込まれた究極の選択。

さて、この僧はどうするのか。聞き手がもっとも関心を持って聞き入る場面と見ているのだろう、「爰に」と語り手はまず語を置く。そして「此の僧の云はく」と続ける。持経者は「たとえ縄を付けられ、馬の代金になって陸奥国に行こうとも、『法華経』を捨て奉ることはできない」と涕泣。念仏者たちは「それなら身請けはできない」と、さっさと分散してしまった。持経者は縄を付けられ、陸奥国に追い立てられて行ったという。

『古事談』「僧行」の巻は一宗一派に偏らない。語られるのは、「登場する僧、その人の生」である。堕落した僧の心中に残っていた信仰と信念の発露。それは前話の宿の主が、惨めな境遇に転落しながらも、忘れることのなかった『摩訶止観』の文に通ずる。同時に、この時代の社会的背景を反映して、急速に広まる専修念仏と、伝統的な『法華経』信仰との対立の構図となっている。しかし、専修念仏のすばらしさを説いて入信を勧めるのでもなく、他行を謗るのでもなく、〈恩と引き換えに信仰の転向を迫る専修念仏の輩〉の描き方は、ただ〈無知で信者獲得に強引な、新興信仰集団〉をイメージさせる。何か泥臭いのである。

登場人物からみる説話配列

それにしても、話の舞台は武蔵国である。ここで、配列の連鎖を別の観点で見てみたい。三一

105の東大寺再建は、平家の南都焼き討ちが原因である。三—106の貞慶が出家したのは南都（興福寺）で、興福寺もまた灰燼に帰した。三—107の大原の上人達が宿を取った河内国石川郡といえば、現在は南河内郡河南町となっているが、高野山にいたこともある西行（一一一八〜一一九〇）が没した弘川寺がある。西行が東大寺大仏の鍍金《*ときん》に必要な砂金を求めて、三—108にも登場する武蔵国を経て陸奥国に下ったことはよく知られている。『古事談』第三「僧行」の巻は東大寺創建の第一話から始まり、第二話には平家の焼き討ちによって焼けた、東大寺の白椿の木の話が出てくる。巻の始まりの話題に合わせて、巻末の四話もそれをおぼめかすように終わらせているのである。

さらには、西行も熊谷直実も武士出身の僧である。深読みにはなるかも知れないが、三—105では教長から保元の乱、三—106では貞憲から平治の乱が想起され、平家の全盛を経て平家の南都焼き討ちとなる歴史も背後に見え隠れしているかも知れない。河内国石川郡は源頼信・頼義・義家と続く河内源氏三代の本拠地であり、源義家は源頼朝の曾祖父に当たる。熊谷入道は源頼朝と主従関係にある鎌倉武士であったことを考えると、西行が源頼朝に会ったことも含めて、後の三—107・108の二話は清和源氏をイメージさせる工夫も感じられる。源顕兼は藤原定家や幸清達と連歌を楽しんでおり、(16)連歌の方法が話をいくつもの連想で繋ぐ配列方式に生かされているのではないかと思われる。

『古事談』の編者、源顕兼は平治の乱が起きた年に生まれ、治承四年（一一八〇）の南都焼き討ちの時には、二一歳の青年であった。東大寺の再建を担った六一歳の重源は、翌年から活動を開始した。文治元年（一一八五）に大仏の開眼供養が行われ、建久六年（一一九五）には大仏殿を再建、建仁三年（一二〇三）に総供養を行って、建永元年（一二〇六）に重源は没した。その間、戦乱の連続で、平家の都落ち、後鳥羽天皇の即位、源頼朝の台頭など、歴史はめまぐるしく展開する。九条兼実と源頼朝の連携と離反など、源顕兼はその政界の動きを傍らでつぶさに見てきた。石清水検校の成清は源頼朝を後ろ盾として、石清水では傍流でありながら、別当・検校の地位を獲得してもいる。鎌倉は顕兼とまったく無縁のものではなかった。また、高野山には顕兼が百日の修行に赴いているが、高野山の蓮華谷には、文治五年（一一八九）に成清が建立した随心院がある。(17)河内国石川郡も、顕兼は見たであろう。話の情報源の特定はできないにしても、説話の選択や配列には、源顕兼の生きた時代がかなり投影されていると思われる。

おわりに

以上、少数ながら源顕兼と生きた時代が重なる僧に焦点を当て、いくつかの角度から『古事談』「僧行」の巻の一面を見てきた。同時代の人物の場合、『古事談』が文献上の初出という話も少なくない。話の登場人物が顕兼周辺の人物と関わりがある場合、伝聞が主であろうかとも思えるが、手紙などの文面で入手する方法もありうるだろう。それらの表現をそのまま受け容れているという前提に立ってみたとしても、「母堂」や「故」のように、源顕兼自身や周囲の人物と繋がりのある人物には、それが表現に反映されているのではないかと思われる例もあった。また、個々の話は意外性を持つがゆえに、源顕兼と周囲の人物との間で、〈情報収集と発信〉が交錯する、いわば世間話・噂話の類として、話題にできる側面も持っている。編者が読者を意識しているのなら、『古事談』という作品もまた〈編者による情報収集と発信〉の両面性を持っていることになる。

まだ模索的ではあるが、源顕兼に関する史料が乏しいだけに、「顕兼の周囲の人物との関わり」を念頭に、『古事談』中の同時代を生きた人物の話の分析を進めるという方法は、歴史的過去に属する時代を示す出典からの抄出方法（抜き出して書くときのあり方）に焦点を合わせた読み取りとは異なった視点を与えてくれるのではないだろうか。また、説話の配列を読み取るのは、読者個々人の恣意に陥りやすい危険性や、増補・脱落の問題はあるものの、全体の構想を把握してゆけば、新しい視界が開けてくるように思う。『古事談』を読むとき、話の配列に編者の声を聞き取る。そういう楽しみ方も必要なのではないだろうか。

〔系図3〕石清水祀官系図

- 光清
  - 慶清——道清——宗清
  - 最清
    - 命清——宗円（得業、興福寺成就院）
    - 女（雅縁僧正室、男女三人生之。法眼信顕。権少僧都定基等母）
    - 女（別当慶清室、道清母）
    - 尋清（母成清女）
  - 成清
    - 祐清——女（法印公暁室。異本　法印公□室。能性僧都同宿）
    - 幸清
    - 女（南都重信法印室・教王院）
    - 女（法成寺執行。大納言律師兼尊室）
    - 女（院参。号中将局。別当道清室）——宗清
  - 美濃局（鳥羽院六宮道恵法親王・七宮覚快法親王・双林寺姫宮の母）
  - 小侍従
  - 女（源宗雅室）——源顕兼（『古事談』編者）

※『古事談』の本文は岩波新日本古典文学大系本をもとに、『新注　古事談』（笠間書院）を参照し

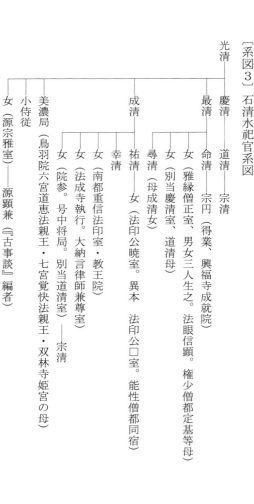

た。石清水祀官系図は群書類従本と石清水八幡宮所蔵の諸本をもとに作成した。

注

（1）落合博志「『古事談』私注数則」（浅見和彦編『『古事談』を読み解く』笠間書院、二〇〇八年、二六〇頁〜二六二頁）。
（2）永観の生涯については、大谷旭雄・吉田宏哲・坂上雅翁著『永観・珍海・覚鑁』（「浄土仏教の思想」第七巻、講談社、一九九三年）の「永観」（大谷旭雄著）を参照。
（3）生井真理子「行教と安宗の出自について：石清水祀官系図と縁起の再検討」（『古代文化』六四号、二〇一三年三月、古代学協会）。『古事談』と『中外抄』の八幡別当清成—その落差について石清水の歴史から」（浅見和彦編『『古事談』を読み解く』笠間書院、二〇〇八年）。
（4）関山和夫『説教の歴史的研究』（法蔵館、一九七三年、三三三頁）。
（5）田渕句美子氏は、この高階泰経の娘が藤原定家と親しかった土佐内侍ではないかとする（「説話と女房の言談」浅見和彦編『『古事談』を読み解く』笠間書院、二〇〇八年、八四頁〜八六頁）。
（6）『玉蘂』建暦元年九月一日、建暦二年二月一一日条。
（7）上横手雅敬『権力と仏教の中世史—文化と政治的状況—』（法蔵館、二〇〇九年、一〇六頁）。
（8）井上宗雄編『中世歌書集』（古典文庫、一九八一年）解題参照。
（9）『明月記』承元元年正月六日条。承元元年一〇月二一日条。
（10）信顕については「東寺長者続紙」三「承元五年、真言院後七日御修法」に「信顕阿闍梨」とある人物が相当するか。雅縁には、女房として内裏に宮仕えする娘がいた（『興福寺別当次第』）。

(11) 奈良国立博物館編『御遠忌八〇〇年記念特別展　解脱上人貞慶―鎌倉仏教の本流―』（二〇一二年）。

(12) 杉崎貴英「石清水八幡宮祐清造立の阿弥陀像と解脱房貞慶―八幡市正法寺（八角院）阿弥陀如来坐像に関する一史料をめぐって―」（『文化史学』第六五号、二〇〇九年一一月）、「貞慶上人と石清水八幡宮の丈六阿弥陀像」（解脱上人特集、ウェブマガジン、解脱上人寄稿集No.52 http://www.kaijyusenji.jp/gd/kiko/sentence/k52.html）。

(13) 野村恒道氏は、成清の娘が源智の祖母に当たると見る（「勢観房源智の親類紀氏について」『三康文化研究所年報』一六・一七号、一九八五年三月）が、解決すべき問題は多い。

(14) 『玉桂寺阿弥陀如来立像胎内文書調査報告書』（玉桂寺、一九八一年九月）。

(15) 中野正明「親鸞筆「聖覚法印表白文」について」（『印度學佛教學研究』第四二巻第一号、一九九二年一二月）。

(16) 『明月記』承元二年二月五日条。

(17) 『明月記』建保元年四月一三日条。『石清水文書之六　菊大路家文書』五〇「法印成清高野山随心院仏閣等目録并寄進願文写」（『大日本古文書　家わけ第四』所収）。生井真理子『古事談』第五「神社仏寺」第十一話について―成清の石清水祀官任官事情を中心に―」（『日本文学』五〇巻九号、二〇〇一年九月）。

僧を嗤《わら》う『沙石集』『雑談集』
――真に敬うべきもの――

加美甲多

はじめに

仏教語には「三宝」という語が存在する。仏の異称や仏像、仏の教え（仏法）の意などを指す場合もあるが、いわゆる仏法僧、つまり仏、仏の教えを説いた経典、その教えを広め奉ずる人々の集団を宝にたとえたものを指すことが多い。人々の集団とはおのずと僧たちであり、仏法僧が「三」種の「宝」であるという構図が浮かび上がってくる。「別相三宝」と言ってそれぞれを分けて考える立場もあるが、全てを真如*と捉えれば三者は一体の存在であり、それを「一体三宝」とする。この見地に立ったとき、注目すべきは既にこの語自体に仏教において仏は当然のこと、仏教の経典も仏教の教えを広める僧も、仏と同様に貴い存在であるという観念が内包されていることである。僧が仏と同様であるという思想は平安時代以降、時には仏に匹敵するような奇跡を描きながら、僧の貴い言動や事蹟が盛んに文献としてまとめられ続け、「往生伝」や「高僧伝」といった一大分野を確立するまでに至ったことからも、日本で受け入れられていたことは自明と言える。

　中世期の仏教説話集『宝物集』*『発心集』*『閑居友』*『撰集抄』*『私聚百因縁集』*などは編者が誰か決していないものもあるが、遁世者や僧によって編纂されたものが極めて多い。それぞれに経典の内容や発心に至る経緯を重視するといったところに個性は存在しているが、いずれも発心譚《たん》*や遁世譚*、往生譚*がその中心である。世間に名の知られた高僧は言うまでもなく、名もなき僧までもが往生する姿が描かれることが多く、僧は仏教における理想的人物として規定される。まれに邪心を持った僧も描かれるが、それは逆説として用いられているのであり、仏教説話集においてはそういった僧には仏教の因果が待ち受け、それ相当の罰が与えられる。同時に仏教の禁を犯した僧には、編者から戒めや哀れみの言葉が投げかけられる。これはあくまで例外でなければならず、仏教説話集において僧が担う役割は、修行時や臨終時の理想の鏡としての姿であり、その点では往生伝や高僧伝と大きな差異は認められない。

一方で仏教への啓蒙を第一の目的とはしない、中世期のいわゆる世俗説話集においては状況が大きく異なる。『宇治拾遺物語』*においては、高徳を装った僧の破戒ぶりが僧以外の庶民によって暴かれ、笑いの空間の中で幕を閉じる説話が複数認められる。『古今著聞集』*においても巻第一六「興言利口」を中心に、笑いを誘うような道化師的役割を果たす僧が多数登場する。『今物語』*末尾の三話では、説経師の失敗談が突如として描かれる。中世期の世俗説話集においては、はばかられることなく、ある意味においてどの階層も平等に、いきいきとした描写を伴って笑われている。仏教と切り離せない中世期という時代の中では、宗教の担い手であり民衆に近い存在であった僧たちが、笑いの対象となっていることはむしろ自然な営みと言える。

つまり、仏教説話集はその性質上、また編者の立場上、簡単に僧を笑うことは回避され、仏教的な物差しから見て愚かと判断される僧を描く場合は、必ず因果という視点に行きつく。そして編者から戒められ哀れまれることによって、仏教説話という形ができ上がるのである。これは決して僧を笑っているわけではない。

そういった中で、先に挙げた仏教説話集と大きく成立時期は変わらない、鎌倉時代後期の仏教説話集『沙石集』*や『雑談集』*では僧がこれでもかと笑われているが、これらの編者の無住もれっきとした僧である。臨済宗*の僧である無住が、『沙石集』全一〇巻を著したのは弘安《こうあん》六年（一二八三）のことである。草稿本の存在や無住自身の数度の改稿により『沙石集』は多数の伝本が現存し、現在においても新出伝本が発見されている。近年までは*梵舜《ぼんしゅん》本が『沙石集』の初期段階を示す伝本とされてきたが、近年になって梵舜本は後出本であり米沢本などの伝本を初期段階とする新たな見方が提示された(1)。

稿者も梵舜本は後出本と推定するが、そこに無住自身ではなく後世の享受の過程における改編という要素を取り入れるべきであると見る(2)。室町時代以降には『金撰集』『金玉要集』などの『沙石集』の抜書本、改編本、関連本が多数創出されており、『沙石集』は後世作品を含めた伝本の本文異同という視点が常に必要となってくる。また無住は嘉元《かげん》二年（一三〇四）には『雑談集』全一〇巻を著している。その筆致は『沙石集』に近いが、自らの生い立ちを多数記している点などは異なる。伝本は刊本（整版本）の寛永二一年本（一六四四）、延宝七年本（一六七九）、刊年不明本、明治一五年本（一八八二）が残るのみであり、本文異同は少ない。

では、『沙石集』や『雑談集』ではどのように僧の笑いが描かれ、どうして仏教説話集において僧を笑うことができたのだろうか。

宝としての僧 ―『三宝絵』『宝物集』をめぐって ―

ここで無住の著作を見る前に、他の仏教説話集における僧の描かれ方について確認しておきたい。先に述べた通り、僧を尊んでいる仏教説話集は枚挙にいとまがないが、いくつかの事例を具体的に挙げる。

平安時代後期に源為憲《ためのり》によって編纂された『三宝絵』*は上巻が「仏宝」、中巻が「法宝」、下巻が「僧宝」となっており、まさに「三宝」を説く構成となっている。下巻の冒頭には次のような叙述が認められる(3)。

> アハレ、仏モマシマサズ、ヒジリモイマサヾルアヒダニ、クラキヨリクラキニ入テ心ノマドヒサカリニフカク、身ノツミ弥《イヨイヨ》ヲモキスヱノヨニ、モシカミヲソリ、衣ヲソメタル凡夫ノ僧イマサヾラマシカバ、誰カハ仏法ヲツタヘマシ、衆生ノタノミトハナラマシ。三宝ハスベテ同ジケレバ、ヒトシクミナ敬ヒタテマツルベシ。ヒトヘニ仏ト法トヲタウトウシテ、僧ト尼トヲカロムルコトナカレ。（略）ツトメアルヲモ、ツトメ無ヲモ、法《ノリ》ノウツハ物ゾトタノメ。サトリ深ヲモ、サトリアサキヲモ、仏ノツカヒト思ベシ。若ハマコトマ

レ、若イツハリデマレ、ソノトガヲアラハサヾレ。或ハタウトキマレ、或ハイヤシキマレ、ソノ徳ヲホムベシ。凡《オヨ》ソ凡夫《ボンプ》ノ心ヲモチテ堅聖《ケンジョウ》ノミチヲハカルベカラズ。

（一三五、一三六、一三八頁）

『三宝絵』においては、経典の言葉を引用しながら、僧は仏法の伝播者であり、仏や仏法と等しく僧や尼を敬うことが説かれている。そして、僧は「仏ノツカヒ」であるのでホンモノかニセモノかは不問であり、僧と名のつく者は全て貴いと考え、その徳を誉めるべきであるとする。象徴的なのは「ソノトガヲアラハサヾレ」という言であり、たとえ僧に過ちがあったとしてもその過ちをあらわにしてはならないと為憲は説いている。ここから僧の実態は問題ではなく、僧は仏や仏法と俗人とを結びつける象徴的存在であることが見えてくる。仏の使者、また仏の分身である僧を敬うことは必然であり、戒律を破る破戒という行為はさして重要ではなく、僧は存在するだけで仏教に多大な貢献をしていると説くのである。

この点に関して藤村安芸子《あきこ》氏は「下巻の序において為憲は、釈迦の弟子を三種類に分けている。弥勒菩薩や文殊菩薩などの「菩薩の僧」、目連などの仏弟子を指す「声聞《しょうもん》の僧」、そしてこの世の僧正や僧都といった「凡夫の僧」である。「凡夫の僧」は、私たちと同じように、有限な身体をもつ存在である。菩薩のような特別な力をもつことはない。しかも中巻第十八話の勤操《ごんそう》のように、戒を破って酒を飲むこともある。しかし為憲は、いかなる僧であっても、身に袈裟をきていれば、「如来のまことの身」であるがゆえに敬うべきであると告げ」たと述べられている。(4)

やはり、『三宝絵』において僧は仏や仏法と同じ「宝」でなければならず、生身の人間である「凡夫の僧」の行為を全て正当化し、「宝」の次元に引き上げるための論理が必要だったと言える。藤村氏の指摘された「勤操」なる僧も、薬用として酒を用いたのであり、最後には貴い僧として称揚されている。いわば僧は一種の聖域として描かれるべき存在なのである。

『三宝絵』は、一七歳で出家した尊子《そんし》内親王のために、為憲が献上した仏教や人生の指南書であるが、世人や仏教関係者にも広く受容された。当時の良質な仏教の入門書であった『三宝絵』の僧に対する見解は、仏教説話集の一種のモデルケースとして後世に影響を与えたことは想像に難くない。そして『三宝絵』は絵巻物が現存せず、絵を説明した詞書のみが説話集として残る形となった。しかし、もともとは説話と絵画がセットであり、視覚的に仏教を見るという行為にもつながる作品であった可能性は高く、より一層の受容の広がりを感じさせる。また、編者の源為憲は比叡山の僧とつながっており、天台宗の立場から仏教が説かれている。貴族の為憲が仏教によって僧と俗人とを結びつける格好の媒体が説話集であったと考えられ、親王をはじめとした人々を仏道に導くためには全ての僧＝貴い存在という明確な図式が必要だったのである。

仏と法と僧と

鎌倉時代に平康頼《やすより》によって編纂されたとされる仏教説話集に『宝物集』*がある。平康頼とは鹿ケ谷事件によって鬼界が島に流されるが、赦免《しゃめん》されて都に戻ったという、あの康頼である。その顚末は『平家物語』などに詳しく載るが、鬼界が島に流される途中で出家していることは仏教側の人間となった何よりの証拠であり、『宝物集』編纂の動機と関係ないはずはない。『宝物集』巻第四ノ第二「三宝」には次のような叙述が見られる。(5)

ふかく三宝を信じたてまつりて仏になるべしと申は、信心をつよくすべしといふ心也。三世の諸仏は、みな仏法僧の力によるがゆへに、道をえたまへり。弥陀《みだ》は空王仏《くうおうぶつ》を拝して仏道をなり、釈迦は、法華経をつとめて正覚《しょうがく》をなり給ふ。地蔵菩薩の、地獄の衆生をみちびき給ふ、僧の力にあらずや。このゆへに、三宝を信じて仏道をなり給ふべしとは申侍

るなり。（一六八頁）

僧と申は、もろ〱の声聞・縁角を申べきなり。しかりといへども、この世にありがたく侍るがゆへに、頭をそり、衣を染めたらんものを帰依すべき也。竜の子を、幼しとてかろしむべからず。雲起りて雨をそゝがゆへに。僧をば、小しとてあなづるべからず。（一八六頁）

『宝物集』においても「仏法僧の力」の等しさが強調され、三宝を信じることが説かれている。そして「頭をそり、衣を染めたらんものを帰依すべき也」とあり、僧としての内面の在り方は論じられておらず、僧として存在する者を全て敬うべきであるとする。先に見た『三宝絵』と同じような論理が展開されている。決定的なのは「竜の子を、幼しとてかろしむべからず。雲起りて雨をそゝがゆへに。僧をば、小しとてあなづるべからず」という文言であり、これは『三宝絵』下巻冒頭の一文をそのまま引用している。年齢も関係なく、仏道に対する姿勢も関係ない、ただ僧であるということによって既に仏教の「宝」となるのである。

以上のように『三宝絵』や『宝物集』においては、僧が仏や仏法と同じような存在であることが説かれ、崇拝の対象となっている。『三宝絵』や『宝物集』の説話では実際に僧の仏教的行為の貴さが説かれる場合がほとんどであり、時には人間離れした僧の力を描くことで、仏の存在に近づけようとさえしている。

これは『発心集』『閑居友』『撰集抄』『私聚百因縁集』『三国伝記』*などの仏教説話集や往生伝における一般的な在り方と言える。これらに差異があるとすれば、俗人はもとより反仏教的行為によって、僧が魔道に堕ちたなどの説話が載る場合があるという程度である。これも結局は先に述べた通り、逆説的に僧の在り方を説いているのであり、仏教の因果を説くことが主眼なのである。

このように仏道を説いた鎌倉時代の文献においては、たとえ一種の例示としても僧が道化師となることはあり得ず、ましてや僧が笑われるような行為、愚行に及んだ姿を描くことは皆無であった。俗人を仏道に導くためにはどのような僧であっても、僧は最も身近な規範でなければならず、僧の実態よりも僧の理想化が優先されたと言える。それが僧の実態とはかけ離れた偶像であったとしても僧を笑うことは一種の禁忌《きんき》であった。

初めて僧を嗤った説話 ―『沙石集』『雑談集』をめぐって―

その禁忌を最初に破ったのは、おそらく無住という僧が著した『沙石集』『雑談集』であろう。『沙石集』は鎌倉時代後期に無住が編纂した仏教説話集である。流布本系統巻第七（古本系統では巻第八）には次のような説話が見える。(6)

有山寺ニ所ノ習トシテ法華仁王ノ二経、僧コトニ暗誦シツケタル中ニ、文字ニモ向ハデヲボエタル愚僧ヲホシ。其中ニ或ワカキ僧、師ノ譲リアタヘタル大般若ヲ虫ハラハントテトリヒロケタルヲ隣房ノワカキ僧キタリテ「ナニ経ゾ」ト問。「イサ何経ヤラン。先師ガユヅリテ侍也」トイウニ「タベ。ソノ経十巻。法師ガ法華経ヲモタヌニ法華経ニセン」トイヘバ、「トクトリ給へ」トイフ。一帙《イッチツ》トリテ帰ヌ。又隣房ノ僧来テ此経ヲ問ニ「隣ノ某房ガモトニアマタ見エツレバ法華経ニセントテトリテ来レリ」トイフ。「法華経ハ八巻コソアレ。タベ、二巻ハ法師ガ仁王経モタヌニ仁王経ニセシ」トイフニ、「トク取給へ」トイフ。サテ二巻ハトリテ帰テケリ。文字ニカヽハラズ、手ニマカセテ取来コトハ是ニ似タレドモ愚痴ノ程ヲカシクコソ。

或在家ニ大般若ヨマセケル中ニ愚僧アリテ、経ヲサカサマニ持タルヲ奉行《ブギョウ》シケル俗、「アノ御房ノモチ給ヘル経ノサカサマ候ハ」トイヘバ、ヨク持タル僧トリナヲシテサカサマニモチテケリ。サテサカサマニモチタル僧ハ我ハヨク持タル気色ニテ、ソバノ僧ヲヲコガマシク思テ「サ見候ツル」トイヒケリ。又大文字ヲシラデ「マタフリノヤウナル文字ハナニゾ」ト問ル僧有ケリ。又「大」ト打アゲテ「般」ヲ見シラデ「舩カラ」トゾイヒケル。カヽル僧ノ有ケルコソ余リニ不思議ニ侍レ。末代イヨ〳〵カヽリヌベシ。

（三二八、三二九頁）

自分の所持している経典の名称が『大般若経』*であることを知らず、知ろうともしない「愚僧」。その『大般若経』から一〇巻を譲り受け、一〇巻という数字だけが合っていれば『法華経』になると考えた隣の「愚僧」。実はその巻数も間違っており、そのまた隣の僧がそれを指摘する。そこまでは良かったが、『法華経』は八巻だから、余りの二巻をもらって『仁王経』*にしようとした、そのまた隣の「愚僧」。ここでは僧が平然と笑いの対象となっている。それどころか、三人の僧がいずれも「愚僧」であり、経典を「形」だけのもの、形式的な存在と捉えている。そして舞台は「山寺」であり、笑いの空間の中で僧たちの愚行が描かれている。(7)

もう一種の説話では『大般若経』を逆さまに持つ「愚僧」が描かれる。そのことを「俗」が『大般若経』を正しく持っていた別の僧に指摘すると、正しく持っていた僧が逆さまに持ち直してしまう。すると最初から逆さまに持っていた僧がしたり顔で「私もそう思っていました」

と言う。興味深いのは経典の上下を正しく理解していた俗人と、理解していなかった二人の「愚僧」という構図である。さらに「愚僧」の事例は続き、『大般若経』の「大」さえ読めない「愚僧」、「般若」が読めず「舩（船）か」と読んだ「愚僧」が登場する。

「三宝」という視点から見ると、単に僧が笑われているだけではない。これらの説話においては仏の教えを説いた経典に対する、僧たちの度を超えた無知が主題となっている。つまり、仏や仏法を俗人以上に軽んじている僧の姿が描かれている点で、より一層重大である。仏教において「宝」であるはずの仏法が、同じく「宝」であるはずの僧によって打ち消されるのである。当然ながら『沙石集』も、「三宝」を敬うべきであるとする叙述がないわけではないが、一方でこのような僧たちを描き、笑いの対象としている。

これら「愚僧」たちの説話の後で、無住は『大集経《だいじっきょう》』＊の文言を引用して、破戒僧を罰してはならず、対処法として寺などから追放すべきであることや、俗人が簡単に僧を罰してはいけないことなどを記している。一応、僧が擁護されるが、これまでの仏教説話集とは根本的に異なっている。描かれるのは僧の貴い姿ではなく、反仏教的行為によって魔道に堕ちた僧の姿でもなく、仏教に対して不勉強で不信心な「形」だけの僧の姿である。他の説話では貴い僧たちや魔道に堕ちた僧たちも見られるが、『沙石集』の特質を表すのは、この「形」だけの僧なのである。僧の内実を問わなかった『三宝絵』や『宝物集』などを逆手に取るかのように、「形」だけの僧の実態を無住は描いている。

破戒して自責なく

同じく『沙石集』巻第四には次のような説話が認められる。

信州塩田ノ或山寺ニ上人有リ。三ノ腹ニ三人ノ子ヲモテリ。初ノ腹ノ子ハマメヤカニシノビケレバ、ヒジリノ子トイヒケレドモ不審ニ覚テ名ヲバ「思ヒモヨラズ」トツク。次ノ腹ノ子ハ時々ハ我房ニモシノビ〳〵カヨヒケレバ、ヒタスラ疑ノ心モウスクシテ名ヲバ「サモアルラン」ト付ク。後ニ妻ハウチタヘ我房ニヲキテウタガヒノ心ナカリケレバ、名ヲバ「子細ナシ」ト付。コレハ当時ノ事也。有人ニアヒテミツカラナノリテ、コノ上人「三人ノ子有リ。シカ〴〵ト名付テ候。コレハ『子細ナシ』ガ母也」トテ、妻モイデヽ見参シ、「思モヨラズ」モスコシヲトナシキ童ニテ有ケルヲ見タルヨシ、物語侍リ。

（一七七頁）

三人の女性と関係を持った上人（「ヒジリ」）であったが、それぞれに子どもができてしまう。最初の女性のもとへは忍びに忍んで通っていたことから、自分の子どもかどうか疑わしく思った上人は、子どもの名前に「思ヒモヨラズ（思いもよらない）」と名づけてしまう。二人目の女性の子どもにはそれほど疑いのない状況であったので、「サモアルラン（そういうこともあるだろう）」と名づけた。ともに暮らしていた三人目の女性の子どもには全く疑うことがなかったので、「子細ナシ（疑いの余地なし）」と名づけたという説話で、やはり舞台は「或山寺」である。上人には戒律を破ったことに対する自責の念が存在しないどころか、むしろ戒律を破ったことを笑いに変え、居直っているかのような姿である。もっと言えば、戒律を破ったという意識すら上人にはないのかもしれない。無住もこの上人に罰を与えるようなことはしない。

しかし、この後の叙述では上人が子どもを持つことは事例が無いわけではないとしながらも、それは徳の高かった上代の上人であり、その子どもも徳が高く利益があったからこそであるとする。そして今の上人には智恵がなく愚かなので、つまらない子どもばかり作っていると痛烈に批判している。ここでも僧の実態を鋭く描き出すことで鎌倉時代後期の「形」だけの僧を否定している。

藤本徳明氏は『『沙石集』笑話の意味」において、『沙石集』の僧の笑いを次の三群に分類された。(8) 第一群は僧が僧らしくないことで笑われている説話、第二群は同一人物中での僧らしさと僧らしくなさとの共存、という矛盾によって笑われている説話、第三群は僧が僧らしくありすぎることで笑われている説話である。注目すべきは第一群と第二群であるが、第二群は伝本によって揺れが認められる説話が多いことから、やはり無住の特性として第一に規定すべきは伝本による揺れが少なく、多数の伝本に共通する「僧が僧らしくないことで笑われている説話」であり、この笑いは仏教説話集という枠組みの中では極めて異質な要素であったと言える。

ホンモノの説法者

無住晩年の著作である『雑談集』巻第四ノ六には、次のような説話が認められる。(9)

> 中比ニ京中ニ、身ハ豊ニシテ貪欲極《キハマリ》無ク、智恵才覚無テ、然《シカ》モ又音声《オンジョウ》ワルク、口モキカズシテアル説法者一人候キ。心請用《ショウヨウ》ノ不浄説法ハ隙《ヒマ》無クシケレドモ、人タノム事努力ナカリケル間、本ヨリモチタル物ナレバ、京中ノアキ地ヲ六処カヒテ、六人ノ尼ヲ語ヒテ、彼ノ地ヲ一ツヅヽトラセテ、「我ガ説法ノ時、必ズ聴聞ニツラナハリテ、ナキテタベ」ト云ケレバ、六人ノ尼思フヤウ、心ナラヌネヲバ、何カヾナクベキト思ヘドモ、此ノ尼共

ニサセル住処モナクテ、ウカレアリク尼ナレバ、各一ツヅヽヌシツキツ。サテカノ僧ノ説法ノ時ハ、必ズ聴聞衆ニ列《ツラナ》リテ、ナキケルニ、或時ノ説法ニ、六人ノ尼ノ中ニ、一人ノ尼、イマダ説法ノ始ナルニ、コトサラ声モヲシマズ、ケタヽマシゲニナキケリ。

導師思ヤウ、サイヒタレバトテ、時ヲモシラズ、キゲンモナク、早クナク物カナト思ヒケリ。聴聞ノ人々モ、イカナル事ゾト思テ、目モ心モアキレケリ。或ハ心ニナゲキノ有カト思ヒ、或ハカヽル説法ノニハヲフム事、今生《コンジョウ》ノ楽ニアラズト思テナクカト思ヒ、或ハ説法ト思ヘバ、カネテタトク覚ル故ニ、ナクカト思ヒ、或ハケシカラズ思テ、ニクム物モアリ、ソシル物モアリケリ。サテ此ノ尼、説法ノナカバ計リニ、ツイ立テ、タカラカニ云ク、「導師ノ御房キコシメシ候ヘ。尼一人ニイトマタビ候ヘ。指タル悪事候。カイハゲミテ能クナキテ候ゾ。然モ尼ガ地ハ一ツヘヌシト申ナガラ、ヨノ尼御前タチノ地ヨリモ、ハルカニ少ク候」トイヒテタチヌ。此ノ導師此ノ事ヲ聞クニ、サスガ人ナレバ身ヨリ火ヲイダス。諸人ノキヽヲヲドロカス。

是即十悪ノイタス所也。能々慚愧《ザンギ》シテ、念仏ヲ唱フベシ云云。　（一三七、一三八頁）

この説話も笑いを伴いながら僧の実態を描き出し、痛烈に批判している。ある説法者（導師）

が力量もないのに自らの説法が盛り上がったと聴衆に感じさせるために、六人の尼に土地を与えることと引き換えに説法で泣くことを強要する。つまり、「サクラ」を仕込むのであるが、そのうちの一人の尼は説法がはじまる前に泣き出してしまう。この時点で聴衆は不審に思うが、決定的なのは説法中にその尼が言い放った「もう帰らせてほしい。私は十分泣いた上に他の尼よりもらえる土地が少ない」という発言によって、聴衆は全てを知り、説法者の悪事が露見したという説話である。

無住は説話の冒頭から、これも「形」だけの説法者であることを明確に規定している。説法者でありながら「身ハ豊ニシテ貪欲極無ク、智恵才覚無テ、然モ又音声ワルク、口モキカズシテアル」者であり、僧としても説法者としても、備えているべき資質が欠如しているのである。そして、第三者として聴衆にこの説法者の不浄説法の一部始終を目撃させることで、「形」だけの僧が仏法を説くことの効験のなさや無意味さを強調し、この説話を読む人々に対して身近にいる僧たちをやみくもに信じるのではなく、ホンモノなのかニセモノなのかについて再考することを促す。

この説話は同時代の世俗説話集『古今著聞集』巻第一六「或僧説法の導師と成り密に約して尼公を泣かしむる事」*に類似説話を有し、説話の型はほぼ同じである[10]。しかし、『古今著聞集』

においては「身ハ豊ニシテ…」以下の説法者の人物規定が全く成されず、第三者としての「聴聞ノ人々」の役割も認められない。(11)一見、同じ笑話のようであるが、『雑談集』では『沙石集』に続いて、仏教説話集において当時の「形」だけの僧たちの実態を描くだけではなく、僧たちを笑いの対象にしながらも啓蒙を行うという「三宝」の矛盾に正面から取り組もうとする新たな試みが認められる。それに対して『古今著聞集』では、説法者と尼との二人のやり取りを面白おかしく描いた笑劇に仕立てられている。

この説話に笑いの要素が存在したことは、後世に狂言＊「泣尼」として享受されていくことからも間違いない。ただし、『雑談集』は僧を笑うことそのものに目的があったのではなく、内面に徳を伴わない点で偽悪や清貧とも異なる、「形」だけの僧を仏教の「宝」として仏や仏法と同等に信仰して良いのかという、これまで禁じられてきた疑問を投げかけることに目的があったと言える。

僧が僧を嗤う

では、無住は何を信仰すべき対象として説き、どうして内実の伴わない僧を笑うことができたのか。同じく『雑談集』巻第八ノ五には次のような説話が見える。

昔、縁覚ノ坐禅スルヲ見タル猿、外道ノ苦行シケルニ、言ニハ言フ能ハズ、手ヲツクロイ、坐儀ヲヲシヘ、目ヲヨキ程ニ、フタガセ、ナンドシケルヲ、外道様有ルベシト思テ、坐禅シテ悟レル事有リケリ。此ハ西天ノ事、経ノ中ニ此之有リ。云云。

唐国ニモ、昔、山ノ中ニ独住ノ僧有ケリ。常ニ坐禅シケルヲ、猿ドモヲホク見ナレテ、僧ノ白地《アカラサマ》ニ他行ノ時、僧伽梨《ギャリ》衣ヲカケテ、坐禅ヲ学シケル、其ノ中ニ猿五疋得法シタリケル。五獼猴《ミゴ》ノ塔ト名テ、五ノ塔ヲ立タリ。今ニ有レ之ト云ヘリ。如々居士ノ録ノ中ニ之有リ。（二六〇頁）

前者は『阿育王経』*からの引用、後者は出典不明である。日本においても中国においても僧が行っていた坐禅を、見よう見まねで行った猿たちが悟りを得たという説話である。無住は坐禅の効験や功能を説き、称揚する中で、たとえ猿でも信心を有し修行に励めば悟りが得られることを示している。ここから先に挙げた外見は僧であっても修行を行わず、信心のない「形」だけの僧と、「形」は獣であっても修行を行い信心深い猿との対照性が看取できる。もちろん無住自身が僧であり、僧に仏道の理想を求めないはずはなかったが、全ての僧にその役割を担わせることは無住自身が許せなかったであろう。何よりそれは「形」だけに捉われ、こだわるという、無住が最も嫌った非柔軟な思考につながる行為であったのである。僧たちを笑う説話と悟りを得た猿たちの説話からは、僧である、僧ではないといった「形」の問題ではなく、内面における仏教に対する信仰の在り方が重要であるという、無住のメッセージが聞こえてくるようである。『三宝絵』や『宝物集』などの従来の仏教説話集や啓蒙を志向する書物が踏み込めなかった僧の愚行を多数描くという行為、それも魔道に堕ちるなどの因果を説くのではなく、僧を笑うことによって信仰の在り方を示したことは無住らしいと言えば無住らしい。

最後に『雑談集』巻第一ノ八に載る説話を挙げる。

或ル禅僧、律僧比丘尼ト寄リ合テ、子息多ク有レ之。私ノ利口云、「聖ノ本ニハ彼ノ禅僧ノ子息ナルベシ。鶚《ミサゴ》胎《ハラノ》鷹ノ子ノ、父方ニ似テ取レ雉《キジ》、母方ニ似テ取レ魚ラム如ク、父方ハ達磨大師ノ末葉、宗風ニ明カナルベシ。母方ハ南山律師ノ末裔、戒律ヲ専スベシ。父方・母方無双ノ聖人ナルベシ」ト云フ時、或ル僧ノ云、「彼ノ母定テ子生事安穏ナラジ。南山ノ末ナル故ニ」ト。此ノ利口殊勝也。

「聖人ノ子定テ貴カルベシ」ト云フ時、或人難ジテ云ク、「父ニ似バ何ゾ貴カラム」。答テ云「若シ爾者《シカラバ》、一生不犯ノ聖ノ子バカリゾ。父ニ似テ貴トカラム」。比興々々。

大方ハ毎レ物有二三品《ホン》一。三品清浄ノ僧ハ上品、一向犯戒ノ僧ハ下品、乱行ノ僧ハ法衣ヲ帯シテ道行相ヒ雑《マジフ》ルハ中品也。経ニ云、「犯戒ノ僧ノ中心ニ慙愧ヲ懐キ、深ク自ラ悔嘖《ケシャク》シ、大乗ヲ読誦シ、深ク三宝ヲ信ジ、専ラ護二仏宝ヲ譲リ、大乗ノ行人ヲ供養ス、此如キ人等ハ、一向犯戒ト云フベカラズ取意」。涅槃経ノ第十巻ノ文也。　（六〇、六一頁）

『沙石集』において三人の子どもに名前をつけた上人と同じく、『雑談集』においても上人が子どもを持つことについて、皮肉な笑いとともに伝える説話が認められる。ただし、少し異なるのは『涅槃経』の文言を挙げ、破戒僧を擁護している点である。上人を笑いながらもそういった破戒僧が心の中では罪を恥じており、本当は「三宝」を深く信じていると無住は説いている。『沙石集』も『雑談集』も、同じような説話によって僧を笑いながら無住の眼差しが異なっているのは、両書の成立に二一年の隔たりが存在することが関係するかもしれない。つまり、これは僧を笑うことで攻撃、批判する立場から僧を笑うことで赦す（許す）立場へと変化した、無住の思想の一端を示していると見ることもできる。

おわりに

無住は嘉禄《かろく》二年（一二二六）に鎌倉で生まれ、正和《しょうわ》元年（一三一二）に尾張長母寺《ちょうぼじ》（一説では桑名蓮華寺）で没した僧である。いわば鎌倉時代後期を生きた僧であり、無住がその著作において多数記した「形」だけの僧が世に蔓延《まんえん》しはじめていたことは想像に難くなく、僧の実態を鋭く描き出したのは時代の流れの中で必然であったと言える。

しかし一方で、無住の著作と近い正嘉《しょうか》元年（一二五七）成立の『私聚百因縁集』や、推定ではあるが無住の著作とほぼ同年代に成立した可能性が高い『撰集抄』、あるいはもっと後の室町時代に成立した『三国伝記』においては、同じような状況下にありながら僧を笑うことはなく、逆に僧が仏の意を汲んだ唯一の実像、仏教における理想の体現者として描かれている。「形」だけの僧を崇拝の対象とするよりも、内面に仏心を備えた猿などの獣の方が敬える場合があることを説くのは、やはり無住の特性として位置づけられるのである。

中世期には世俗説話集以外にも僧を笑った書物がなかったわけではなく、例えば兼好の『徒然草』が存在するが、これはあくまで随筆という方法であり、自由度が高く啓蒙を第一目的としないものであった。「三宝」という概念が仏教の根底にある中で、仏教説話集において僧が僧を笑うことはたやすいことではなかった。それに挑んだのが無住であり、『沙石集』や『雑談集』は革新的な書物であったと言える。そして、あえて僧を「嗤《わら》う」（「嗤」は相手を馬鹿にしたりさげすんだりしてわらう、あざわらう）ことで、「形」だけの僧の実態を俗人に知らせるとともに、このままで良いはずはない僧としての修行や信心の在り方などについて当時の僧たちに見直させる意図がそこには存在したのである。それは自らが僧であり説法者であった無住にとっての自戒でもあり、単純に「三宝」を信じることを勧められない現実から目をそらさず、僧を嗤いながら心では泣いていたと見るのが適当と言えよう。

注

（1）梵舜本が『沙石集』の初期段階と推定する見方は、渡邊綱也氏が『日本古典文学大系　沙石集』「解説」（岩波書店、一九六六年）などにおいて述べられている。一方、梵舜本を後出本と推定する見方は小島孝之氏が『新編日本古典文学全集　沙石集』「古典への招待」（小学館、二〇〇一年）、土屋有里子氏が『『沙石集』諸本の成立と展開』（笠間書院、二〇一一年）などにおいて述べられている。

（2）梵舜本などの伝本が後世の享受の過程における改編を経た可能性については拙稿「『沙石集』と経典における譬喩―『百喩経』との比較を端緒として―」（『仏教文学』第三四号、二〇一〇年三月）、拙稿「無住と梵舜本『沙石集』の位置」（小島孝之監修『無住　研究と資料』あるむ、二〇一一年）、拙稿『沙石集』諸本と譬喩経典」（『説話文学研究』第四七号、二〇一二年七月）などで私見を述べた。

（3）『三宝絵』は馬淵和夫・小泉弘・今野達校注『新日本古典文学大系　三宝絵　注好選』（岩波書店、一九九七年）を用いた。なお、傍線部などは引用者が私に付し、以下の本文も同様である。

（4）藤村安芸子「僧宝―亡き釈迦と亡き母と」（『仏法僧とは何か　『三宝絵』の思想世界』講談社、二〇一一年、一四四頁）を用いた。

（5）小泉弘・山田昭全・小島孝之・木下資一校注『新日本古典文学大系　宝物集　閑居友　比良山古人霊託』（岩波書店、一九九三年）を用いた。

（6）本稿では多数の『沙石集』伝本に共通して載る説話を無住の著した本文と見なし、無住の改編後の伝本の一種、慶長一〇年本の本文である深井一郎編『慶長十年古活字本沙石集総索引―影印篇―』（勉誠社、一九八〇年）を用いた。なお、本稿では全て慶長一〇年本の本文を用い、句読点などは引用者が私に付した。

（7）山寺の笑いの空間性については拙稿「『沙石集』の笑い」（『説話・伝承学』第一七号、二〇〇九年三月）において私見を述べた。

（8）藤本徳明「『沙石集』笑話の意味」（『中世仏教説話論』笠間書院、一九七七年）を参照した。

（9）『雑談集』の本文は全て山田昭全・三木紀人校注『雑談集』（三弥井書店、一九七三年）を用い、古典資料二四『雑談集』（芸林舎、一九七二年）を参照した。なお、返り点は私に訓読し、以下の本文も同様である。

（10）『古今著聞集』は永積安明・島田勇雄校注『日本古典文学大系　古今著聞集』（岩波書店、一九六六年）を参照した。

（11）拙稿「梵舜本『沙石集』の本文表現と編者」（『同志社国文学』第六七号、二〇〇七年一二月）において私見を述べた。

『真言伝』における神仏習合
—— 山中で出会う美女 ——

佐藤愛弓

逸脱した僧伝

鎌倉末期に編纂された伝記集『真言伝』*には多くの説話が記されている。(1)『真言伝』は僧の伝記を集めた僧伝と呼ばれるジャンルに属するが、僧侶が身につけた超人的な力を示すために、多くの不思議な説話を載せている。僧伝とは本来は僧の生没年や経歴とともにその事蹟を記すものである。もちろん『真言伝』に集められた伝にもそのような基本事項が記されていることは多いが、中には本稿でとりあげる話のように、まったく僧伝の体裁をとっていない説話もある。つまり『真言伝』は僧伝であることをゆるやかに志向するが、僧伝の体裁を持つことは

『真言伝』にとって最重要の要件ではなかったのだ。僧伝であるのに、漢文ではなく、漢字仮名交じり文で表記されていることや、全く僧伝としての体裁がない巻があることも、そのイレギュラーな性質を示している。『真言伝』はそれほどに、説話を取り入れることに熱心な僧伝である。

それでは『真言伝』の編纂理念の中心になにがあるかというと、密教の陀羅尼*の呪力の強調であり、密教の威力が発揮されてきた印度・中国・日本の歴史であったと考えられる。そのような意味で『真言伝』の編纂理念は、きわめて明白であり単純であり、その特徴は後述するように編者が真言僧であるということとも合致する。

だが『真言伝』の編纂理念は真言呪力の強調だという事実に至ったところで、それは『真言伝』を読んだことにはならない。問題は『真言伝』が最優先にしていたのが、どのような表現であり、その表現がどのような世界像を提示しているか、である。一言でいうならば、それは、修行によって僧侶が得た不思議な力が、さまざまな現実の事物にはたらくありさまそのものである。僧侶の持つ超人的な力を、それがもたらす奇跡によって描いているのだ。その様相は、天皇や貴族の病をたちどころに癒したり、敵を調伏したり、逆に調伏されていることを見抜いて対抗したりと、きわめてアクティブであり、社会に貢献することにも積極的である。

『真言伝』で肯定される力の多くは、貴顕や国家を助けるものである。そのことはおそらく編纂者である真言僧栄海が、南北朝の騒乱の中で後醍醐天皇のために祈りを献じた祈禱僧であるということと関係する。栄海自身が、後醍醐天皇の身体の安全を祈り、その王権の安泰のために修法を行うという役割を担っていたのだ。(2)『真言伝』からは、国家に仕える祈禱僧の世界観や、彼らに望まれていた力の具体的なイメージを知ることができる。

また、そのような貢献を可能にするものとして、手を触れずに独鈷《＊とっこ》を自在に操ったり、傾いた塔を祈りの力で直したり、人間を持ち上げるなど、物理的な力が描写されている。『真言伝』では、いわゆる験力といわれる祈りの力が、印象的なヴィジュアルイメージによって表現されることが多い。それらの説話の多くは、平安時代に編纂された説話集からとられたものであり、もともと貴族社会のなかで誇張され説話化されたものが、『真言伝』において僧侶の視点のもとに集められ、真言密教の輝かしい歴史として編纂されなおしたものといえる。

さて、そのような超人的な力を示す話の中で、多数登場するのが、高僧に使役され怪力を発揮する護法童子や、雨をもたらし国家を護る龍や、諸々の神たちなど、目に見えないものたちである。行者《ぎょうじゃ》に強大な力をもたらすのがそのような目に見えないものたちの存在であり、行者はそのものたちと交渉できるがゆえに、人でありながら、人には不可能なことをなすのだ。

そしてそのような交渉を可能にするのが、人の通わぬ深い山林に籠ってなされる行であった。

そもそも目に見えない存在との交流は、多く山林における修行のなかでうまれる。それゆえ『真言伝』は、人跡未踏の深山で心を澄まし、一人孤独に行に専念する修行者たちの姿を描くのだ。

本稿で扱う話もその一つである。目に見えぬものと関わり、その霊力を自分の力として呼び込むためには、深山における過酷な行《ぎょう》により、行者自身が極限まで磨かれる必要があった。『真言伝』に登場する高僧たちは、世に交わり世俗の要請に積極的に応えながらも、一方では護法童子や龍神や諸神たちと交渉を持ちうるほどに、山林に身を投じて心を澄ます者として描かれる。その二面は一体のものとして機能したのである。(3)僧侶にとって修行で得た力は、それを独占するのではなく多くの人々を、国家を、広く世俗を助けるためのものであった。また、世俗を助ける力を身につけるためには深山での行が必要であったのだ。

山中にあらわれる美女

『真言伝』巻四行信伝

『真言伝』の巻四には以下のような話が記されている。

行信禅師という修行者がいた。出家の後は名誉を求めず、高山幽谷において*尊勝陀羅《そんしょうだら》尼《に》を誦することを一生の行としていた。修行の過程で伊予国（現在の愛媛県）の神門山に行き、苦行を積んでいたところ、山での食事が尽きたが、なお命を顧みずに一心に陀羅尼を唱えていた。

そこに美しい女性が一人、山中からやってきて、行信に「どうしてここで数日を過ごしているのですか」と尋ねた。行信は「食料がなくなったので、ただ命が尽きるのを待っているだけです」と答えた。女は行信を尊敬しかつ憐《あわれ》んで去ると、しばらくして御斎（僧の食事）を備えて、手づから持ってきた。そして行信に「私は神です。行信の修行に感動して、食を持って来ました。これは神の*穢食《えじき》ではありません。人間の浄食です。どうぞお納めください。私の願いも果たされます」と言った。そこで行信はお祈りをしてその食をいただいた。神女はよろこび、行信の飢えの苦しみはすぐに止んだ。そうして行信は陀羅尼の読誦をさらに続けた。

次の日、神女はまた行信に食事を持って来た。そして「師よ、私の願いを叶えてくださいますでしょうか」と言った。行信は「お話を聞いてから、はからいましょう」と答えた。神女は「私の夫は、おもいがけないことに猟師に殺されてしまいました。それから数千年がたちますが、夫の骨は峰を渡って谷に満ちております。神道の弔いは頼りないものです。(仏教の)法力ならば瞬時にお骨を焼くことができるでしょう。あなたが陀羅尼を唱えながら、杖でお骨に触れてその上に火を投ずれば、その神通力によってお骨が焼けるでしょう」と話した。行信はこの求めを承諾し、女に導かれてその骨の所までに行った。行信が見ると、大蛇の骨が何里とも知れず峰や谷に散らばっていた。そこで神女の言ったように、杖で骨に触れて、ひとつところに集めて火を投げかけたところ、骨は悉《ことごと》く焼けた。

神女はよろこび、拝謝して「積年の願いが一瞬で解決しました。すばらしい慈悲を蒙りました。どうしてこの感謝が本物でないことがあるでしょうか。ことごとく五〇〇戸の封をさし上げて、行信の恩に報いたいと思います。今後も、いよいよ私を導いてください。お願いですから憐みを垂れてください」と言った。

行信は封を受け取り、寺を建てて経典を書写した。その寺は今でも、禅門山の中にある。神山神宮寺*と号するということだ。

当該説話の成立時期について

荒唐無稽な話であるが、この話の魅力はその荒唐無稽なスケールの大きさにあるといってよいだろう。高山幽谷の奥深くから出てくる美しい女性、山をわたり谷に満ちて散らばる大蛇の骨、その骨を悉く焼き尽くす炎、いずれもあざやかなイメージが印象に残る。

だが、この説話の本質を知る手がかりとなるのは、この荒唐無稽な話に、行信禅師という固有名詞が記されており、最後に神山神宮寺という具体的な寺院の名が記されているという点である。残念ながら行信禅師も神山神宮寺も、他の物語や記録には一切書き残されていないので詳細は不明であるが、この話がそのような具体的な寺院の創建縁起として記されていることは、その性格を知る上で重要である。

また『真言伝』としても、脈々と受け継がれる陀羅尼の威力の歴史の一齣としてこの説話を布置しており、この話を時間軸の上に位置づける努力をしている。この説話自体に年代は書かれていないが、『真言伝』で前に配されている話が貞観（八五九～八七七）の頃とされており、また当該説話の後に配されている話が、藤原常行《ときつら》（八三六～八七五）の百鬼夜行譚＊、その後の話が藤原師輔《もろすけ》（九〇八～九六〇）の百鬼夜行譚であることから考えると、『真言伝』の認識としては、貞観の頃の話として配されていることがわかる。

正確な年代はわからないが、他の資料からも、この説話が記された下限の時期は推測しうる。この説話は逸書薬恒《いつしょやくこう》撰『尊勝真言興隆流布縁起』（内容不詳）にも収載されていたと考えられ、

『真言伝』がこの書を直接の典拠としているかどうかは不明ながら、かなり近しい本文を持っていたと考えられる。千本英史氏は薬恒の活動時期を一〇世紀前半としており(4)、少なくともこの話が一〇世紀前半には成立していたことを確認できる。

『真言伝』の編者は、独自の判断で必要ないと考えた部分を省略することはあっても、文言を書き換えることはほとんど無いから、『真言伝』の本文をもって一〇世紀前半以前の内容とすることにさして問題はないと思われる。さらに気になるのが、逸書薬恒撰『尊勝真言興隆流布縁起』には、『真言伝』で当該説話の前に布置されている説話と同内容の説話が並べて収載されており、二話つづけてこの資料に素材を得たとも考えられることである。そして当該説話とひとまとめにされたとおぼしい説話には貞観という年号が記されている。『真言伝』はこの説話に記された貞観の年号から、この二話を貞観の頃に配置したのかもしれないのだ。以上のように推測はいろいろできるが、この説話の成立時期について確実にいえるのは、一〇世紀前半以前に成立していたという下限のみである。

なおこのような性質の説話の場合、説話として伝えられてから、薬恒撰『尊勝真言興隆流布縁起』のような編纂物に載せられるまでに、タイムラグがあるのが常であるから、その成立はもっと古いと考えることも可能である。特に当該説話は、本地垂迹説を語らない神宮寺創建説話であり、後に述べる神仏習合の歴史から考えるならば、もう少し古く成立したと想定することもできるのである。

大蛇の死

背後にある神殺し伝説

まず注目されるのが、山中に現れた美女の正体である。神であることは彼女自身の言葉によってあかされるが、神も国家的な神から地方の村落を守る神、都のひとびとに信仰される神などさまざまである。山林修行の行者が、食が尽きて倒れるような深山のその奥から出てくる美しい女神とはどのような性質の神なのであろうか。それをうかがうことができるのが、彼女が夫について述べた言葉である。

我夫ハカラサルニ猟者ニ害セラレテ其後数千歳、亡夫ノ骸骨峯ニ渡リ谷ニミテリ

彼女の夫は大蛇、つまり蛇神であったと考えられるのだ。ではなぜ蛇神は猟師に殺されたのであろうか。じつは猟師や旅の僧侶が、土地の神を退治するという「神殺し伝説」は、神話や

説話、昔話に、数々残されている。詳細は次節で述べるが、多くの伝説の中で殺されるのは、動物の姿をとる神であり、殺される理由は神が生贄を要求することにある場合が多い。多くは女性が生贄となることが決まり、両親が嘆いているところに、旅の猟師や僧が現れて同情し逆に神を退治する、というものである。この場合、猟師や僧は旅の者、つまり生贄をささげる共同体の外の人間として現れ、共同体に属する人々とは異なる感覚をもった者が、原始的な動物神を排除するという意味で読み解かれることが多い。生贄と共同体という観点から、さまざまに論じられている話であるが、いわゆる英雄譚として各地で語り伝えられた類型の一つといえよう。

有名な『古事記』の八岐大蛇《ヤマタノオロチ》譚もこのような*人身御供《ひとみごく》譚の一つであるが、松前健氏は「日本のフォークロアにおいて、新しい今来《いまき》の大神が、古くからの土地の神である*地主神を、多く妖怪や邪霊の一種だと見なして、これを退治・征服する儀礼を行ない、またそうした縁起譚を生み出していることは、周知の事実である」として、八岐大蛇譚もその例の一つであるとする。[5]
また次節で紹介する*『今昔物語集』の猿神退治の話もこの類型に属するが、池上洵一氏は猿神の退治を「新来の神に主祭神の座を譲り渡した古いタイプの神が等しくたどらざるをえない凋落の過程であった」と述べる。[6]付加される意味はさまざまであるが、基本的には新しい価値観を持った存在が、旧来秩序を象徴する神を打倒する話と解釈される。古く原始的な信仰が、新しい文化的な価値観によって制圧されるという構図で論じられることが多いのである。

当該説話では、神殺しそのものは描かれない。行信は、神女の言葉によって、夫が猟師に殺されたことを知り、山々谷々に散らばっている大蛇の骨を目撃するのみである。しかし神女の夫も、やはり素朴な自然崇拝を具現化した動物神であったと考えていいのではないだろうか。彼が生贄を求めたかどうかはわからないが、神女は自らの食を「神の穢食」と言っている。生贄まではは要求しないにしても供御として鹿贄、猪贄などを供えるべき神ではあったのではないだろうか。穢食は、肉や魚などの精進ではない食を指す言葉であるし、高山幽谷では、豊富な水産資源が入手できるとは考えにくい。そもそも大蛇やその妻の贄としてふさわしいものは限られるだろう。動物神は自然のもたらす恩恵と厳しさを象徴し、それゆえに人々の恐れと敬いの対象であった。そしてそれは自然の猛威そのもののように、時には命までをも要求する、理不尽に荒ぶる神と考えられていた。かかる神を打倒しようとするのが、神殺しの意味なのである。

もう一つの神殺し説話

さて、該当説話の解釈から少しそれることとなるが、神殺し型の伝説の中に変化球とみられる話が出現することを確認しておきたい。

まず、この型の説話として最も有名な『今昔物語集』巻二六第七話の猿神退治を紹介する。

美作国に中山に猿神を祀る社があり、人々は毎年の祭礼毎に若い娘を生贄として供じていた。祭礼の時に一年後、生贄になる娘を取り決めるのだった。そこに東の国から猟師がやってきた。美しい娘を持つ親が悲しんでいるので訳をきくと、娘は生贄になることが決まっているという。猟師は父母を叱咤《しった》し、その娘を自分にくれと申し出る。そうしてひそかに連れていた犬を訓練し、猿を見たら襲うようにしつける。祭礼の日になると猟師は娘の身代りとなって長櫃《ながびつ》に入り、生贄として神のもとにいくが、長櫃が開けられると犬とともに飛び出し、猿神を懲らしめる。猿神が二度と生贄を求めないことを誓ったので、これを許してやった。男と娘は幸せに暮らしたという。

この型の話は、先にも述べた『古事記』の八岐大蛇譚のほか、『宇治拾遺物語』『私聚百因縁集』『酒呑童子』や、中国の『捜神記』『白老伝』『幽界緑』、また近代に入っても青森から鹿児島まで口承で伝えられていた多くの昔話など、類似の話が多数あることでも知られている。(7) しかしここで注目したいのはこの話の普遍性ではない。そのように多岐に亘《わた》って伝えられてきた猿神退治の話の多くが、猿神の死によって終わっているのに対し、『今昔』や『宇治』においては、猿神の改心により、共同体に平和が訪れたとして物語が閉じられているということである。猿神が死ななくても村に平穏が訪れることを説得的に示すためか、『今昔』や『宇治』では、神主に猿神がのりうつって「二度と生贄を求めないし、復讐もしない」と誓約を立てる場面が入っているのである。この話は共同体と生贄の問題などから、昔から多くの研究者が考察をしてきたが、八岐大蛇譚や昔話との共通性を強調するためか、猿神が死なないことにはあまり注目されてこなかった。しかし他の多くの伝説の中で、生贄を求める神が殺されることとなっていることから、そちらがスタンダードな型であることはまちがいなく、神が殺されない人身御供譚はそれを変容させてでてきたことになる。院政期に成立した『今昔』や鎌倉時代の『宇治』において、生贄を求める神が殺されずに存在しつづけることの意味は大きいといえよう。

神が殺されない人身御供譚

次にもう一話だけ、神が死なない人身御供譚を挙げる。『真言伝』の最終話である。

旅の男が道に迷って山の中の別の集落に行き、生贄にされようとしている娘に出会い結ばれる。その後、娘は蛇神にささげられてしまうが、男は娘を追って蛇神の穴に落ち、そこで陀羅尼を誦する。すると蛇神の声で、「その陀羅尼によって自分は蛇道*を逃れることができた」と感謝を述べられる。娘と男は無事に解放された。二人はその集落を出て、各地を巡り、のちに播磨の国において出家した。

この話も前半は典型的な人身御供譚の形をとっている。旅の男は共同体内部の人間ではなく、旅の途中で道に迷い、娘に出会う。そしてその娘が生贄にされようとしていることを知る。この話の場合は身代りではなく、娘を助けようとあとを追う形で蛇神のもとに行くのであるが、大きく異なるのはその後の解決方法である。ここで男は積極的に蛇神を退治しようとする訳ではなく、どうしたらいいかわからずにただ必死で尊勝陀羅尼を誦するのである。だが結果的にはそれがよかったのだ。蛇神は社に祀られ、年ごとに生贄を供されてはいるが、じつは罪業によって蛇道に堕ちた者であり、自らも苦しんでいた。それを男が唱える陀羅尼が救ったのである。陀羅尼の力によって蛇神は蛇道を離れ、男も女も助かったのだ。なおこの説話が蛇神を、蛇道に堕ちて苦しんでいる存在としている点は、仏教に救いを求める行信伝の神女の話とも共通する性質を持つが、その点については次節で述べることとする。

ここで確認しておきたいのは、この話においても前半は典型的な人身御供譚でありながら、後半では神が殺されないパターンになっているということだ。後半に付加されているのは、罪業により動物に生まれ変わった人間が陀羅尼や経典の読誦によって解脱するという型の話であり、『今昔』や『法華験記』*など多くの仏教説話にみられる類型である。つまりこの説話は、人身御供譚に仏教説話的要素を入れ込む形で成立したものといえる。

前述したように『真言伝』の編纂は鎌倉末期まで下るが、『真言伝』は『今昔』や『宇治』がその説話を取り込んだと考えられている逸書『宇治大納言物語』*を出典として明記している。この話の出典はわからないが、『真言伝』の中でも比較的仮名の多い漢字仮名交じり文で記されており、同類の説話集から採られた話であるとみられる。本文の状況から類推するに、本話も院政期以前の資料から採っている可能性は高い。先の猿神退治の話と合わせて、院政期以前には神が殺されない人身御供譚が相当数あったのではないかと考えられる。そこに描かれる神は、零落し苦しい姿をさらすことにはなるが、決して完全に抹殺される訳ではない。前節に述べたように人身御供譚は、新たな価値観を持つ者によって、原始的な共同体社会の価値観が打倒される話と捉えられることが多かったが、これらの説話においては、旧秩序の象徴たる神は生き残る。神は変革を求められ、人にとって危険ではないものに変身するが、抹殺される訳ではないのである。もちろん新しい秩序がその世界の中心となるが、ここで語られるのが、交代劇ではなく、共存であるという点は重要である。

さて、行信伝に話を戻せば、大蛇である夫が猟師に殺されているという点では、典型的な旧来型の神の抹殺説話にみえるが、一方で妻は共存型で行信と対話をするなど新しい神の形をとって生き残っている。神が殺されない生贄譚が出てくることと、共通する構造があるのではないだろうか。妻は生き続け、修行僧の前に姿を現し、夫の供養を願う。彼女は穢食を食べる生臭い一面を残しつつも、人間らしいやりとりを可能にする人格をもっており、行信に敬意をはらって仏法による救済を願うなど、素朴な*荒ぶる神とは別の性質を示している。この話は制圧せねばならない荒ぶる神と対話可能な人格的な神という二段階の神の姿を描いていると読み取るべきものである。

神女と行者の交流

神の穢食、人間の浄食

さて、行信伝の最大の特徴として、神女が、神の世界と、僧侶、仏教の世界を対比的に語っていることが挙げられる。まず「神の穢食、人間の浄食」という表現に注目したい。人間の浄食の方は、さしあたり精進食を指すと考えてよいであろう。僧侶であるから、魚や肉などの動物性の食事をとるわけにはいかない。まして深山での修行においては、浄行の僧であることが強く求められた。『日本霊異記』下巻第三九話には、この話と同じく伊予国の石鎚山*の話として「伊予国《いよのくに》神野《かみのの》郡《こほり》の部内《ぶない》に山有《あ》り、名《なづ》けて石鎚山《いしづちやま》と号《い》ふ。是《こ》れすなはち彼《そ》の山に有る石鎚《いしづちの》神《かみ》の名《みな》なり。其《そ》の山高く崪《さが》しくして、凡夫《ただひと》登り到ること得ず。ただし浄《きよ》き行《おこなひ》の人のみ登り到りて居住《す》む」とある。(8) 神のいる山は高く険しく、それゆえに人を拒み人を選ぶ。だからこそそこにわけ入るものは、浄行の人でなければならなかった。神女は行信に「どうしてここで数日を過ごしているのですか」と声をかけている。つまり彼が数日ここにいることを見ていたことになる。彼が浄行の僧であり、穢食を食べないことを知っていたし、そのような浄行のものであるからこそ、彼を選んだのであろう。「食料がなくなったので、ただ命が尽きるのを待っているだけです」と答え、行を続けようとする行信こそ神の心にかなう者であった。

　では「神の穢食」という言葉が出てくることには、どのような意味があるだろうか。まず事実として、殺生戒*を持つ訳ではない神祇の神饌においては、肉や魚を忌むことはない。だから仏教の側の視点に立てば神は穢食をとるとされても論理的には間違いではない。しかし一方で、このような言葉でわざわざ対比しなくても会話は成立するようにも思われる。「これは穢食ではない」ということを伝えれば十分なところを、この会話ではわざわざ「神の穢食ではない」と告げているのだ。あえて神の穢食と語るところに、この神が仏教的な価値観を受け入れていることが明示されているのではないだろうか。このように神の道と仏の道が対比され、仏の道の方が上であるとされることに、この説話の思想がある。

神道の弔い、密教の陀羅尼

神女が属する神の道と、行信が属する仏の道の対比はこの短い説話の中で、さらに一箇所みられる。神女が自分の夫のお骨《こつ》を供養してほしいと述べる場面で彼女は、「神道の弔いは頼りないものです。法力ならば瞬時にお骨を焼くことができるでしょう」と述べている。ここでも神の道と仏の道は対比され、仏の道の方が上位にあるとされていることがわかる。

この説話で尊勝陀羅尼がお骨を供養するのに有効であるとされていることには、現実社会における尊勝陀羅尼の役割が反映しているといえよう。死者の供養における陀羅尼といえば、明恵が安貞元年（一二二七）に*『光明真言加持土沙義』を撰述したことで知られるように、光明真言を唱えながら遺体に土砂をかけるという土沙加持作法があるが、それ以前は尊勝陀羅尼にその功徳があるとされていた。[9]『仏頂尊勝陀羅尼経』は僧侶だけでなく宮廷社会にも流布しており、その文言に「其の亡者随身の分骨を取り、土一把を以て、この陀羅尼を誦すること二十一遍にして亡者の骨上に散んずれば即ち天に生するを得る」[10]とあることから、尊勝陀羅尼が死者の魂を救うことは広く信じられていたのである。

また『真言伝』の編者栄海も、亡者救済における尊勝陀羅尼の功徳には、高い関心を寄せていたと考えられる。『真言伝』巻二にはまとまって尊勝陀羅尼の功徳説話が記されているし、栄海が南北朝の騒乱で亡くなった者たちの滅罪と救済を願って作文した『滅罪講式』においても、尊勝陀羅尼の功徳説話が引用されているのである。

当該説話では、土砂ではなく火を投げかけており、大蛇の遺骨が焼けるかどうかが問題となっているが、それも土沙加持の理念と同様、死者の魂が救済されるかどうかを示してるのだと考えられる。つまり神女は数千年の間、亡くなった夫の魂の救済ができないことを悩み続けていたということになる。

以上のように、穢食と死者供養という二点において、神女は会話のなかで神の道よりも仏の道の方が上であると述べていることがわかる。そして最後には、「いよいよ私を導いてください。お願いですから憐みを垂れてください」と行信に言い、へりくだるのである。神女の口から表されるのは、まさに仏勝神劣の価値観であるのだ。
このような神の道と仏の道の関係は何を示しているのであろうか。

神身離脱言説との関係

神身離脱言説

長い間救いを求めて悩み、仏教に頼る神、というと一見意外に感じられるかもしれない。しかしそれは、決して当該説話のみにみられる神の姿ではない。当該説話を理解する上で重要なのが神身離脱*の言説、すなわち神が、罪業深い神の身であることを嘆き、仏教の力によってそこから離脱することを願うという言説であろう。以下に典型的な例を挙げて、それがどのように現実社会と結びついているのかを簡単に説明したい。

「多度神宮寺伽藍縁起并資財帳」

天平宝字七年（七六三）一二月二十日のこと、満願禅師は多度神社の東の井戸のところに道場をかまえて阿弥陀像を安置していたが、ある人が神の託宣を受けた。「私は多度の神である。長い間罪業を為した結果、その報いとして神の身を受けている。今願うところは神の身を脱するために仏法に帰依することだ」というものであった。このような託宣が数度に亘ったために、満願禅師は山の南辺を切り開いて小堂を建て、神像を造立し、これを多度大菩薩と称した。

多度神宮寺の造立はこれだけに終わらない。その後、地元の有力者が、銅の鐘と鐘楼をこのお寺に納めたり、三重塔を建立したりと、順次整備されていくのだ。さらに天応元年（七八一）には沙弥法教が伊勢、美濃、尾張、志摩の一般の人々や出家者から寄進を集めて、伽藍の整備を進めている。そのような大きな動きの契機となったのが、右の要約にも挙げた「我は多度の神なり。吾久劫を経て重き罪業を作し、神道の報いを受く。今こいねがはくば、永く神身を離れんがため、三宝に帰依せんと欲す」という神の言葉であった。ここには神の身であることを嘆き、仏法に帰依することによってそれを離れたいとする神の願望が語られている。その言葉を奉じて、満願や法教のような民間に交わる宗教者が動き、地域の有力者や一般の人々をも巻き込んだ大きな運動となっていくのである。このように神の身であることの苦しみを訴える神の言葉は、他にもみられる。

・気比神宮寺（『藤原家伝』下　藤原武智麻呂伝（霊亀年間（七一五〜七一七年）））
ねがはくば私のために寺を造り、私の宿願を助けてほしい。私は宿業によって神となって久しい。今仏道に帰依したいと思い修行しているが、その因縁を得ることができない。それゆえにこれを告げるのである。

気比の神も多度の神と同様、宿業によって神の身となっていることを嘆き、仏法に帰依してこの苦しみを脱することを願っているのだ。気比の場合特徴的なのが、「自分のために寺を建立してほしい」という要望が神の言葉として明確に語られている点であろう。一般に神が人に託宣をする場合は、自らの不調や怒りを述べて、どのように祀ってほしいかという要望を示すことが多いが、その構造が明確な例であるといえる。

・若狭神宮寺（『類聚国史』巻百八十「仏道七」「諸寺」天長六年（八二九年）三月乙未条）
養老年中（七一七〜七二四年）、疫病がしばしばおこり病死する者が多く出て、日照りが続き作物が実らないということがおこった。そこで赤麿は、仏教を信仰し、深山に分け入った。大神はこのことに感動し、ある人に託宣をして告げた。「この地は私の住むところである、私は神身を受けて、深く苦悩している。仏法に帰依して、それによって神道を免れようと思っている。この願を果たすことができなければ、災害を致すのみである。汝は私のためによく修行せよ」と。赤麿は道場を建て、仏像を造り、神願寺と名付けて、大神の為に修行した。するとその後は作物は豊かにみのり、人々は夭死することはなかった。

若狭の神の場合は、あらかじめ疫病が流行って多くの人が死んだり、日照りで農作物が実らなかったりという形で神の祟《たた》りが示されている。その上で託宣によって要望が明らかになり、人々がそのとおりに行動すると天候不順や疫病は止むという経緯で記述が進んでいる。このような形で神が意志を示すことは、古代の神には多く、この話は荒ぶる神が神身離脱を願うという形をとっているようにみえる。この場合、神の言葉として要望は明示されていないが、神宮寺を建て仏像を造立することで、災厄はおさまっている。

ほかに『日本霊異記』下巻第二四話には、東天竺での前生で罪を作ってしまった報いで今生は猿猴の身となって社に神と祀られていると語る「陀我大神」*の話が記されている。この神は神の身を離れるために、お堂を建てて『法華経』を読んでほしいと述べており、これも神身離脱を願う話だと考えられている。

またこれまで、神仏習合や神身離脱の問題において論じられたことはないが、前節で紹介した『真言伝』最終話の生贄を求める蛇神も、蛇道に堕ちて苦しんでいたところを尊勝陀羅尼によって救われるとされる点においては、これらの神と共通性を持つものであろう。つまり『真言伝』最終話は、典型的な人身御供譚に、神身離脱の要素が入って、後半が陀羅尼功徳譚となったものと考えられる。このように神の身を負の要素としてみる思想は広く浸透していたと考えられる。そしてそのような思想が流布した背景には、外来の宗教である仏教と、日本在来の神に対する信仰をうまく合わせようとするいわゆる神仏習合の大きな動きがあったのである。神を救う仏教という構図によって仏教は神を取り込み、本来は異質のものである神と仏を習合させることが可能になるのである。もちろんこれらの言説は仏教側の論理で展開しており、神の意志を受け取ったとして、神宮寺建設のために多くの僧侶や信仰の厚い俗人が活動できることにこそその意義があったといえよう。すなわちその活動の中心的な実行者こそがこの言説の発信者であり、管理者であったと考えられ、僧侶たちによって流布された言説とみなしうる。

神のまま残る神

さて、これらの神身離脱を願う神の言説を視野に入れて、もう一度、当該説話について考えてみる時、神が神の身の拙さを自覚し、仏教に救いを求めるという点、それが神自身の言葉として表明されている点、結果的にそれが神宮寺の創建につながっているという点において、共通性があることが認められる。

だがその一方で、これらの言説と当該説話では異なる点も確認される。

これらの言説においては、明確に「罪業を重ねて神となり、今はその神の身を脱したい」という願望が述べられるのに対し、当該説話で神は、神道は頼りないとして、自らを導いてくれるよう願いつつも、そこまで強く神の身を否定している訳ではない。また神女は亡夫の供養という点では僧行信を頼るが、その前に行信に食料をあたえて彼を救っている。行信とて神女の供給する食物が無ければ命を落としてしまう存在なのだ。そこには人里離れた高山幽谷において修行する者は、山の食料に恵まれなければ命を繋ぐことができないという現実が反映しているのではないだろうか。彼等はいわば相互補完的、相互依存的な関係にある。

また彼女は、疫病や不作をもたらすほどに、苛烈に苦しんでいる訳ではなく、苦しみのあまりに土地を差し出す訳でもない。彼女は行信への恩の証しとして自ら五〇〇戸の封を行信に授けるのである。神宮寺創建縁起としてのこの話の構造を考えれば、この話の力点が、彼女が封を授け、行信が神宮寺を建てることにあることは明白である。神女の言葉はへりくだってはいるが、封を授けるその姿は地主神としての威容を誇るものである。

そしてもっとも大切なのは、神女がこの場を明け渡して去る訳ではなく、また神身を離脱し仏教界の菩薩に成り代わる訳でもないことだ。彼女は去らず行信のそばで行信に導かれることを願っているのだ。

彼女は行信が建立した神宮寺の側にいて、その仏事の営みに耳を傾け続ける。おそらくは穢食を食す大蛇の妻としてのおもかげを一部に残しながら……。

神仏習合の研究史　―『真言伝』説話から問い直す―

前節で述べたような、神が神身離脱を訴える言説が生まれる原因を研究の世界ではどのように説明しているだろうか。またそれに対して当該説話からはどのような展望を提示できるであろうか。神身離脱は神仏習合（日本で信仰されてきた神の世界とインド、中国から伝わってきた仏教の世界が融合してゆくこと）の過程の一段階として説明される。そこで、ごく簡略に研究史に触れておきたい。

最初に神身離脱を神仏習合史に位置づけたのは、辻善之助氏であった。辻善之助氏は、膨大な史料を提示しつつ、神仏習合の進行過程を以下のように説明している。(11)

①神明は仏法を悦ぶ。
②神明は仏法を擁護する。
③神明は仏法によりて苦悩を脱する（神明は衆生の一である）。
④神明は仏法によりて悟を開く。
⑤神明即菩薩となる。
⑥神明は更に進んで仏となる。
⑦神明は仏の化現したものである。

必要なものだけごく簡単に説明すると、②は仏教にもともとある護法善神（仏教を守る神）という概念に日本の神を当てはめた考え方であり、また⑤も仏教にもともとあった菩薩という概念（如来になる以前の修行過程）に日本の神を相当させた考え方である。前節で挙げた多度の神の像が、最後に多度菩薩と呼ばれているのがこれにあたる。⑦は、いわゆる本地垂迹説であり、日本の神は本来は仏であったが、日本の衆生を救うためにあえて身近な神となって仮に現れたとする考え方である。辻説では、奈良時代から中世にかけての時間的推移の上に、神仏習合の展開過程が論じられており、一見明快な説明のようにみえる。

　さて、辻氏の図式によれば神身離脱は、③の状態の神を描いたものと考えることができる。ただし神身離脱を訴える多度神宮寺の話が、③〜⑤の菩薩となるところまでを有しているのに対し、他の神の話や当該説話にはその要素が無いなど、事例によってどの段階までを含むのかが異なる。

　これに対し、田村圓澄氏は、②で護法善神であるとされた神が、③の段階で神の身の苦しさを訴え神身離脱を願う形態になるのは矛盾があり、両者には断絶があるとした(12)。そして神身離脱を願う言説が地方神に集中していることを述べ、神身離脱は地方神、護法善神は中央神の特徴であり、両者はもともと別々のものであると説明した。中央神を「上から」の神、地方神を「下から」の神と位置づけたのだ。その上で神身離脱については、疫病や天変地異などの脅威にさらされてきた地方の人々が、それを神の忿《いか》り、祟《たた》りととらえ、この被害から免れるために、神が忿り、祟る存在であることを脱すること、すなわち神身離脱を求めたのだと説明する。

　以上の両説が神仏習合を日本国内の内的発展として論じているのに対して、神身離脱説の起源を国外に見出す論もある。吉田一彦氏は、神が神である身を脱したいと願うという神身離脱のモチーフは梁の『高僧伝』、唐の『高僧伝』などにみられ、これが日本の神身離脱説の直接的典拠になったと説明する。そして多度、気比《けひ》、若狭などの各所で行われた神身離脱説の文言が類似していることを根拠として、これだけ文言が類似するのは中央で学ばれた中国仏教の文言が地方に広がっていったからだとして、中央からの流布を指摘している。(13)

神と仏の交わる場

これらの研究は、いずれもそれぞれが自らの重視する典型例に焦点をあてて、神仏習合史を理念化したものといえる。しかし現実はもっと複雑であり、その現実の一端が当該説話にあらわれていると考えられないだろうか。当該説話は先に挙げた三氏の研究のいずれによっても十分に説明することができないのである。

まず辻説は、典型的な事例を時系列にならべることによって、歴史的展開を理念化したもので、いかにして仏教側が神祇の世界を取り込んでいったかという仏教側の論理ですべてを説明している。しかし当該説話の神は、菩薩号を付されることもなければ、仏になる訳でもない。またそもそも菩薩号を付された神であっても、神としての性質を完全に失って仏になるわけではない。

神社に仏塔や経蔵が建てられて仏教化される場合も神社であったことが全く忘れられて寺に

なる訳ではないはずである。さらに当該説話は、先にも述べたように神が僧の命を助け、僧が神の願いを叶え、そのお礼として神が僧に封戸を授ける。そうして僧が神のために神宮寺を建立するのである。つまり、交互にお互いが自分の持つものを与えあい、支えあう構造になっているのだ。神は終始へりくだる姿勢をみせるが封戸を授けるという行為は、地主神のごとき威厳を示し、神の側に一定の主導権があったことを物語る。神は、これまで論じられてきたようにひたすら仏法にすがっているだけではない。両者の関係は相互補完的、相互依存的であって、一方的に仏教側に立った世界が記される訳ではない。辻氏が提示した図式で当該説話をとらえることはできないのである。

また田村説は、社会構造の中に神仏習合をいかに位置づけるかを論じた構造論となっているが、田村氏の提示したのは中央と地方、あるいは「上から」と「下から」という二項対立的概念である。しかし当該説話の舞台は人里離れた高山幽谷であり、田村氏が神身離脱説発生のもととして論じた村落共同体をイメージさせるような要素はない。当該説話の神女は神の身を頼りないものとして僧を頼るが、その背景に村落の人々の願いを想定できる要素はないのである。つまり山岳の神を描いた当該説話は、田村氏の中央と地方という二つの概念では読み解くことが出来ない。だがそこにおさまらない山岳こそが神と仏が交わる場であり、神仏習合にとって重要な場であったとはいえないだろうか。

吉田説は、神身離脱を語る言葉の典拠を中国の『高僧伝』の中に見出すものであるが、言説研究においては、典拠があることと、それが伝来し、変容し、定着していく過程は、別箇のものとして注意深く検討する。外来のものが国内に定着する過程で、自分たちにとって身近な国内の事象と重ねて捉えることもあり、また同じモチーフを使いながら内容を変容させることもある。

なお神仏習合史として提示されたものではないが、寺川眞知夫氏は吉田氏よりも早く、神身離脱言説と中国典籍との関係を指摘している。寺川氏は両者を詳細に比較した上で、中国の神身離脱説では離脱の後に神の祠が空になるなど、神がその場にいなくなったことを見届ける文脈があるのに対し、日本では離脱が完了したことを示す表現はなく、神身離脱願望伝承となっていると述べる。(14) そしてそのように変容した理由を、日本では神社祭祀が行われ続けるため、神に神の身を完全に離脱させる訳にはいかなかったのだと説明している。

寺川氏の指摘は非常に重要である。受容とは変容を伴う複雑なものであり、また受け入れられる土壌があるものが選択的に受け入れられていくという面がある。そして言説は、外来の文化の影響と、それを受け入れる土壌の影響の両方が重なり合ってできていくものであって、一部の文言の起源が外来のものであったとしても、決してそれだけで説明できるものではない。日本においては、神が神身離脱の願望を語ることが、そのままその神が神でなくなることを示す訳ではない。辻説のように本地垂跡説への過程としてとらえるとみえにくくなるが、神が神として残ることこそ重要なのではないだろうか。

信仰の重層化

さて、当該説話は、まず話の背景に大蛇である夫が猟師に殺されたということが設定されており、その数千年後の物語として僧にすがる神女の姿が記されるが、すでに述べたとおり夫は人間のコントロールの効かない荒ぶる動物神であり、妻の方は対話可能な人格を持つ神として顕れていると考えられる。そして過去の荒ぶる大蛇も行信によって供養されて救われるとされる。いわば古代的な祟り神から、仏法に帰依する神への推移を読み取ることができ、ここに原始より平安期までの日本の神の歴史が凝縮されて示されているといえる。

また、当該説話は従来報告されている事例に較べれば、穏当な表現をとっており仏教側の露骨な宣伝の意図を感じさせない。神女はへりくだってはいるが、決定的に神の身を脱したいと言ってはおらず、僧も共同体を巻き込む形で神宮寺の創建を進めることはない。正確な年代をあらわす文言がないため、これを神身離脱説の国内的な定着とみるか、もともとこのような素地ができあがっていたからこそ神身離脱説が展開できたのだと考えるのかは判断できない。しかしこのような説話を通してこそみえてくる神仏習合史があるのではないだろうか。

当該説話では、古代的な荒ぶる神であった夫を供養して、仏法に帰依した神女は、これまでとは性質を変えつつも、仏に変わる訳でなく、山を去る訳でなくそこに居続ける。ここに古代的な荒ぶる神と、仏教に帰依した神と、神に助けられて神宮寺を創建した僧という三者が共存する山の姿が現れる。この説話が示しているのは、山岳という聖地における信仰の交代劇ではなく、信仰の重層化なのである。

だが、他の事例において神身離脱を願った神々も、時に菩薩号を付されることはあっても、神の性質を全く失うことはなく、完全に仏として扱われることはないのではないだろうか。先にも述べたように、神身離脱説によって神が仏に変るように論じられるのは、その次の現象である本地垂迹説への前提としてとらえるからである。しかし、人々にとって神は、(たしかに怒り荒ぶる神のままであっては困るが) 対話による調整が可能な人格の面を持つようになるのであれば、やはり神のままにそこにあるべきものであった。重層化こそ日本の信仰の展開を考える上で重要な要素なのである。

おわりに

本稿では、一つの短い説話を詳細に読むことによって、神仏習合をどのように考え直しうるかを検討した。当該説話は一見荒唐無稽な物語のようにみえる。しかし説話に出現する神の姿や言動には、当時の人々にとって神とはどのようなものであったのかというイメージが具体的に反映している。

また説話はいくつかの類型の集合体であり、それを理解するためには共通する類型を持つ多くの説話の存在を検討する必要がある。よほど孤立的な話でないかぎり、一つの説話という頂には、類型の裾野がひろがっている。

これまで神身離脱を物語る資料として検討されてきた記事も、いくつかの類型を内包する言説であり、言説としての裾野をもっているはずである。また従来は思想や歴史を読み解くことに使われてこなかった一見荒唐無稽にみえる説話も、そのような裾野の一つである可能性もある。

説話は具体的な思想の姿を示すものであり、言説研究の手法をもってそれを明らかにしていけば、これまで論じられてこなかった思想の側面を提示できるものと考える。

注

（1）『真言伝』の本文は、『対校真言伝』（説話研究会編、勉誠社、一九八八年）、および『大日本仏教全書』史伝部七（鈴木学術財団編、一九七二年）、および『国文東方仏教叢書』第二輯第五巻（一九二八年）でみることができる。

（2）佐藤愛弓「慈尊院栄海評伝―その活動と著述―」（『中世真言僧の言説と歴史認識』勉誠出版、二〇一五年、一一七～一八三頁）。

（3）山林修行と官寺仏教との関係については、薗田香融「古代仏教における山林修行とその意義―特に自然智宗をめぐって―」（曽根正人編『論集奈良仏教　第四巻　神々と奈良仏教』雄山閣出版、一九九五年、二三五～二五五頁。初出は一九五七年）に詳しい。

（4）千本英史「平安朝の法華験記類」（『験記文学の研究』勉誠出版、一九九九年、一五七～一六七頁）。

（5）松前健「八岐大蛇神話の構造と成立」（『日本神話の形成』塙書房、一九七〇年、二〇五～二〇六頁）。一部、引用者がルビを付した。

（6）池上洵一「説話のうらおもて―中山神社の猿神―」（『『今昔物語集』の世界―中世のあけぼの』筑摩書院、一九八三年、八四頁）。

（7）本話の、昔話・説話としての広がりについては、廣田收「猿神退治」（『『宇治拾遺物語』の中の昔話』新典社新書、二〇〇九年、一一五～一四五頁）に詳しい。

（8）出雲路修校注『日本霊異記』（新日本古典文学大系、岩波書店、一九九六年）。
（9）井原今朝男「中世仏教と死者供養」（『史実　中世仏教―今にいたる寺院と葬送の実像』第一巻、興山舎、二〇一一年、三一二頁）。
（10）『仏頂尊勝陀羅尼経』（『大正新脩大蔵経』巻一九）。
（11）辻善之助「本地垂迹の起源について」（『日本仏教史研究』第一巻、岩波書店、一九八三年、四一～一五二頁。初出は一九〇七年）。
（12）田村圓澄「神仏関係の一考察」（曽根正人編『論集奈良仏教　第四巻　神々と奈良仏教』雄山閣出版、一九九五年、一一七～一二八頁。初出は一九五四年）。
（13）吉田一彦「多度神宮寺と神仏習合―中国の神仏習合思想の受容をめぐって―」（梅村喬編『古代王権と交流　伊勢湾と古代の東海』第四巻、名著出版、一九九六年、二一七～二五六頁）。
（14）寺川眞知夫「神身離脱を願う神の伝承―外来伝承を視野に入れて―」（『仏教文学』第一八号、一九九四年三月、二一～三五頁）。

2　僧の説話と社会

『日本霊異記』における僧侶転生譚とその背景

久禮旦雄

はじめに

『日本霊異記』[*]（『日本国現報善悪霊異記』）は平安時代初期に薬師寺の僧景戒により著された日本最初の仏教説話集である。上巻に三五話、中巻に四二話、下巻に三九話の、合計一一六話が収録されている[1]。

上巻序文には、「昔漢地《からくに》に冥報記を造り、大唐国に般若験記を作る。何すれぞ唯他国の傳録に慎みて、自《わ》が土の奇しき事を信《うやまひ》恐りざらむ。（略）故に聊側《いささかほのか》に聞くことを注し、號《なづ》けて「日本国現報善悪霊異記」と曰ふ。上中下の参巻と作して、以て季《すゑ》の葉《よ》に流《つた》ふ。（略）祈《ねが》はくは奇しき記《ふみ》を覧る者、邪《よこしまなること》を却りて正《ただしきこと》に入れ。諸の悪は作すこと莫《なか》れ。諸の善は奉り行へ」とあり、中国の例に習って我国の「奇事」について、景戒が聞いたことをまとめたとし、見る人が悪事を行わず、善事を行うようになることが願われている。

この中に収められている説話は古墳時代の雄略天皇の時代の出来事から、平安時代初期の嵯峨天皇の時代にまで及ぶが、その中心となるのは奈良時代、聖武天皇から称徳天皇までの時代の出来事が中心である。そのため、奈良時代の仏教の実態を語る史料としての評価もなされている。[2]

はやくからその説話には唱導文学としての性格が指摘されており、益田勝実氏は民間の私寺を拠点とした*私度僧の布教活動で語られたものが『日本霊異記』の説話の基盤となったとし、「私度僧の文学」と定義している。しかし近年の研究では唱導の場で説話を語っていたのは私度僧に留まるものではなく、中央の官僧もまた、地方の法会などにおいて説話を説いていたことが指摘されている。景戒もまたかつては私度僧出身で、のち薬師寺に入り込んだ僧侶とされていたのが、近年では、薬師寺の中心的地位にいた高僧と考えるべきではないかと推測されている。[3]

そのような指摘を前提とすると、従来、私度僧など民間の仏教における論理として理解されていた『日本霊異記』にみえる独自の世界観は、天皇や貴族とも関わりの深い、中央の大寺院でも共有されていたものと考えることができる。それは時として、僧侶に帰依した天皇や貴族を介して、あるいは僧侶の直接の関与により、政治にも影響を与えることがあったろう。現在の私たちが『日本霊異記』を当時の社会を知る史料として用いる場合、一定のバイアスがかかった記述であることを認識しておかねばならない。

むしろ『日本霊異記』は、『続日本紀』などの正史*には表れない、当時共有されていた政治の論理を考える手がかりを含んでいるものとして評価すべきであろう。『続日本紀』に代表される古代国家の編纂した国史には、多かれ少なかれ当時の王権の意図が反映されていることは既に多くの指摘がある。(4) そこから一定の距離を置いている『日本霊異記』の価値は、当時の社会における、国史とは異なる社会や歴史についての価値観を知るうえで重要である。(5)

ここでは『日本霊異記』に記される僧侶転生譚と、奈良時代に多くみられる天皇が出家する、あるいは出家者が天皇になるにあたっての論理との関係を考察する。それを通じて『日本霊異記』が、当時の社会において、どのような価値観をもった人々が共有していた情報に依拠していたかが、さらに『日本霊異記』を研究対象とする意義とその限界がみえてくるだろう。

『日本霊異記』における僧侶転生譚

最終話の構成

『日本霊異記』下巻第三九話「智と行と並びに具《とも》はれえる禅師の重ねて人身を得て国皇の子と生まれし縁」は『日本霊異記』の最終話である。その内容はおおむね三つに分けることができる。

①善珠禅師の転生譚　善珠禅師が自らの転生を予言し、桓武天皇の皇子（大徳皇子）として転生する。

善珠禅師は阿刀氏の出身で、母に随い、大和国山辺郡磯城嶋《しきしま》村に住んでいた。得度してからは熱心に修行し、学を修めて、広く尊敬された。仏法を弘めたことを評価され、僧正に任命された。さて、この善珠はあごの右のほうに大きなほくろがあった。延暦一七年（七九八）、その死に臨んで「世俗の法に依りて飯占を問ひし時」に、善珠の「神霊」が「卜者」に憑いて言うことには、「我、必ず日本の国王の夫人丹治の嬢女《をみな》の胎《はら》に宿りて王子に生《うま》れむ。吾が面の黶《ふすべ》著きて生れむを以て虚実を知らまくのみ」と。その後、延暦一八年（七九九）に丹治夫人が男子を出産したが、その子はあごの右のほうにほくろがあること、まさに善珠禅師と同じであった。よって「大徳親王」と号したが、三年ほどして薨去した。死後、再び飯占を行うと「大徳親王霊」が「卜者」に憑いて「我は是れ善珠法師なり。暫くの間、国王の子に生るらくのみ」とし、香を炊いて供養することを請うた。

②寂仙菩薩の転生譚　寂仙菩薩が自らの転生を遺言し、嵯峨天皇として生まれ変わる。

伊予国神野郡の内に山があり、石槌山と称した。聖武天皇から孝謙天皇の御代にこの山で修行する僧侶がおり、人々から寂仙菩薩と呼ばれていた。天平宝字二年（七五八）、その死に臨んで寂仙は「録文」を弟子に授けたが、そこには「我が命終より以後、二八年の間を歴て、国王の子に生まれて名を神野と為さむ。是を以て当に知れ、我寂仙なることを云々」とあった。延暦五年（七八六）、桓武天皇の子が生まれ、名を神野親王という。これこそ今平安京において天下を統治する天皇（嵯峨天皇）であり、このことによって、天皇が聖君であることが知られるのである。

③聖君問答　嵯峨天皇の前世譚に続いて、嵯峨天皇が聖君であるかという議論の様子が記される。

まず、「世俗云はく」として、「殺すべき人を流罪と成して」その命を助けたことを以て「聖君なりといふことを知る」と述べ、これに対して「或る人誇りていはく」として、嵯峨天皇の治世に旱《ひでり》があり、天災・地妖・飢饉が起こったこと、そして鷹や犬を養って鳥・猪・鹿を狩ったことを「是れ慈悲の心に非ず」と批判があったことを記す。そして最後に「是の儀然あらず」として、「国内の物は、みな国皇の物なり」と断じ、狩猟を行なうことは自由とし、中国古代の聖君である堯舜の時代にすら旱はあったのだから聖君ではない証拠にはならない、として議論を締めくくっている。

①②の主人公である二人の僧侶は共に実在の人物である。その事蹟を確認しておこう。

①部分の主人公である善珠は奈良時代末から平安時代初期の阿刀氏出身で、法相宗の僧侶である。『本願薬師経鈔』などの著作があり、延暦一二年（七九三）に比叡山文殊堂供養の堂達を、翌年には延暦寺根本中堂落慶の導師をつとめた。延暦一六年（七九七）には桓武天皇の皇太子安殿《あて》親王の病気平癒、即ち早良親王の怨霊を鎮めることに功あって僧正となるが、同年死去している。(6) 奈良仏教と平安仏教の橋渡しをした人物ということができる。

なお、善珠が転生したとされる「大徳皇子」は、『日本後紀』延暦二二年（八〇三）一〇月壬寅条に「大徳親王薨ず。皇帝第十一子、時に年六歳なり」としてその名が見える。『本朝皇胤紹運録』には「大野親王」として名が見え、母は多治比真宗とされるが、「四品治部卿」とあって、何らかの記事の混乱があるように思われる。

②部分の主人公である寂仙については『日本文徳天皇実録』嘉祥三年（八五〇）五月壬午条の橘嘉智子薨伝*に事蹟が述べられている。そこでは寂仙は、伊予国神野郡の高僧である灼然の弟子・上仙として名前が見え、「嘗《かつ》て従容として親《みずか》ら檀越*に語りて云はく、我本人間に在り。天子と同じ尊に有り。時に是一念を作し、我當に来生天子に作ることを得べし。我如天子と為るに、必ず郡名を以て名字と為さむと。其の年、上仙命終わる。（略）所謂天皇の前身、上仙是也」と記されており、一部分は『日本霊異記』と内容が重なっている。

危険な語り

『日本霊異記』の当該説話で語られている論理は、天皇や皇族になるのは前世において僧侶として徳を積んだ人物というものである。本来の天皇・皇族の地位の論理が天孫降臨神話やそれに基づく血統の論理であることを考えるならば、このような語りは記紀神話や古代国家の支配を相対化するものといえる。なぜこのような、ある意味では反国家的とも思われる、危険な語りが行われたのであろうか。

勝浦令子氏は、道鏡の即位をめぐる宇佐八幡宮託宣事件（後述）について、道鏡の「法王」は「正法をもって統治する王」という意味であり、『大安寺伽藍縁起并流記資財帳』にみえる、皇位継承と「三宝之法永伝」との連動という思想を前提としていると述べ、この考え方が出家者である文室智努・大市兄弟が皇位継承者候補となり、早良《さわら》親王が皇太子となる背景にあるとする。そして『日本霊異記』当該説話もまた、この思想の「民間への流布」を意味すると位置づけている。(7)

秋本正博氏は善珠が早良親王の怨霊を鎮めた人物とされていることから、皇族の霊魂を鎮めることが出来たから皇族に転生できたと認識されたとする。(8)

一方、長谷部将司氏は『日本霊異記』の説話にはそれを受容した中下級官人・地方豪族の意識が反映していると論じ、当該説話は皇位継承における血統的な論理を補完するもので、奈良時代はそれほどでもなかった血統的論理の『続日本紀』による徹底と拡散を受けてのものと論じる。(9)

これらの議論は基本的に、『日本霊異記』の当該説話は、仏教側から天皇の支配を正当化するためのものであると位置づけているが、しかし『日本霊異記』の説話が、そのような世俗の立場と協調するものばかりであるのか、疑問が残る。

例えば、『日本霊異記』下巻第二四話「修行の人を妨げるに依りて猴《さる》の身を得し縁」では、「陀我大神」を祭る御上神社の近くの堂を訪れた大安寺僧恵勝の前に、「小さき白き猴」が現れ、

「我は東天竺国の大王なり」と語る。そして修行僧の従者が多く、農業に支障が出たためにその数を制限した報いで「後の生に此の獼猴の身を受け、此の社の神と成る」として、「故に斯《こ》の身を脱《のが》れむが為に、此の堂に居住《す》みて我が為に法華経を読め」と告げたとしている。

天皇とは異なるが「大王」と呼ばれる君主も、仏教を妨げれば猴の身を受けるという語りは、世俗の秩序に対する仏教の優越を語っていると解釈できる。僧侶の天皇への転生譚も、同様に、天皇の神話や血統の論理に対する仏教の優越を語っていると考えるべきであろう。

では、『日本霊異記』の語りにみえる天皇観は、同時代において、いかなる位置を占めていたのか。次節では同時代の僧侶と天皇との関係を見ていくことで、その問題を考えていきたい。

奈良時代の「出家天皇」

天皇が出家する

前述したように、勝浦令子氏は『日本霊異記』の僧侶転生譚について、奈良時代において出家した天皇及び皇位継承者が存在したこととの連続性を指摘している。ここでは、その指摘をふまえて、飛鳥・奈良時代における天皇及び皇位継承者の出家事例を検討する。この問題については勝浦氏以前に、岸俊男氏も考察しており、それらの研究成果を参照しつつ、考えていきたい。

飛鳥時代の段階では、皇位継承者の出家という事例が二例存在し、いずれも皇位継承権を放棄することを示す役割があった。

即ち、まず乙巳《いっし》の変（大化のクーデター）で蘇我氏が滅ぼされた後、その蘇我氏により支持されていた古人大兄皇子《ふるひとのおおえのおうじ》について、『日本書紀』孝徳天皇即位前紀は、「是に古人大兄、座《しきゐ》を避《さ》り逡巡《しりぞ》き、拱手《きょうしゅ》して辞《いな》びて曰はく、「（略）臣願はくば出家して吉野に入り、仏道を勤め修ひ、天皇を祐《たす》け奉らむことを」と。辞び訖りて、佩《は》かせる刀を解きて地に投擲《なげう》ち、亦帳内に命じて、皆刀を解かしめ、即ち自ら法興寺の仏殿と塔との間に詣《い》でまして、髯髪《ひげ》を剔除《そ》り、袈裟を披着《き》つ」とあり、また同書天武天皇即位前紀には、天智天皇の晩年、位を譲ると言われた大海人皇子（のちの天武天皇）の言動として、「乃ち辞譲《いな》びて曰く「（略）臣今日出家して、陛下の為に功徳を修さむと欲す」と。天皇之を聴す。即日出家して法服をきたまふ」と記されている。彼らは共に有力な皇族でありながら、皇位継承権の放棄を宣言し、出家し吉野に籠ったことが共通している。もっとも古人大兄皇子は後日、陰謀を企てた容疑で殺され、大海人皇子は挙兵し、壬申の乱に勝利し皇位に即くわけだから、完全な放棄を意味するとは同時代においても考えられていなかったのであろう。以後、しばらくこのような事例は見当たらない。

奈良時代半ばになると、天皇自身が出家するという例が現れる。

仏の前で「三宝の奴」と宣言した聖武天皇がいつ出家したか、『続日本紀』ははっきりとは記していないが、『続日本紀』天平感宝元年（七四九）閏五月癸丑条の、寺院への施入を記した詔に「太上天皇沙弥勝満」と記されており、これ以前の出家ということになる。そしておそらく出家とほぼ同時に退位し、孝謙天皇が即位したようだ。『扶桑略記』は天平二一年（七四九）、大僧正行基を戒師として出家したとする。

孝謙天皇は退位の後に出家しており、後に恵美押勝の乱を鎮圧し、淳仁天皇を廃して重祚す*る（称徳天皇）。その際、出家の身でありながら天皇となることについて、疑問の声があったようで、『続日本紀』天平宝字八年（七六四）九月甲寅条には「詔して曰く（略）仏も経に勅りたまはく、国王い王位に坐す時は菩薩の浄戒を受けよと勅りたまはひて在り。此れに依りて念へば、出家しても政を行ふに豈障るべき物には在らず」と、経典には王位につくものは菩薩戒を受けよと書いてあるのだから、出家し菩薩戒を受けた人間が王位についたとしても何ら問題はないという、いささか強引な論理が示されている。

このような、天皇自身が出家をする、あるいは出家の身で重祚するという事例に続くのが、出家の身で皇位継承が期待されるという事例である。

前述した『続日本紀』天平宝字八年（七六四）九月甲寅条は、出家者が政治を行う事は問題ないとした上で、「故、是を以て帝の出家しています世には、出家して在る大臣も在るべしと念ひて」とし、道鏡を大臣禅師に任命している。この後道鏡は太政大臣禅師・法王となり、最終的には宇佐八幡宮神託事件で皇位継承者と目されるが、称徳崩御の後、失脚する。このことから、孝謙（称徳）天皇重祚の論理と道鏡の即位の可能性が論理的につながっていることが理解される。

『続日本紀』神護景雲三年（七六九）九月己丑条には、宇佐八幡宮神託事件の際に、和気清麻呂が「我が国開闢以来、君臣定まりぬ。臣を以て君とすることは、未だ有らず。天の日嗣《ひつぎ》は必ず皇緒を立てよ。无道の人は早に掃ひ除くべし」と述べ、道鏡の即位が否定されたとする。

高取正男氏は神話や血統原理で皇室と結びついていた貴族層の反発が道鏡を即位させなかったとし、若井敏明氏はもしこの際、道鏡が即位していたら、日本はチベット的な国制への道をたどっていただろうと指摘している(10)。

天皇出家の意味

問題は、道鏡失脚後も、出家者の即位が模索されていたということである。

『日本紀略』神護景雲八年（七七〇）八月癸巳（四日）条には「百川伝」を引用し、称徳天皇崩御の後、「右大臣真備等論じて曰く、御史大夫従二位文室浄三、是れ長親王の子也。立てて皇太子と為さむと。（略）浄三にはかに辞す。仍りて更に其の弟参議従二位文室大市真人を冊して皇太子と為す。亦之を辞す所なり」として、称徳天皇の側近であった右大臣吉備真備《きびのまきび》を中心に、文室浄三《ふんやのきよみ》（智努《ちぬ》）・大市《おおいち》を皇位継承者に推す動きがあったとしている。文室大市については、『続日本紀』宝亀一一年（七八〇）一一月戊子条の薨伝に「邑珍は二品長親王の第七子也。（略）勝宝以後、宗室枝族、辜《つみ》に陥る者衆《おほ》し。邑珍、髪を削《そ》りて沙門となり、以て自ら全うすることを図る。宝亀の初め従二位大納言に至る」として、大市が皇位継承争いから離脱するために出家し、それにもかかわらず官界に身を置き、大納言まで至ったことが記されている。兄である浄三（智努）についても、*『延暦僧録』「沙門釈浄三菩薩伝」には「釈浄三は俗姓文室真人、（略）品は正二位に登り、職は大納言を拝す」としていて、出家者でありながら、正二位大納言まで至ったと考えられる。長谷部将司氏はここに注目し、吉備真備、あるいはその背景にあった称徳天皇の遺志は、出家した元皇族というところを評価し、むしろそのような人物であるからこそ皇位継承者と目されたのではないかとしている[11]。

いわば「出家天皇」の論理というものが、聖武天皇から称徳天皇崩御の後まで一貫して存在していたのである。その後、光仁天皇の治世を経て、桓武天皇が即位するにあたって皇太子の地位に就いたのはその弟である早良《さわら》親王であるが、彼は元来僧侶で、東大寺・大安寺に居住していた。そのことと、彼が皇位継承者とされたことには直接の関係はなく、むしろ偶然に属する。しかし、その頃建てられたと思われる「大安寺碑文」*には「寺内東院の皇子大禅師は、是れ淡海聖帝の曾孫、今上天皇の愛子也」と、天智天皇から光仁天皇、そして早良親王という、桓武天皇を介さない血統を強調しており、正統な皇位継承者としての期待が籠められている。それと共に大安寺内に居住していた僧侶であることが記されている点に、皇位継承者であることと出家者であることが対立するものとは思われていなかった時代の雰囲気を読み取ることができる。(12) 早良親王が即位すれば、再び出家したことがある天皇が統治を行うことになり、「出家天皇」の論理が息を吹き返したかもしれない。しかし延暦四年（七八五）に早良親王が失脚し、死去することでその可能性もなくなった。

岸俊男氏は飛鳥時代の古人大兄皇子から、奈良時代末期の称徳天皇までの事例を検討し、本来天皇は出家するべき存在ではなく、出家した称徳太上天皇が重祚した（孝謙天皇）のは政治的要因による異常事態と述べている。(13)

これに対して、勝浦令子氏は聖武天皇・称徳天皇以降の、今まで示した文室智努・早良親王の事例や、『日本霊異記』の転生譚などの存在を指摘し、出家者が天皇になるという論理はある程度社会的広がりを持っていたとする。(14) また、皇帝・国王、あるいはその地位の継承者の出家の事例を東アジア全体で検討した上で、古人大兄皇子・大海人皇子の出家は妻子を伴っており、大海人皇子が還俗して天武天皇となっていることからも、完全な皇位継承権の放棄とはならなかったとし、これが、天皇が在位しつつ出家するという聖武天皇・孝謙天皇のあり方の前提となった可能性を示唆している。(15)

岸氏が飛鳥時代の事例、聖武天皇の出家、孝謙天皇の重祚をそれぞれ独立したものとして考えるのに対し、勝浦氏はその連続面を強調する。確かに聖武天皇から孝謙（称徳）天皇、そして道鏡・文室智努への流れは一連のものとしてとらえることが可能であろう。しかし一方で、皇位継承者が還俗の可能性があったとはいえ、政争から逃れるために出家するという考え方があったことは無視することが出来ない。そこには、即位に際して出家していることがマイナスに働くという発想が存在しており、聖武天皇以降の、僧侶こそが天皇にふさわしいという考え方とは隔たりがある。

平安時代の「出家する天皇」

前節で見てきたとおり、奈良時代末において、僧侶が、僧侶であるがゆえに天皇にふさわしいという、血統原理と対立する「出家天皇」の論理が、道鏡失脚を経ても存続し、おおむね早良親王の頃に政治的には否定されることとなったと思われる。以降はむしろ失脚した天皇・皇位継承者が僧侶になって許されるというかたちが出てくることに注目したい。

平城天皇は、桓武天皇崩御後に即位し、嵯峨天皇に譲位した後、重祚の望みを抱き、平城京還都を計画するも敗北する。弘仁元年（八一〇）に起こった平城上皇の変（薬子の変）と呼ばれる事件であるが、『日本後紀』弘仁元年（八一〇）九月己酉条には「天皇遂に勢の蹙《しじま》ることを知り、乃ち宮に旋りて剃髪入道す」とあり、出家して罪を逃れたことがわかる。そして弘仁三年（八一二）五月癸酉条及び癸酉条には、平城太上天皇の妃であった朝原内親王・大宅内親王が「職を辞すること」、すなわち妃をやめることが許されており、この段階で平城太上天皇の後宮は解体されたと思われる。西本昌弘氏はその後、弘仁一三年（八二二）に平城太上天皇は空海により、東大寺にて灌頂を受けていると推測している。(16)

平城天皇の子である高丘（高岳）親王は、『日本三代実録』元慶五年（八八一）一〇月一三日戊子条の薨伝には、嵯峨天皇の皇太子であったが、平城上皇の変により「皇太子を廃せらる。親王覚路に帰命し、形を沙門に混じ、名を眞如と曰ひ、東大寺に住む」とあって出家して東大寺に住んだ。その出家は「先太上天皇宮を挙げて灌頂し、即ち其第三皇子卓高出家入道す」と「承和三年実恵書状」(『弘法大師御伝』所収)にあり、平城天皇と同時と推測されている。(17)これも、大海人皇子が出家して吉野に逃れた後、その子である高市皇子・大津皇子らが近江大津宮にいたことと大いに異なる点である。その後、空海の「付法弟子」(いわゆる十大弟子)の一人となり、東大寺大仏司検校に任じられ、仏頭が脱落した東大寺大仏の修理を行うこととなった。(18)

平城太上天皇父子に続いて出家した皇位継承者としては恒貞親王の名があげられる。淳和天皇の子であり、仁明天皇の皇太子となったが、『日本三代実録』元慶八年(八七七)九月二〇日丁丑条の薨伝によれば、承和九年(八四二)の承和の変により「同二三日、皇太子、淳和院に廃せられ、嘉祥二年正月、三品を授く。頃之、出家して沙門と為り、名を恒寂と曰ふ」とあって、嘉祥二年(八四九)出家したことがわかる。

平安前期に書かれた『恒貞親王伝』*には、「親王昔、(略)内典顕密秘要を阿闍梨真如・小僧都道昌に受け、皆其の奥を究む」とあり、出家以前から道昌・真如の教えを受けるなど、出家以前から真言宗との関わりが深かったことが記されている。その後貞観二年(八六〇)、母正子内親王と共に円仁から菩薩戒を受け、母の宗教活動を継承、大覚寺ほかの嵯峨野寺院群を運営していったようである。[19]

高丘親王・恒貞親王の子弟はいかなる処置を受けたのであろうか。高丘親王については、その死に際して、臣籍降下していたその子在原善淵・安貞が上表文を出したことが『日本三代実録』元慶五年（八八二）一〇月一三日戊子条に見える。恒貞親王については『恒貞親王伝』に男子が二人いたが、「親王入道の日に、両児皆落髪して僧と為す」としている。いずれも皇族としての生活は認められていない。

また平城天皇・高丘親王・恒貞親王がいずれも真言宗、あるいは真言宗に近い立場であることは興味深い。西本氏は空海による東大寺の真言院設立が弘仁一三年（八二二）であることを、平城太上天皇・高丘親王の灌頂と関連づけている。[20] 平城還都を主張したことで南都勢力の中心となりえた平城天皇の皇統を、嵯峨天皇の側近であり、東大寺を掌握した空海がコントロールする目的があったのではないか。恒貞親王に関しては南都との関係は薄いが、同様の措置がとられたのであろう。

さて、恒貞親王に対しては、元慶八年（八八四）の陽成天皇廃位の後、即位の要請が行われたが、固辞したという逸話が『恒貞親王伝』にある。その際には出家していたことは問題になっていないがプラス要素にもなっていない。やはり即位する際に出家していたことがプラスに働くという思想は、称徳天皇の重祚にはじまり、桓武天皇即位の段階で概ね終焉を迎え、早良親王の失脚を以て復活の可能性も絶たれたと考えるべきであろう。平城上皇の変以降は、むしろ出家は即位の可能性を否定するものとなった。それは一見、古人大兄皇子や大海人皇子段階に戻ったようにも見えるが、平城天皇は嫡子ともいえる高丘親王と共に出家し、高丘親王や恒貞親王は、その子弟を皇族として残すことはなかったという点は、かつてより確実に仏教世界の中で生きることが求められている。それゆえにこそ、彼らの宗教界での活動は活発となったのであろう。(21)

おそらく彼らの活動の延長線上に退位後出家し、修行する天皇（清和天皇・宇多天皇・花山天皇など）の姿がみえてくるのであって、奈良時代の出家天皇と平安時代の出家した天皇の間には、複数の政治的敗者たちの活動による歴史的な断絶が認められる。

『日本霊異記』の歴史観と僧侶転生譚

さて、そのような奈良時代の「出家天皇」の論理が否定されている中で、『日本霊異記』は天皇・皇族に転生する僧侶の説話を語っている点は注意するべき現象である。『日本霊異記』

の執筆が、広く言われているように弘仁一三年（八二二）頃に南都の薬師寺僧・景戒によるものであるとするならば、もはや「出家天皇」の論理はほぼ息を止められ、平城天皇や高丘親王が敗者の生きる道として出家を選んでいるころ、天皇とは前世で徳を積んだ僧侶であるという「出家天皇」の論理と共通する説話を語っていたことになる。

ここで注目しておきたいのは、『日本霊異記』が単なる説話集、説話の集積の結果ではなく、特定の歴史観のもとで説話が配列されているという見解である。

はやく、高取正男氏は、『日本霊異記』の中巻冒頭話が、「己が高徳を恃み、賤形の沙弥を刑ちて、以て現に悪死を得し縁」であり、聖武天皇朝における長屋王の変をあつかった説話であること、そして中巻に聖武天皇朝の出来事とされる説話と、聖武天皇のもとで大仏造立に尽力した行基の説話が集中していることに注目し、「景戒も含めて当時一般の人々が、（略）自覚された形ではないにせよ（略）いわゆる聖武朝の仏教政治の興隆にもとづき、天平以前と天平以後というふうに時代の変遷を彼らなりにとらえていた」のではないかと指摘している。[22]

出雲路修氏は、『日本霊異記』の二段階編纂説を唱え、延暦六年（七七八）の段階では、

Ⅰ　日本仏教の黎明期における〈現報善悪〉〈霊異〉の世界を描いた〈昔説話集〉

Ⅱ　日本仏教の全盛期における〈霊異〉の世界をえがいた〈「聖武天皇の御世」説話集〉

Ⅲ　日本仏教の全盛期を過ぎてからの歴代の〈現報善悪〉〈霊異〉の世界をえがいた編年体説話集*

の三部からなる説話集が構想されたが、弘仁一三年（八二二）段階では「さまざまな〈アヤシ〉をえがいた編年体説話集への改変が試みられた」としている。(23) これらの指摘は、『日本霊異記』を、聖武天皇朝を最盛期とする日本仏教史を描こうとしたものとする点で共通する。長谷部将司氏は、道鏡への好意的評価や、既に述べてきた僧侶転生譚などから、『続日本紀』などの勅撰史書とは異なる論理を持つ、「私撰史書」として『日本霊異記』を位置づけている。(24)

『日本霊異記』を日本仏教史の構想のもとで編纂されたとする指摘に従うならば、ここで扱ってきた、『日本霊異記』全体の最後に収録される僧侶転生譚はいかなる意味を持つのか。これは『日本霊異記』全巻の最後を飾る説話として、仏教伝来からの日本の仏教の歴史の最後に天皇が僧侶の転生となるという、一貫した仏教発展史を描く意図のもとで記されたものと考えられる。そこでは道鏡の失脚のような仏教の発展の頓挫は描かれず、出家天皇の論理は見事な成果を収めたということが記されるのである。その一方、『続日本紀』などによって描かれる聖武天皇から称徳天皇までの仏教の隆盛と、称徳天皇の崩御と道鏡の失脚によるその衰退、更にその後の「出家天皇」の論理の挫折は記されることがない。これは『日本霊異記』を著した景戒とその周辺の仏教勢力が、血統原理を否定した「出家天皇」の論理を一貫して支持していたことを示すものだと思われる。

おわりに

『日本霊異記』は仏教以前からはじまり、僧侶転生譚で終わる。つまり仏教が伝来した日本において、出家者の生まれ変わりの天皇が即位して、世の中が安泰になるという歴史観をよみとることができる。ここでは奈良時代から平安時代における仏教政治（出家天皇の出現）の挫折と断絶は見られない。これは近年の聖武朝から弘仁朝までの連続性を指摘する考え方とも共通するところがある[25]。文化的・仏教的な考え方では、当時から継続性を強調する視点がある程度存在していたのであろう。桓武天皇はそれゆえにことさらに断絶を強調する必要があったともいえる。

また、前述した『日本文徳天皇実録』の橘嘉智子薨伝では、嵯峨天皇が上仙（寂仙）、嘉智子が上仙に対して供養を行っていた橘嫗の転生とする。国史が『日本霊異記』の内容を吸収し、公認していることになるのであって、それはまた新しい国家と仏教の関係が構築された結果であろう。それがいかなる関係であるかは今後の課題としたい。

注

（1）『日本霊異記』の成立年次については延暦六年（七八七）説と弘仁一三年（八二二）説があり、二度にわたり編纂が行われたとする見解もある。

（2）『日本霊異記』の研究史については高橋貢「『日本霊異記』研究史」（日本文学研究資料刊行会編『日本文学研究資料叢書　説話文学』有精堂出版、一九七二年、二九七頁）、中村史『日本霊異記』研究史―説話として・説話集として―」（同『日本霊異記と唱導』三弥井書店、一九九五年、二一頁）。歴史史料としての『日本霊異記』については吉田一彦『民衆の古代史―『日本霊異記』に見るもう一つの古代』（風媒社、二〇〇六年）、小峯和明・篠川賢編『日本霊異記を読む』（吉川弘文館、二〇〇四年）参照。

（3）益田勝実『説話文学と絵巻』（三一書房、一九六〇年）、鈴木景二「都鄙間交通と在地秩序」（『日本史研究』三七九、一九九四年三月）、中村前掲注（2）『日本霊異記と唱導』。

（4）細井浩志「国史の編纂」（大津透他編『岩波講座日本歴史二一　史料論』岩波書店、二〇一五年、四四頁）、遠藤慶太『六国史―日本書紀に始まる古代の「正史」』（中央公論新社、二〇一六年）。

（5）この視点からの研究には長谷部将司「私撰史書としての『霊異記』―官撰史書の論理との差異について―」（根本誠二・サムエル・C・モース編『奈良仏教と在地社会』岩田書院、二〇〇四年、一七九頁）がある。

（6）直木孝次郎「秋篠寺と善珠僧正」（同『奈良時代史の諸問題』塙書房、一九六八年、三八二頁。初出一九六〇年）。
（7）勝浦令子「称徳天皇の「仏教と王権」」（同『日本古代の僧尼と社会』吉川弘文館、二〇〇〇年、二二〇頁。初出一九九七年）。
（8）秋本正博「『霊異記』の史的世界―高僧の桓武天皇皇子転生」（前掲注（5）『奈良仏教と在地社会』所収、七五頁）。
（9）長谷部前掲注（5）論文。
（10）高取正男『神道の成立』（平凡社、一九七九年）、若井敏明「宇佐八幡宮神託事件と称徳天皇」（速水侑編『奈良・平安仏教の展開』吉川弘文館、二〇〇六年、五一頁）。
（11）長谷部将司「称徳天皇の皇統観―白壁王の擁立をめぐって―」（『日本史学集録』二八、二〇〇五年五月）。遠藤慶太「聖武太上天皇の御葬―法師天皇と黄金の観世音菩薩―」（『史料』二一一、二〇〇七年一〇月）も参照。
（12）東野治之・平川南『歴博ブックレット7　よみがえる古代の碑』（歴史民俗博物館振興会、一九九九年）。本郷真紹「光仁・桓武朝の国家と仏教―早良親王と大安寺・東大寺」（同『律令国家仏教の研究』法蔵館、二〇〇五年、二三〇頁。初出一九九一年）も参照。
（13）岸俊男「天皇と出家」（同編『日本の古代7　まつりごとの展開』中央公論社、一九九六年、四九六頁）。
（14）勝浦前掲注（7）論文。

（15）勝浦令子「聖武天皇出家攷」（大隅和雄編『仏法の文化史』吉川弘文館、二〇〇三年、一四〇頁）。
（16）西本昌弘「平城上皇の灌頂と空海」（『古文書研究』六四、二〇〇七年一〇月）。
（17）西本前掲注（16）論文の指摘による。
（18）真雅「本朝真言宗伝法阿闍梨師資付法次第事」（『大日本古文書』家わけ一九　醍醐寺文書之一、二七九号「本朝伝法灌頂師資相承血脈」所載、『日本文徳天皇実録』齊衡二年（八五五）九月甲戌条）。
（19）大江篤「正子内親王と嵯峨野」（同『日本古代の神と霊』臨川書店、二〇〇七年、二五八頁。初出一九八九年）。
（20）西本前掲注（16）論文。
（21）統治行為を行った天皇の仏教帰依の具体的儀礼としては聖武・孝謙＝称徳、そして清和天皇の菩薩戒授与、嵯峨あるいは淳和への空海による灌頂授与がある。しかしいずれも統治の正当性付与に関わったかは疑問である。今後の課題としたい。勝浦令子「八世紀における「崇仏」天皇の特質」（大橋一章・新川登亀男編『「仏教」文明の受容と君主権の構築―東アジアのなかの日本』勉誠出版、二〇一二年）参照。
（22）高取正男「霊異記の歴史意識」（『仏教史学』九―一、一九六一年一月）。
（23）出雲路修「《日本国現報善悪霊異記》の編纂」（同『説話集の世界』岩波書店、一九八八年、二三頁。初出一九七三年）。

(24)　長谷部前掲注（5）論文。
(25)　吉川真司『天皇の歴史02　聖武天皇と仏都平城京』（講談社、二〇一一年）。

なお、『日本霊異記』は新編日本古典文学全集、『日本書紀』は日本古典文学大系、『続日本紀』は新日本古典文学大系、『日本後紀』『日本三代実録』『日本紀略』は新訂増補国史大系、『延暦僧録』は藏中しのぶ『大東文化大学東洋研究所　「延暦僧録」注釈』（厳南堂書店、二〇〇八年）を用いた。

追記

再校に際して岩田真由子「平安時代前期における親王出家とその処遇」（『文化学年報』六五、二〇一六年三月）の存在を知った。あわせて参照して頂ければ幸いである。

『扶桑略記』の法会と僧
—— 椋家亡母供養説話の位置づけについて ——

三好俊徳

はじめに

『扶桑略記』は平安時代後期に成立した日本の歴史を記した書物である。天皇の代ごとに区切って、その間に起きた出来事を編年体で記している。そのような内容であるため、歴史書というカテゴリーに分類される。*

現代において一般的に、歴史書は、執筆者の立場や目的により叙述の方針や一々の出来事の解釈が異なったとしても、少なくとも一々の出来事自体は歴史的な〝事実〟が記されているということが読者に期待されている。

そのような歴史書に対する見方が前提となり、『扶桑略記』も検討され評価されることが多かった。これまでの『扶桑略記』研究の主要な目的は、どのような〝事実〟を語っているのかを明らかにすることであり、そのための基礎的研究として、『扶桑略記』の編者や成立時期、編纂目的、*歴史叙述の特徴についての検討が始められたのである[1]。

しかし、『扶桑略記』は、「歴史書」のイメージから外れる一面も有している。たとえば、次のような話が記されている。

大和国添上郡山町の中の里に、椋家があった。その家長は、今は亡き母のために少善を為すことを思いつき、使用人に次のように命じた。

「この家から出発し、おまえが最初に出会った僧を講師にしようと思うので、連れてきなさい」

その使用人は道に出ると、一人の僧に出会ったので、その僧を敬って招請すると僧は受諾した。家長のもとに連れて帰ると、僧は思うところなき由を念じた。そうしたところ、宅内にいた一匹の牝牛が近づき僧に話しかけた。

「わたしは前世で家長の母であったのです。前世で私は息子にだまって稲十束を盗み取りました。その罪により牛の身に生まれ変わって償いをしているのです。もし私の話を疑うのであれば、私の席を用意しなさい。その上に座りましょう」

僧は聞き終わって法会の場に用意された高座に上り、つぶさに先ほどの事を話した。家長は嘆き悲しみ涙した。家長はお堂を後にして一つの席を用意して言った。

「僧の話が真実ならば、私の母はこの席に着座するはずである」

すると牛がゆっくりと歩み寄り、その席の上に臥した。これを見て親族は号泣し、牛のために供養を行った。その牛はその日のうちに息をひきとった。(2)

亡母の追善供養のために偶然招請された僧が、施主の亡母が生前に犯した罪のために牛に転生していることを知り、それを親族に伝え供養した結果、牛は絶命したという話である。『扶桑略記』巻第四斉明天皇条の末尾に記されている。現代では、牛が語り出すという奇想天外な説話が歴史書の一部であることに、違和感を覚えることであろう。

しかし、「だから『扶桑略記』は信用できない書物である」とすぐに『扶桑略記』の価値を断定してしまっては、その歴史史料としての有用性を分析したことにはなっても、『扶桑略記』という書物そのものを理解したことにはならない。『扶桑略記』を現代的な「歴史書」の枠組みから解放して、より多角的にこの書物の読みを深め、その意義を考えてみる必要があるのではないだろうか。

かつて桜井好朗氏は、日本中世の歴史叙述を研究する意義を次のように説いた。

もうはっきりとは判らなくなってしまったが、中世の人々は彼らに固有の仕方で歴史を〝叙述〟した。紀伝体とか編年体とか、あるいは史実とか虚構とか―そういう区分にとらわれている限り、我々の視野になかなか入ってきてくれそうにないような、固有の仕方で。「歴史は、文化がその過去について解明する精神的形式である。(3)」というヨーハン・ホイジンガの有名な定義は、現代に生きる我々にあてはまると同時に、我々の国の中世にもまた妥当する。そのような「精神的形式」を私なりに文化的構造とよんでおくと、それは国家・民族のちがいによって、あるいは時代の差異によって、それぞれ固有の位相をもってあらわれるはずである。日本の中世においても「歴史」はまさにそのような固有な相をもってあらわれるはずで、そのために「歴史」の〝叙述〟それ自体が中世固有の文化的構造とならねばならなかった。(4)

歴史叙述はそれを行った時から過去を解釈したものであり、それ自体が文化的構造になっている。そのため、歴史叙述の内容の真偽を現代の目線から評価するだけではなく、歴史叙述を行った当時の解釈にできる限り寄り添い、歴史叙述として表れる裏側にある解釈の体系を明らかにしなければいけないのである。

それはどのような方法により可能なのか。桜井氏は、歴史叙述とは、無数にある出来事のなかから、いくつかを選び取り、始原から配列していくことであるとも述べている[5]。そうであるならば、歴史書を読むという行為は、単に通読することではなく、そこに記される一つ一つの出来事がなぜ選び取られたのかについての検討を積み重ね、そのうえで配列を検討することであろう。

『扶桑略記』の全体像をとらえることは困難なことであるが、先に挙げた椋家亡母供養説話とでも呼ぶべき話の位置づけを考えることで、その一歩としたい。

『扶桑略記』編者の椋家亡母供養説話の位置づけ

『扶桑略記』とは

『扶桑略記』についての基本情報を整理しておきたい。神武天皇から堀河天皇寛治八年（一〇九四）三月二日までの日本の歴史を記した書物である。漢文編年体であり、先述のように歴代天皇の年代記の形式をもっている。成立時期は、最末記事以降の堀河天皇の代（一〇九四～一一〇七）と考えられている。全三〇巻であるが、その多くは失われ、現存するのは巻第二～巻第六（神功皇后～聖武天皇上）と巻第二〇～巻第三〇（陽成天皇～堀河天皇）の全一六巻のみである。そのほかに、神武天皇から仲哀天皇、聖武天皇下～平城天皇の抄本も存在し、巻第二三、二四、二五の裏書も存在している。(6)

編者は、古く鎌倉時代成立の『本朝書籍目録《ほんちょうしょじゃくもくろく》』で皇円《こうえん》とされていることから、長らくそのように考えられてきたが、平田俊春氏らにより疑義が呈され、(7)以降、大江匡房《おおえまさふさ》説(8)や比叡山天台密教僧などの説(9)が提出されている。現状ではいずれの説にも決め手がなく編者を特定することは難しい。

それどころか、編纂は個人で行われたのか、集団で行われたのかについても意見の一致がみられていない。通読すると、巻ごとに編纂方針が異なる印象を受けるが、これを依拠資料の集まり具合の差と考えるべきか、途中で編纂方針がずれたと考えるべきか、または編者が異なると考えるべきか、この点について現段階で明らかにすることはできず、研究の進展を俟《ま》たなければならない。いずれにしても、六国史のように朝廷が作成させた歴史書ではなく、私撰の歴史書なのである。

その特徴については、平田俊春氏によって、①引用記事の出典を明記したこと、②総合的な日本通史であること、③国史全体を末法思想の立場を以て総観していること、④引用の諸史料に対して批判的視点を持つこと、⑤当時における世界史的視点を有することが指摘されている。[10]③について、末法思想で貫かれているかどうかは再検討の必要があると考えるが、強い仏教への関心のもとで編纂されており、日本仏教史としての側面を有することは間違いない。[11]⑤は、具体的には、各天皇条の末尾に「元年、如来滅後何年」というように仏滅後の年代が記されたり、「此比、天竺迦多演尼子造発智論」（巻抄一、神武天皇）という記事があることを指している。このような箇所により、当時の仏教的世界認識である三国観に基づき、天竺（インド）、震旦（中国）の仏教史に日本仏教史を位置づけようとしていると解釈されている。

平田氏以降も研究が重ねられているが、[12]大部な書物であり、かつ周辺情報も少ないことから、その成立圏から叙述の特徴に至るまで未だ不明な部分は多く残されている。説話との関わりでは、柳町時敏氏が＊怪異記事を検討する中で、『略記』は、歴史を撰述しようとしたというよりも、説話的なるものを歴史的時間軸の上に取り押さえようとした試みであったように思う」[13]と興味深い見解を述べている。たしかに説話的な記事は多く記されている。[14]しかし、単に出来事を端的に述べるだけの記事の方が圧倒的に多数であり、また引用される説話も抄出され簡潔な内容にまとめられているものが多い。〝説話的なるもの〟の位相については再考が必要であろう。そのために、先行研究を踏まえつつ、先に挙げた椋家家長が亡母を供養する説話の位置づけを考えてみたい。

亡母が牛に生まれ変わる

改めて説話の内容を紹介すると、亡母の追善供養のために偶然招請された僧が、施主の亡母が生前に犯した罪のために牛に転生していることを知り、それを親族に伝え供養した結果、牛が絶命したという話である。

仏教では、人間の生死を含めて万物の生滅は因果《いんが》に依るとする。因果とは簡単に言えば原因と結果のことであり、良い原因からは良い結果が導かれ（善因善果）、悪い原因からは悪い結果が導かれ（悪因悪果）、自分が行ったことはいずれ自分に返ってくる（自因自果）という法則がある。また、仏教は生死を繰り返す輪廻という世界観を持つが、次に生まれ変わる世界も因果に依る。つまり、何に生まれ変わるかは前生までの行いにより決まるのである。

亡母が生まれ変わったのは牛であり、畜生道《ちくしょうどう》に堕ちたのであろう。輪廻により、天道・人間道・修羅道・畜生道・餓鬼道・地獄道の六道に生まれ変わるとされるが、畜生道は地獄道・餓鬼道とともに三悪道に数えられ、悪業の結果堕ちる世界とされる。この説話は、子の持ち物を窃盗するという悪因により、牛という畜生として生まれ変わるという悪果を得たという話なのである。最後の牛の絶命は、畜生の身に生まれた原因である罪が僧の法力により消滅した結果であると考えられる。悪業を誡めるとともに、仏教による救済を示す話として読むことができるが、その中に、牛が人間の言葉を話すというファンタジー小説のような箇所もある。

その点については、現代に生きる我々だけではなく、『扶桑略記』編者も奇異に感じていたようである。本説話を引用した後に次のような注記が付されている。

已上景戒記《けいかいき》に出でたり。私に云はく、霊異記《りょういき》の文に出づと雖《いえど》も、この条頗《すこぶ》る信用し回《がた》し。それ畜生の言語は、却初《ごうしょ》の時は人に同じも、豈《あ》に像法《ぞうほう》の末に臨み、輙《すなわ》ち正音《しょうおん》有らむや。若《も》し夢の内の妄想を以て、誤りて覚むる前の実語と録せしか。覧《み》る者取捨せよ。

（巻第四・斉明天皇条）

「私に云はく」とあることから、この注記を付したのは『扶桑略記』編者であることがわかる。『扶桑略記』にはこのような編者の注記が散見される。基本的に出来事を起きた年代順に記すのみで、『愚管抄』のように編者の歴史観を明確に記すことがない『扶桑略記』の中で、編纂意識を窺い知ることができる注目すべき箇所である。この注記の冒頭で指摘されているように、実はこの説話は「景戒記」すなわち景戒《けいかい》が記した『日本霊異記』からの抄出であると考えられる。

『日本霊異記』との関係については後で再び取り上げることとして、まずは、この説話についての編者の見解に注目したい。傍線部を付したところであるが、「畜生の言葉は、この世のはじめには人と同じであったが、どうして釈迦が亡くなって二〇〇〇年近く経た現在において、正しい音声のままであろうか」として、牛の言葉を僧が理解したことに疑問を呈している。さらに続けて「もし夢のなかの妄想であったものを、誤って現実での言葉と記してしまったのであろうか」として、牛の言葉は夢で見たものであったが、それを現実のことと書き誤ったのだろうかと、誤りの原因を推定している。編者は、本説話の内容に疑いを抱いているのである。

出典と『扶桑略記』の編集

その一方で、『扶桑略記』全体の編纂方針からこの説話をとらえると、編者のこの説話に対する強い関心も見えてくる。この説話は、舞台となる年月が明らかではない。そのため、基本的に編年体で歴史を記す『扶桑略記』には不向きな話であると言えよう。それが、年代不明のままに、斉明天皇条の末尾に位置付けられているのである。

斉明天皇条のなかで年記が明記される最後の文章を見ておきたい。

七月二十四日、天皇崩ず。山陵は朝倉山なり。八月、〔葬喪の夕、朝倉山の上に鬼有り。大笠を着し喪儀を臨視す。陵の高は三丈、方は五町なり。〕大和国高市郡越智大握間山陵に改葬す。〔十一月これを改む。〕

（巻第四・斉明天皇条）

斉明天皇七年（六六一）七月二四日に天皇が崩御し朝倉山に埋葬された、という記事である。〔 〕内は原文では割注になっているが、そこでは、八月の葬儀に際して朝倉に大笠を着した鬼が見ていたという話が記されており、その影響なのか一一月に大握間山陵に改葬されたとされる。鬼の話は『日本書紀』にも記されており、そこからの引用と考えられる。この話も興味深いが、注目したいのは、これが斉明天皇の崩御の記事であるということである。重ね重ねになるが、『扶桑略記』は天皇の年代記という形式をとっている。すなわち、天皇の即位から天皇の薨去もしくは退位までの間で起こった出来事をその天皇の条で記すことが原則であり、斉明天皇条は、この崩御の記事で締めくくられるのが、基本形式ということになる。

しかし、ここでは天皇崩御の後にも記事が続く。まず「同御代」のこととして、百済出身の僧義覚は般若心経を念誦して百済寺に住していたが、ある夜に同じく百済寺僧恵義が外にでると、義覚の僧房が光り輝いていた、という説話を記す。それに続いて、「同御時」のこととして、先に紹介した椋家亡母供養説話が記されるのである。そして最後に「元年乙卯、如来滅後一千六百四年」という、釈迦滅後から数えて斉明天皇元年は一六〇四年目に当たるという仏滅後の年数が記される。まず、仏滅後の年数の記事は、先述のように『扶桑略記』には多くの天皇条の末尾などに見える。

しかし、「同御代」または「同御時」として年代不明の記事を記すという例は多くない。『扶桑略記』には、たとえば、その出来事が起こった年しかわからない場合は、その年の末尾に「此年」の出来事として加え、おおよその時代しかわからない場合は、その天皇条の末尾に記すという方針が認められる。

しかし、天皇条の末尾に加える記事に限れば、その数は多くない。六九代の天皇条があるなかで、基本的に崩御や退位の記事を記さない抄出本に記される天皇条を除いた四八代のうち、

「同御代」などとして末尾に記事を加えるのは、欽明・敏達・用明・皇極・斉明・元明・村上の七代のみである。稀有な事例であることから、編者が特別に書き入れる必要があると認めた記事のみを加えていると考えるべきであろう。なお、この七代のうち五代の末尾追加記事は『日本霊異記』を典拠とするものである。(15)『扶桑略記』編者の『日本霊異記』への強い関心をうかがうことができる。

ここで、ここまでの検討をまとめておきたい。編者の注記からは、編者が関心をもっていた点は明らかにならず、むしろその内容に疑問を持ちつつ書き加えていることが明らかとなった。さらに、椋家亡母供養説話は、年代が明らかではないため、基本的には編年体の『扶桑略記』に馴染まない。このように、『扶桑略記』の編者の注記や叙述形式からは、この説話は『扶桑略記』に記すべきものであったとは考えられないのである。

しかし編者はそれを「同御代」のこととして、編年体という叙述の基本形式となんとか折り合いをつけることで書き加えている。そこから、本説話を『扶桑略記』の一部とすることに対する編者の強い意志をうかがうことができる。それでは、なぜこの説話が必要だったのであろうか。この答えは説話の周辺を見ていても見つからない。文章そのものから探し求めるべきであろう。

『扶桑略記』の椋家亡母供養説話

登場人物の設定

前節で示した『扶桑略記』編者の注記に示されるように、椋家亡母供養説話は『日本霊異記』上巻第一〇話から抄出されたものと考えられている。『扶桑略記』は『日本霊異記』所収説話を多数引用・抄出しており、その数は一八にも及ぶ。その享受の型を検討した霧林宏道氏によると、ほぼ同文の説話が三点、省文化された説話が一四点、そして話の内容が変容された説話が一点ということである。それを踏まえて「『扶桑略記』編者は『日本霊異記』に直接触れ、享受したと考えられる」とし、その享受の方法について「単なる言葉数を減らした省述というよりは、『日本霊異記』の標題を踏まえ各説話を咀嚼《そしゃく》し、簡潔にして要を得た構成になるよう工夫した上で歴史的事象として捉えようとした」と指摘している(16)。

さらに『日本霊異記』から引用・抄出する説話の特徴については、小峯和明氏が「引用話は上巻が最も多く、鷲にさらわれる話上巻第九話や役行者伝上巻第二八話、智光の冥土往還譚中巻第七話等々、『霊異記』世界を代表する著名な例が多く、その説話によってかの時代の雰囲気を象徴させるものばかりで」あるとする(17)。本節では、『日本霊異記』の説話と比較検討しつつ、『扶桑略記』椋家亡母供養説話の特徴を読み解いていきたい。

この説話の特徴を考える上で、まず注目すべきは、この説話の登場人物である。大和国添上郡に住む家長が主要登場人物の一人である。どのような社会的地位の者であるかはわからないが、高位ではなくなかなか記録に残りづらい人物であったということが考えられる。『扶桑略記』は多くの書物からの引用抄出で成り立っているが、本説話が配される斉明天皇条の記事の多くは『日本書紀』を典拠としている。正史である『日本書紀』には基本的に皇族・貴族階級の活動が記されており、庶民の生活が記されることは稀である。この説話は『扶桑略記』編者により、あえて書き加えられていることを考えると、『日本書紀』には描かれていない庶民の信仰と実践を『日本霊異記』に見いだして選び取られたと考えることができるだろう。

『扶桑略記』は『日本霊異記』のどこを改変したか

次いで注目すべきは、『日本霊異記』からの改変点である。先に紹介した霧林氏論文[18]で分析されているように、『扶桑略記』の『日本霊異記』説話の受容には三つの型がある。それによると、もとの説話の内容を大きく変えないのが基本なのだが、一点のみ例外がある。実は、その説話がこの椋家亡母供養説話なのである。典拠とされる『日本霊異記』上巻第一〇話の概要を挙げる。

大和国添上郡山村中の里に椋家の家長が住んでいた。一二月になり『方広経』読誦によって、前世の罪を懺悔しようとして、使用人に最初に出会った僧を連れてくるように命じる。道で会った僧を招き、供養し法要を行うが、夜になり僧は布団を盗み逃げようとする。そのとき、牛が話しかけてくる。

「自分は先の世でこの家長の父であったが、子の稲を一〇束、子に知らせずに人に与えたために、牛の身になりその罪を償っている。このことの虚実を知りたいならば、私のために席を用意しなさい。その上に座ろう」

翌日、法要が終わり家長に昨夜のことを話し、座を設けると牛が膝を曲げその座に伏した。子が父の罪を許すと言うと、牛はその日の中に死んだ。(19)

一読して同じような話であることが了解されよう。そして同時に違和感も覚えるのではないだろうか。それは、話の筋は同じでありながら、細部が異なっているからである。傍線を付したところが相違点であるが、順番に見ていきたい。

まず、この説話では、僧は法会の後に盗みをはたらこうとするが、『扶桑略記』にはそのような記述はない。その程度であれば『扶桑略記』編者が抄出する際に省いたとも考えられるのであるが、相違点は他にもある。

牛の言葉により牛の前世が明かされるところであるが、この説話では、牛は家長の父とされるが、『扶桑略記』では家長の母とされる。さらに、全体としてこの説話は、家長の悔過のための法会を開くことをきっかけに、その父の罪が明らかになり救済されるという、入り組んだ話の筋であるのに対して、『扶桑略記』では亡母の追善供養を行うということで話が一貫している。

この違いは単なる抄出で生じたとは考えづらい。意識的に書き換えられたと考えるのが無理のない解釈であろう。それでは、どのようにして書き換えられたのだろうか。この点については先行研究において、中巻第一五話との関わりも指摘されている[20]。中巻第一五話は次のような話である。

伊賀国山田郡噉代の里に高橋連東人という人がいた。亡き母のために『法華経』を写し、法会を開くために僧を招くにあたって、使用人に最初に出会った僧を連れてくるように命じた。使用人が道で出会った酒に酔った乞食僧を招き講じさせようとするが、僧は断る。なおも東人が請うので、僧は逃げようとするが東人に監視される。逃げられない僧が眠りにつくと、その夢に東人の家の牛が現れ、次のように言う。

「自分は家長の母であったが、子の物を盗んだために、今は牛の身となってその罪を償っている。虚実を知りたいのであれば、自分の席を用意してくれればその上に座ろう」

翌日、講座に上り、夢の話をし、座を設けると牛がその上に伏した。東人が母の罪を許すと、牛は法事の後に死んだ。

（『日本霊異記』中巻第一五話）

『扶桑略記』および上巻第一〇話と極めて類似している筋書きであることに気づくだろう。傍線で『扶桑略記』と異なる箇所を示したが、先の上巻第一〇話と比べて、確かにこちらの方が相違点は多い。しかし、『扶桑略記』と上巻第一〇話の相違点であった、牛が家長の母であること、そして法会の目的が亡母のためであることの二点が一致している。そのことから、中巻第一五話と無関係であるとは言えないと考えられる。すなわち『扶桑略記』説話の典拠として、『日本霊異記』の二説話を想定しておくことが必要なのである。(21)

誰が救済するのか

『扶桑略記』椋家亡母供養説話の特徴という点では、より注目すべき所があると考える。

それはさきに挙げた二つの『日本霊異記』説話において二重傍線を付した箇所である。『日本霊異記』の該当箇所の訓読文を挙げると、上巻第一〇話は「(稿者注、椋家の家長が) 牛に申して言はく「先時に用ゐし所は、今咸く免し奉らむ」といふ。牛聞きて、涙を流して大息す。即日の申の時に命終わる」であり、中巻第一五話は「(稿者注、高橋連東人が)「実に我が母なり。我曽て知ら不。今我、免し奉らむ」といふ。牛聞きて大息す。法事訖《お》はりて後、其の牛即ち死ぬ」である。上巻第一〇話では、法会が終わった後に、子が親の罪を許すことで親の前世の罪は消滅したとされる。中巻第一五話でも、同じく子が赦免し、その後に供養を行うことで親の罪が滅したとしている。どちらの説話でも、仏事法会と同時に被害者が罪を許すことが加害者の救済にとって重要な条件となっていると読むことができる。

それに対して『日本霊異記』を承けて成立した『扶桑略記』説話の末尾では、子が罪を許すという文言はなく、単に「牛のために善を修す。即日牛斃《たお》る」とのみ記される。『日本霊異記』の二説話では人間の赦免が滅罪に影響しているのに対して、『扶桑略記』ではそれを認めていないと解釈することができる。そこから、滅罪は仏教の力、具体的に言えば法会およびその場を主導する僧にのみ可能であるという『扶桑略記』編者の考えが見えてくるのである。換言すれば、『扶桑略記』編者にとって、法会は衆生を救済する場であり、僧は救済を実行することができる存在だったのである。

『日本霊異記』と比較することで、『扶桑略記』編者にとって法会は重視すべき場であったということが見えてきた。それでは、『扶桑略記』における法会の記事は、他にどのようなものがあるのだろうか。『扶桑略記』における法会記事の特徴を分析することで、この説話の位置付けを考えたい。

『扶桑略記』の法会記事の特徴

法会とは、経典を読誦・講説する集まりのことで、仏事・法要を含むものである。たとえば尊子内親王のために源為憲が永観二年（九八四）に撰述した仏教入門書『三宝絵』*は三巻構成になっており、下巻において法会の来歴や作法が月毎に解説されている。法会は出家にあたって知っておくべき仏教の基礎知識の一部であったのである。それは仏・法・僧の三宝が揃う仏法を体現する場であり、そこに参列することで仏と結縁することができる場であったからである。『扶桑略記』は仏教史としての側面も有するが、(22) どのような仏教法会を歴史のなかに位置付けているのだろうか。

『扶桑略記』には法会記事が多く見られるが、その特徴として次の五点を指摘できる。

①朝廷主催の法会記事が多い

『扶桑略記』で最も多いのは、勅により開催される法会の記事である。推古天皇三三年（六二五）に旱魃のために高麗僧恵灌《えかん》に三論を講読させ、その結果降雨があったとする記事が初例であり、以降、斉明天皇六年（六六〇）に『*仁王経《にんのうきょう》』の講説があったという記事、天武天皇五年（六七六）に天下飢餓のため、諸国に勅して『*最勝王経』・『仁王経』が講説されるという記事のように、国家安泰を祈願するための法会の記事が多く見られる。また、天武天皇一三年に天皇の病平癒を祈るために諸臣に勅して*大官大寺《だいかんだいじ》を詣でさせたという記事のように、天皇の延命長寿を目的に行われた法会の記事も見られる。

②個人で開催した法会の記事もある

仏教は欽明天皇一三年（五五二）に天皇によって受容されると記される。その直後に蘇我稲目により「向原家」が寺院にされたという出来事が象徴的であるが、実は、仏教伝来直後に記される法会の記事は個人で主催されるものが多い。敏達天皇一三年（五八四）に百済より送られた*弥勒像を蘇我馬子が仏殿に祭り斎会を行ったという記事、翌一四年二月の大野丘北の塔建立、同年六月の精舎建立、そして推古天皇元年（五九三）一月の*法興寺建立、というような蘇我氏の仏寺建立に関わる法会記事が続く。その後に、推古天皇一一年一〇月に聖徳太子が僧に『*安宅経』を講説させるという記事、推古天皇の求めに応じて聖徳太子が『*勝鬘経』と『法華経』を講じるという記事が続く。

『扶桑略記』に記される法会の種類を大きく分類すれば、以上の二つになり、その数は朝廷主催のものが多い。それ以外にも特徴的なことを三点ほど指摘することができる。

③特定の僧侶が関わった法会記事が多い

『扶桑略記』は特定の僧の活動を詳細に描くことがある。それは卒伝として生涯をまとめて記すこともあれば、年月を明らかにして個々の事蹟を歴史のなかに組み込むという方法がとられることもある。そのなかで、その僧が行ったり出仕したりした法会の記事を見ることができる。たとえば、最澄の関わった法会の記事が多く記されている。

残念ながら『扶桑略記』は欠巻があるため、宝亀九年（七七八）に出家して以降、その前半生に当たる部分の本文を確認できるのみであるが、延暦一六年（七九七）の最澄の『*一切経』書写を七大寺僧が助けて完成させ供養を行うという記事、翌年の法華会と*根本中堂での講筵の記事、延暦二二年（八〇二）の高雄山寺での法華会、延暦二四年（八〇五）の高尾山寺において最澄が*灌頂三摩耶を授けた灌頂会の記事がある。

④初例と指摘される記事がある

『扶桑略記』には、恒例行事は初例のみ明記し、それ以降の記述は基本的には省略するという編纂方針がうかがえる。それは法会についても同じであり、たとえば推古天皇一四年（六〇六）には元興寺金堂で大会が催され奇瑞があったとする。そのあと「この年より始め、毎年四月八日、七月十五日斎を設く」と記されるが、それ以降に元興寺金堂大会の記事は記されない。『扶桑略記』が成立した院政期には、物事の始原について関心が持たれており、(23)『扶桑略記』はそのような時代的関心のもとに、初例について指摘しているものと考えることができよう。

なお、このように初例を明記することは中世では『扶桑略記』の特徴の一つとして認識されていたようで、鎌倉時代末期に事物の起源を列挙した*『濫觴抄《らんしょうしょう》』が作成された際に『扶桑略記』も重要な典拠として用いられている。

⑤詳細な法会記事がある

『扶桑略記』の記事は簡略な記述のものが多く、法会も同様のものが大多数である。たとえば、④で挙げた推古天皇一四年（六〇六）の大会についても「十四年丙寅四月、丈六銅像元興寺金堂に坐す。大いに斎会を設く。この夕、寺において五色雲有りて、仏堂甍《いらか》を覆う。此夜、丈六仏像大光明を放ち、内外を照らすが如し」として、元興寺金堂への丈六仏の設置と仏像の奇瑞を端的に記すに留まる。この記事は奇瑞が記されているために記述が長い方であり、単に斎会が催されたことのみを記述するものの方が多い。

一方で、論義の内容にまで話が及ぶ記事もある。巻第二六に応和三年（九六三）八月二一日の出来事として、「応和の宗論《しゅうろん》」*と呼ばれる出来事の記事がある。勅により天台宗と南都から各一〇名ずつ清涼殿に召して法華十講を開催したが、そのなかで、法相宗法蔵と天台宗良源《りょうげん》が「一切衆生皆成仏理」について論決し、良源の弁舌が優れたることが認められたとするものである。また、巻第二九に延久四年（一〇七二）のこととして記される円宗寺二会*において天台宗頼増《らいぞう》と法相宗頼真《らいしん》との間で因明論義をめぐって論争が行われたという記事があり、異例の長文となっている。その議論された内容が詳細に記された後、頼増の勝利で決したとする。これらの長文の法会記事は、いずれも天台宗の勝利で終えており、『扶桑略記』と天台宗との関わりの強さがうかがえる。

以上、『扶桑略記』法会記事の特徴を示してきた。まず、朝廷主催の法会の記事の多さから、仏教と朝廷との結びつく場を重点的に描いていると考えることができよう。

しかし、それだけを描いた歴史書ではなく、私的な法会についても描いていることから、日本における個人的仏教信仰の歴史も組み込もうとしていると言うことができるだろう。大きくまとめると、以上のような枠組みがあると考えられ、そのうえで、特定の僧侶や初例、法会についていは詳細に記述していくという方針が確認できる。

椋家亡母供養説話は、このうち②の個人で開催した法会に分類される。このように個人で開催した法会を記すことは、他の日本の歴史を記した書物と類似したものなのだろうか。それとも、『扶桑略記』に特有のものと考えてよいのだろうか。最後にこの点について、検討を加えておきたい。

『扶桑略記』と正史

『扶桑略記』は天皇年代記としての性格を有するが、同じ形式を持つ歴史書の代表は『日本書紀』からはじまる六国史であろう。六国史は朝廷が作成する正史であったが、延喜元年（九〇一）に成立した光孝天皇までを記す『日本三代実録』を最後に撰述されなくなる。以降は私撰の歴史書が諸家・諸寺院で作られることになり、『扶桑略記』もその一つに数えられる。正史である六国史と私撰の『扶桑略記』とでは、法会記事の傾向に違いが見られるのであろうか。

椋家亡母供養説話は斉明天皇の代に行われているため、斉明天皇条から『日本書紀』の末尾にあたる持統天皇条までの法会記事を『扶桑略記』と検討したところ、斉明天皇六年（六六〇）の仁王経会や天武天皇五年（六七六）の請雨法のように、共通して記されている法会がある一方で、相違点も見られる。

まず、正史である『日本書紀』にのみに記される法会としては、斉明天皇三年（六五七）および五年の盂蘭盆会《うらぼんえ》*が指摘できる。これらの記事がなぜ『扶桑略記』には記されないのか。前節で示した推古天皇一四年（六〇六）の元興寺《がんごうじ》金堂での大会の記事には、毎年四月八日と七月一五日に開催したとの追記があった。七月一五日は盂蘭盆会を指すとも考えられる。そのために初例に関心のある『扶桑略記』編者には不要と判断されたのではないだろうか。

なお、先に『扶桑略記』の初例への関心についての例としてあげた推古天皇一四年（六〇六）の法会であるが、その典拠と考えられる『日本書紀』においても、初例として位置づけられている。そのため、初例を記すことは『扶桑略記』だけの特徴ではない。

しかし、『日本書紀』以上に『扶桑略記』が初例へ関心を持っていることを示す箇所として、持統天皇七年（六九三）の次の記事を挙げたい。

十月、詔有り。仁王経を講ず。凡そ内裏において仁王・最勝経を講じるは、この時より始む。以て恒例となす。

詔による宮中仁王会の開催を記し、それを初例とする。典拠となった『日本書紀』の文章は「己卯、始めて仁王経を百国において講ず。四日して畢《おわん》ぬ」である。『日本書紀』では「初めて仁王経を百国で講じた」とあることを、『扶桑略記』は宮中仁王会の初例ととらえているのである。別の典拠があって書き換えられた可能性もあるが、『日本書紀』の記述を越えて、『扶桑略記』編者が初例を見いだそうとする積極的な姿勢がうかがえよう。

歴史書に見える法会

その他の『日本書紀』にのみに記される法会の例としては、天武天皇五年（六七六）八月一五日の飛鳥寺の『一切経』供養や同一〇年閏七月の皇后主催の斎会、同一二年七月の宮中での夏安居《げあんご》*の記事がある。いずれも朝廷主催の行事である。同様に朝廷にとって重要と考えられる天皇や皇后の癒病や延命を祈る法会の記事も『扶桑略記』では抜け落ちている。天武天皇九年一一月に皇后の病快復を祈り薬師寺を建立し供養が行われている記事、同一四年から朱鳥元年にかけて天武天皇の病気快復を祈って行われたと考えられる法会が宮中や飛鳥寺・大官大寺・川原寺で一〇回行われたとする記事がそれである。これらは朝廷主催の法会を多く記す『扶桑略記』にとっても記す価値があるように思えるが、不採用となっている。

その反対に、『扶桑略記』にのみ記されている法会も多数見られる。それらの法会の特徴は、個人が主催する法会と仏教の力が示された法会の二つに分けることができる。まず、個人が主催する法会としては、興福寺創建および維摩会《ゆいまえ》*のはじまりにつながる一連の話が挙げられる。一方の仏教の力が示された法会としては、天武天皇一三年（六八四）に天皇が病であったため、群臣に勅して大官大寺で祈願をしたところ天皇が夢で延寿を得たことを知るという説話的記事を指摘することができる。

『扶桑略記』における維摩会

ここでは維摩会の位置づけについて説明を加えておきたい。平安時代以降、維摩会は藤原氏の氏寺である興福寺で行われる、南都三会の一つであり重要な国家法会として位置づけられていた。『扶桑略記』の維摩会に関する話は、斉明天皇二年（六五六）に中臣鎌子《なかとみのかまこ》が病になり、百済禅尼法明の意見により『維摩経』*問疾品を読んだところ回復したため、その後鎌子により重ねて転読されるという話から始まる。中臣鎌子は藤原氏の祖師である中臣鎌足と同一人物と考えられる。ここで鎌子の『維摩経』信仰が始まり、それが翌年の鎌子による精舎建立と斎会開催についての記事につながる。なお、この斉明天皇三年の記事には「すなわち斎会を設く。これ則ち維摩会の始なり」という初例についての注記も付されている。その翌年にも中臣鎌子が山階《やましな》陶原家に福亮を請じ、『維摩経』を講じさせるという話が記されている。天智天皇九年(六七〇)に鎌子は死去するが、維摩会開催事業は子の不比等に引き継がれ、慶雲三年(七〇六)、四年、和銅二年(七〇九)にそれぞれ「淡海公城東第」「厩坂寺」「植槻之浄刹」で維摩会が行われ、和銅七年に初めて興福寺で行ったと記す。

このように『扶桑略記』は維摩会の歴史を順に細かに記述している。なお、同様の維摩会の歴史は、維摩会で読み上げられる『維摩会表白*』内の縁起などにも記されており[24]、『扶桑略記』の記述は特殊なものではない。しかし、『日本書紀』には見られない出来事を、他の資料を用意して書き加えているということに注意すべきであろう。

以上の法会記事の検討から『扶桑略記』は、天皇の年代記の形式をもち、基本的に朝廷主催の法会を記す正史である『日本書紀』の影響を受けつつも、恒例行事は初例のみに留め、代わりに個人が主催する法会や仏教の力が示された法会の記事を加えていることが明らかになった。

すなわち、『扶桑略記』編者は日本を公的にも私的にも仏教を信仰する地域として描くという方針にもとづき編纂したと考えられよう。

結　論

『扶桑略記』椋家亡母供養説話を中心に検討を進めてきた。まず『扶桑略記』の編者の注記や叙述形式の検討からは、この説話は『扶桑略記』に適したものではないが、編者はそれを編年体という叙述の基本形式と折り合いをつけることで書き加えているということを指摘した。また、その説話を典拠とされる『日本霊異記』と比較することで、『扶桑略記』編者にとってこの説話で重要なのは法会という場であり、そこでは僧の力により救済が実現されていると描いていることを示した。それを承けて、『扶桑略記』の法会記事の特徴について検討し、個人が主催する法会と仏教の力が示された法会に対する関心が強いということを明らかにした。そして、これは『日本書紀』にはない、『扶桑略記』の特徴であることを確認した。

椋家亡母供養説話の主題は、法会において僧が畜生道から亡母を救済する点である。その法会は、椋家の家長という一個人が主催した法会であり、加えて、この説話は、法会において亡母の滅罪を果たした話であり、日本において、仏教の力が現実に作用することの証となる話だったのである。この点に『扶桑略記』編者が関心を示し、一部疑問を感じつつも書き記したのであろう。すなわち、この説話により、日本は個人の仏教信仰によっても救済が実現している仏教国となるのである。

最後に、以上を踏まえてもう一度、『扶桑略記』編者の注記に返りたい。編者にとっても、この話は奇異な話であった。しかし、その疑いの目は畜生の言葉という点に向けられているのであり、この話が〝事実〟であるかどうかという点ではない。椋家亡母供養説話に記される法会が現実に行われ、実際に亡母が救済されたことは疑ってはいない。むしろ、日本にあって欲しい、あるべき出来事だったのである。そのため、日本の歴史の一部として記す必要があったのである。

注

（1）平田俊春「第三篇扶桑略記研究余瀝」（『私撰国史の批判的研究』国書刊行会、一九八二年）。

（2）『新訂増補国史大系』所収本をもとに、私に一部補って意訳した。以降に掲げる『扶桑略記』本文の訓読は同書をもとに稿者が行ったものである。

（3）稿者注。ヨーハン・ホイジンガ「歴史とは何か」（ホイジンガ選集『歴史を描くこころ』兼岩正夫訳、河出書房新社、一九七一年）。

（4）桜井好朗「中世における歴史叙述の構造」（『文学』四一巻、一九七三年五月）。

（5）桜井好朗「神話と歴史についての問題提起」（『中世日本文化の形成　神話と歴史叙述』東京大学出版、一九八一年）。

（6）『扶桑略記』研究の状況については、堀越光信「扶桑略記」（皆川完一・山本信吉編『国史大系書目解題下』吉川弘文館、二〇〇一年）にまとめられている。

（7）平田俊春前掲注（1）参照。

（8）堀越光信『扶桑略記』撰者考」（『皇学館論叢』第一七巻、一九八四年一二月）。

（9）田中徳定『扶桑略記』撰者の性格について」（『駒澤国文』第二九号、一九九一年二月）。

（10）平田俊春前掲注（1）参照。

（11）拙稿「『扶桑略記』の特徴とその享受―仏教関連記事の検討から」（『比較人文学研究年報』七号、二〇一〇年）。

（12）たとえば、『明治大学人文科学研究所紀要』（別冊一二、二〇〇一年三月）所収の宇佐見正利『扶桑略記』の史料引用―『日本霊異記』の場合」、栗林史子『扶桑略記』にみえる女帝記事について―特に推古天皇条の検討を中心に―」、桜田和子『扶桑略記』にみられる史観についての一考察―天智天皇の「肉体のない死」をめぐって―」など。

（13）柳町時敏『扶桑略記』の性格―怪異記事を中心として」（『明治大学人文科学研究所紀要』別冊一二、二〇〇一年三月）。

(14) 原田行造・竹村信治「説話資料収集ノート(一)—『扶桑略記』編—」(『金沢大学教育学部紀要(社会科学・人文科学編)』第三一号、一九八二年二月)。
(15) なお、残りは用明天皇条の四天王寺の創建記事と村上天皇条の空也伝である。
(16) 霧林宏道『扶桑略記』における『日本霊異記』説話の享受」(『國學院雑誌』第一一四巻第一一号、二〇一三年一一月)。
(17) 小峯和明「『霊異記』と後続作品」(山路平四郎・国東文麿編『日本霊異記』早稲田大学出版部、一九七七年)。
(18) 霧林宏道前掲注(16)。
(19) 『日本霊異記』の本文は『日本古典文学全集』に依る。概要は同書を参考に稿者が意訳したものである。
(20) 平田俊春前掲注(1)参照。または、宇佐見正利前掲注(12)。
(21) なお、『扶桑略記』椋家亡母供養説話は『日本霊異記』上巻第一〇話をもとに変容したとの指摘もある(霧林宏道前掲注(16)参照)。『扶桑略記』椋家亡母供養説話と『日本霊異記』上巻第一〇話および中巻第一五話との関係について考察するためには細部にわたる検討が必要となる。ここではそれを十分に行うだけの紙幅もなく、またそれを論じることは本書全体の目的とも異なるため、先行研究を紹介するに留めておきたい。
(22) 拙稿前掲注(11)。
(23) 小峯和明「〈もと〉の指向—院政期の研究展望」(『院政期文学論』笠間書院、二〇〇六年)。

(24)　高山有紀「総論第二章　興福寺の創建と教学」「第四部　維摩会の関係資料」(『中世興福寺維摩会の研究』勉誠社、一九九七年)。

『平家物語』の文覚の験力
――「とぶ鳥も祈りおとす程の」――

城阪早紀

はじめに

僧が活躍するのは、説話の世界ばかりではない。『平家物語』の中にも、魅力的な人物がいる。

彼《かの》文覚と申は、もとは渡辺の遠藤佐近将監《さこんのしやうげん》茂遠が子、遠藤武者盛遠《もりとを》とて、上西門院《しやうさいもんゐん》の衆也。十九の歳道心をこし出家して、修行にいでんとしけるが、「修行といふはいか程の大事やらん、ためいて見ん」とて、六月の日の草もゆるがずてッたるに、片山のやぶのなかにはいり、あをのけにふし、あぶぞ、蚊ぞ、蜂蟻なンどいふ毒虫どもが身にひしととりつゐて、さしくひなンどしけれども、ちィッとも身をもはたらかさず。七日まではおきあがらず、八日といふにおきあがッて、「修行といふはこれ程の大事か」と人にとへば、「それ程ならんには、いかでか命もいくべき」といふあひだ、「さてはあんべいござんなれ」とて、修行にぞいでにける。（覚一本・巻第五「文覚荒行」三五三～三五四頁）

その名を文覚という。年一九にして、「修行というものは、どれほど困難なものであろうか、一つ試してみよう」と思い立ち、真夏の太陽が照りつけるなか、人も通りそうにない片山の藪に入り、そこで仰向けに寝た。すると、虻や蚊、蜂、蟻などが、びっしりと体を覆い、刺されたり食われたりしたけれども、身じろぎ一つしなかった。八日目にようやく起き上がり、「修行というものは、この程度の苦しみなのか」と人に問うた。すると、「それほどの苦行を行ったならば、死んでしまいますよ」と言われたので、「それならば、修行などたやすいものだ」と考え、修行の地を求めて那智へと旅立った。

この文覚の行動を読むと、次々と疑問が浮かんでくる。「突然、山の中に寝転んで、虫に刺され続けるなど、考えただけでも鳥肌が立つ。どうしてこんなことをする必要があるのか」

「一九歳という若さで出家を思い立つなんて、何があったのか」「そもそも文覚は、一体何者なのか」。

『平家物語』は、平清盛を中心とした平家一門が、ひとたびは栄華を極めるものの、都落ちを経て壇浦で敗戦するまでを描く軍記物語である。武士を中心とした、哀感漂う物語は、今も多くの人々を魅了する。

作者・成立年には諸説あるが、定説をみない。このことには、『平家物語』に多くの諸本があることが関わっている。従来、この諸本を分類し祖本を探る試みが、盛んに行われてきた。その代表的な分類法として、「語り本」と「読み本」に二分するものがあげられる。すなわち、琵琶法師の語りに関与したであろう諸本を「語り本」とし、書物として読まれたであろう諸本を「読み本」と命名する、という分類である。ところが、研究が進むにつれて、「語り本」と称される諸本が必ずしも語りの台本であったわけではなく、また、「読み本」といわれる諸本もどのように享受されたかが定かではないことが、明らかにされてきた。かつ、「語り本」と「読み本」は、別々に生成したものではなく、互いに交差し、影響関係があったと想像される。それゆえ、この分類法も万全とはいえず、様々な諸本論が提唱されてきた。こうした諸本の問題は、『平家物語』を研究する上で避けることのできない問題だが、本稿ではひとまず、「語り本」と「読み本」という分類を用いることにしたい。

『平家物語』を読む面白さは、この諸本を読みくらべるところにある。文覚は、平家でなければ、頼朝や義仲に与《くみ》する源氏でもない。いっかいの僧である。一見して、物語の展開に関与するとは思えない。文覚は、どのような人物なのだろうか。覚一本《かくいちぼん》と、屋代本《やしろぼん》、延慶本《えんぎょうぼん》の三諸本を読みくらべ文覚の活躍を追ってみたい。

覚一本は、「語り本」に属する諸本である。覚一本という名は、南北朝期の琵琶法師である覚一の名に由来する。覚一本の特徴は、平家滅亡までを描く一二巻とは別に建礼門院の往生を描く「灌頂巻」を特立させることである。一般に『平家物語』という時には覚一本を指すというほど、現代において広く読まれている本文である。

屋代本は、覚一本と同じく「語り本」に分類される諸本である。その名は、江戸時代の国学者である屋代弘賢《ひろかた》が所蔵していたことに由来する。「灌頂巻」を特立させない点で覚一本と異なり、数多くある「語り本」の中で覚一本とならび古い本文を伝える。

延慶本は、「読み本」に属する諸本である。その名は、延慶二・三年（一三〇九・一三一〇）に書写されたと記す奥書に由来する。現在では、数ある諸本のうち、もっとも多くの古態をとどめるとされ、注目を集めている。

文覚の修行

冬の滝行のあらましは、覚一本の巻第五「文覚荒行」によると、次のようである。

文覚は、つららも凍る真冬の滝行に挑んだ。〈その滝行とは、*那智の滝壺に首までつかり、三七日《さんしち》（二一日間）滝に打たれながら*慈救の呪を三〇万回唱えるというものであった。しかしその五日目には、寒さに耐えきれず、息絶えて川に流されてしまう。そこにうつくしい童子がやってきて、文覚の手を取り川から引き上げた。不思議に思った人が火を焚いて文覚の身体をあたためると、ほどなく生き返った。ところが文覚は、意識が戻るやいなや「まだ行の途中であるのに、誰がここに連れてきたのか」と怒鳴り、再び滝へと戻ってしまう。八人の童子が来て、文覚を引き上げようとするが、文覚は頑《がん》として動かない。〉

果たして、滝行を続けた文覚は、〈再び〉息絶えてしまう。童子は、〈再び〉文覚を滝から引き上げて、あたたかな手で全身をなでた。すると文覚は、夢の心地がして生き返った。文覚が「私をあわれんで下さるのは、どのような方なのでしょうか」と尋ねると、童子は「我々は不動明王の使いである。不動明王から、力をあわせるようにと言われて助けに来たのだ」と答えた。不動明王の加護を知った文覚は、落ちくる水も湯のように思え、三七日の滝行を成し遂げた。

那智に千日籠もった後、葛城*、高野*、富士の山、さらには出羽国羽黒山*にいたるまで、日本中の霊地を行い巡った。都に戻ると、「とぶ鳥も祈りおとす程のやいばの験者」とまで称された。

※〈　〉内、延慶本には記述なし

諸本間の異同から

この修行の場面は、延慶本や屋代本では、どのように記されているのだろうか。まず延慶本では、冒頭で紹介した夏山の行は記されていない。さらに、この滝行も覚一本より簡略で、〈　〉内に相当する記述がない。屋代本では、夏山の行と、冬の滝行はともに描かれず、修行に関する記述は、「山々寺々修行して迷ひ行きける」の一句のみである。つまり、夏山の行を記すのは覚一本のみで、冬の滝行も覚一本が最も詳細ということになる。

では、どうして覚一本は、文覚の修行をこれほど丹念に描く必要があったのだろうか。具体的に諸本を比較してみよう。屋代本には当該本文がないため、覚一本と延慶本を比較する。次に引用するのは、滝壺で息絶えた文覚を童子が助けに来る場面である。なお、延慶本・屋代本では、文覚のことを「文学」と表記する場合があるが、そのままに引用する。

「(文覚)抑《そもく》いかなる人にてましませば、かうはあはれみ給ふらん」ととひたてまつる。「(童子)われは是大聖不動明王の御使に、こんがら・せいたかといふ二童子なり。『文覚無上の願をおこして、勇猛の行をくはたつ。ゆいてちからをあはすべし』と明王の勅によッて来れる也」とこたへ給ふ。文覚声をいからかして、「さて明王はいづくに在ますぞ」。「*都《と》率天《そつてん》に」とこたへて、雲居はるかにあがり給ひぬ。たな心をあはせてこれを拝したてまつる。　(覚一本・巻第五「文覚荒行」三五五頁)

文学息の下にて、「(文覚)さても我をとらへて、なで給つる人は、誰にて渡らせ給つるぞ」と問ければ、「(童子)未だ知らずや。我は大聖《だいしやう》不動明王《ふどうみやうわう》の御使《おんつかひ》に、金迦羅《こんがら》・制多《せいた》伽《か》と云《いふ》、二人の童子《どうじ》の来たるぞ。怖心《おそるるこころ》有べからず。汝、此滝に打たれむと云願を発《おこし》たるが、其願を果さずして命終るを、明王御歎あッて、『此瀧けがすな。あの法師、よりて助けよ』と仰られつる間、我等が来たるなり」とて帰り給へば、文学、「不思議の事ござむなれ。さるにても、いかなる人ぞ。世の末の物語にもせむ」と思て、立還《たちかへり》て見ければ、十四五計《ばかり》なる、赤頭《あかがしら》なる童子二人、雲をわけて上《のぼり》給《たまひ》にけり。

（延慶本・第二末　六「文学熊野那智ノ瀧ニ被打事」四八三頁）

まず一点目として、傍線部で示した童子の言葉に注目する。覚一本での不動明王は、童子に「文覚がこの上ない大願を起こし、無謀にも三七日の行を成し遂げようとしている。行って、力を合わせなさい」と言っている。対して延慶本では、「この滝をけがしてはならない」と言うのみである。延慶本での不動明王は、清浄な那智の滝を死のけがれから守るために、童子たちに「助けよ」と言っているのである。このように、不動明王が文覚を助ける理由が異なっている。覚一本では、文覚の行に感じ入り守護しようとする不動明王のはたらきかけが、より強く表れている。

二点目として、点線部で示した天へのぼっていく童子を見送る文覚の姿に注目する。覚一本では、両手を合わせて合掌し、頭を垂れて拝んでいる。粗暴な文覚像は影をひそめ、不動明王のいらっしゃる都率天に向かい、厳かに礼拝する姿が描かれている。一方の延慶本の文覚は、「世の末の物語にもせむ」と立ち返って童子の姿をしげしげと眺め見ている。不動明王の使いに命を助けられるという奇妙な出来事を体験したものの、物怖じすることのない文覚の態度が読み取れる。童子を見送る文覚の姿も、覚一本とは対照的である。

延慶本と比較すると、覚一本では不動明王の加護を得たことがより印象的に描かれていた。これは、不動明王の発言と童子を見送る文覚の姿から読み取れる。

やいばの験者

覚一本の「文覚荒行」の章段は、次のように結ばれる。

かくて、三七日の大願つひにとげにければ、那智に千日こもり、大峰三度、葛城二度、高野、粉河、金峰山、白山、立山、富士の嵩、信濃戸隠、出羽羽黒、すべて日本国のこる所なく、おこなひまわッて、さすが尚ふる里や恋しかりけん、都へのぼりたりければ、凡《およ》そとぶ鳥も祈りおとす程のやいばの験者とぞきこえし。

（覚一本・巻第五「文覚荒行」三五六頁）

日本中の霊地で修行を終えて都に戻った文覚は、「やいばの験者」と評判になった。この「やいばの験者」という称号は、不動明王の守護によって得た力を象徴するものである。右に引用した本文は、延慶本・屋代本にはみられず、文覚を「やいばの験者」と称するのは、覚一本のみということに留意したい。

「やいばの験者」という表現は、管見の限り覚一本より古い例は見当たらない。「やいば」という語は、「やきば（焼刃）」の変化した語で、効験・霊験が刃物のように鋭い修験者であることを意味する。

また、二重傍線部の「とぶ鳥も祈りおとす程」という比喩については、『今昔物語集』*に、次のような類例がある。

人有テ奏テ云ク、「東大寺ノ南ニ高山ト云フ山有リ。其山ニ仏道ヲ修行シテ、久ク住スル聖人有ナリ。行ヒノ薫修積テ、野ニ走ル獣ヲ加持シ留メ、空ニ飛ブ鳥リ加持シ落スナリ。彼レヲ召テ、御加持ヲ奉セバ、必ズ其験シ侯ヒナムト」

（『今昔物語集』巻二〇「祭天狗僧参内裏現被追語第四」一五〇頁）

この例では、高山《かぐやま》に住む聖人の験力を、「野に走る獣を留まらせ、空に飛ぶ鳥も落とす」ほど、と表現している。験力のあらたかさを、自然界に存在する鳥獣をも従わせるほどの力と説明する点で、覚一本の表現と類似が認められる。

なお、覚一本の影響であろうか、この表現は狂言や謡曲の詞章にも散見する。

行は万行ありとは申せども、とりわき山伏の行は、野に伏し山に伏し、岩木を枕とし、難行苦行を致す。その奇特には、空飛ぶ鳥をも目《ま》の前へ祈り落すが、山伏の行力です。

（『狂言集』下　鬼山伏狂言「柿山伏」一六二頁）

総じて山伏の行は、野に伏し山に伏し、あるいは岩木を枕とし、難行苦行をする。その奇特には、空飛ぶ鳥を目《ま》の前へ祈り落すほどの行力じゃ。

（『狂言集』下　鬼山伏狂言「くさびら」一七八頁）

およそ飛ぶ鳥をも、落とすばかりと面々に、刃の験徳を現はして、

（『謡曲集』下「調伏曽我」九七頁）

一方の延慶本にも、文覚の験力がいかに優れているかを表す表現がある。それは、次のようなものである。

誠夫《まことにそれ》、文学が行法《ぎやうぼふ》の功力《くりき》に、報恩謝徳《ほうおんしやとく》の為ならば、悪業煩悩《あくごふぼんなう》もきへはてゝ、無始《むし》の罪障《ざいしやう》絶《たえ》ぬべく、現世安穏《げんぜあんをん》の祈《いのり》ならば、三災七難《さんさいしちなん》を遠く退《しりぞけ》て、寿福《じゆふく》を久《ひさし》く心に任《まかせ》つべし。祈精《きせい》も仏意《ぶつい》に相応し、所願《しよぐわん》も我身《わがみ》に成就すらむと、貴《たつと》かりける形儀《ぎやうぎ》也。

（延慶本・第二末 七「文学兵衛佐ニ相奉ル事」四八四～四八五頁）

延慶本では、唱導に用いられるような仏教語をふんだんに使い、言葉を尽くして文覚の験力を説明する。延慶本の表現と比較すると、いかに覚一本が端的な表現で、霊験のあらたかさを象徴しているかがわかるだろう。

『平家物語』の中の文覚

覚一本は、文覚の修行を詳細に描くことで人並みならぬ精神力とそれに感ずる不動明王の姿を印象づけていた。そして、その加護によって得た験力を「やいばの験者」という呼称で、端的に表わしていた。

ではこのことは、『平家物語』全体の中でどのような意味を持つのだろうか。まずは、覚一本に沿って文覚の活躍を追ってみることにしよう。

『平家物語』に文覚が登場する場面は、二ヶ所ある。それは、源頼朝の挙兵と関連づけて語り始められる巻第五と、平家の嫡流である六代御前*の助命に奔走する巻第一二である。

治承四年（一一八〇）、頼朝が挙兵した。頼朝が伊豆国へと流されたのは、一四歳の時であった。それから二〇余年も経った今になって、なぜ謀反を起こしたのかというと、文覚の申し勧めのためであった。文覚は、在俗の頃の名を遠藤武者盛遠といい滝口の武士であったが、一九の年に出家した。（「文覚荒行」）

修行を終えて都に戻った文覚は、荒れ果てた高雄の神護寺の修造を思い立つ。修造の寄進を勧めるため、後白河法皇の院御所である法住寺殿に案内も待たず侵入し、勧進帳*を大音声で読み上げた。（「勧進帳」）

御所は御遊《ぎょゆう》の最中であったが、文覚の乱入によって台無しになってしまう。いくら「出て行け」と言われても、文覚は「神護寺修造のための寄進をしていただくまで、一歩も動かない」と言い張る。警護の武士らと応戦する中、文覚が懐から刀を取り出したために大騒動になってしまう。しかし、多勢に無勢。文覚は牢に入れられ、伊豆国へと流罪になる。

伊豆へと向かう途中、文覚の乗った船が転覆の危機にみまわれる。もはやこれまで、と思われた時、文覚は突如立ち上がり「龍王やある、龍王やある」と呼びかけ、龍王を大音声で叱咤した。すると、波風がぴたりと静まった。また、文覚は、「再び都に戻り神護寺の修造ができるのであれば、伊豆への道中に断食をしても死ぬことはない」という願を立て、三一日間の断食を成し遂げた。断食にもかかわらず、道中で気力が衰えることはなかった。

（「文覚被流」）

伊豆に着いた文覚は、同じく伊豆に流されていた頼朝と出会い、語り合う仲になる。謀反を勧めるも、なかなか応じようとしない頼朝に、頼朝の父義朝の頭《こうべ》という髑髏を見せ、次第に距離を縮める。ある日、頼朝が「私は流罪人の身である。この罪が許されないうちは、謀反を起こすことはできない」と言うと、文覚は「では都へ上り、あなたの勅勘を赦し、平家追討を命じる院宣*をもらってきましょう」と、こともなげに言う。「あなたも流罪人であるのに、どうしてそのようなことができようか」と言う頼朝の心配をよそに、文覚は「山に籠もる」と偽って、当時都であった福原（現兵庫県）へと出発する。そして約束通りの八日目に、福原から院宣を持ち帰った。

（「福原院宣」）

以上が巻第五である。続く巻第一二は、平家が壇浦で敗戦した元暦二年（一一八五）の話である。

頼朝に見せた義朝の頭は、実は偽物であった。本物の頭が東山円覚寺に納められていることを聞いた文覚は、鎌倉にいる頼朝へと届けた。（「紺掻之沙汰」）

北条時政は頼朝から平家の残党を探すよう命じられた。京中を訪ねまわった時政はついに平家の嫡流で清盛の曽孫にあたる六代御前の行方をつきとめ、連行する。六代の母や乳母の女房、守護の武士である斉藤五・斉藤六は、いつ六代が斬られてしまうのかと悲嘆に暮れる。そんな中、「頼朝からの信望あつい文覚という人物が、弟子を探している」という話を耳にする。乳母の女房は文覚を訪ねて「どうか、六代の命を救って弟子にしてほしい」と懇願する。六代を一目見てあわれに思った文覚は、「二〇日間の猶予を与えてほしい。その間に鎌倉へ行き、頼朝から許しをもらってこよう」と約束する。約束の日数は夢のように過ぎたが、文覚は都に戻らない。時政は、途中で文覚に行きあう可能性を考慮して、六代を伴い鎌倉へと下ったが、駿河国まで着いてしまう。ついに六代が斬られようとしたその時、文覚の弟子によって、六代助命の御教書が届けられた。（「六代」）

間一髪で斬首を免れた六代は、文覚と共に都に帰り、母との再会を果たした。

この一件の後も、文覚は頼朝が亡くなったことを期に、後鳥羽天皇に代わって守貞親王を即位させようと画策する。ところが、事前に計画が漏れ聞こえ、隠岐国に流罪になる。文覚は流される直前に、「いずれ及丁冠者*（後鳥羽天皇）を、隠岐国に迎えてくれる」と悪口《あっこう》を放った。その言葉通りに、承久の乱後に後鳥羽天皇が隠岐国に流されたことはなんとも不思議なことである、と評して物語は幕を降ろす。（「六代被斬」）

やや長くなってしまったが、以上が文覚の登場する章段のあらましである。修行の場面での型破りな性格は、『平家物語』全体を通しても見ることができる。

文覚の果たす役割

文覚は『平家物語』の展開上、大きな役割を果たしている。なぜなら、文覚は、二つの困難な状況を打開することによって、物語の展開に寄与しているからである。一つは、流罪人の頼朝に院宣を届けたことであり、いま一つは、六代の命を助けたことである。この二つの出来事なしに、物語は展開しないとさえいえるだろう。

文覚は、京鎌倉間をいとも簡単に往復し、無理難題を解決してしまう。この超人的とさえいえる力を文覚に付与するためには、物語の中で、相応の理由を説かなければならない。もしそうしなければ、歴史的事件を扱う物語としてのバランスが崩れてしまうだろう。そう考えた時、覚一本が文覚の荒行を詳述する理由が明らかになる。覚一本は、文覚が登場する冒頭で荒行を描き、そこで文覚の人並み外れた精神力と、それに感ずる不動明王の姿を丹念に描いていた。このことは、物語の流れを損なうことなく文覚を活躍させるための覚一本の工夫であった、と解釈できる。

一方の延慶本や屋代本においても、文覚は頼朝に院宣を届け、六代を助命する。しかし、先に述べたように、延慶本や屋代本での修行の場面はごく簡単なものであった。試みに、覚一本の巻第五の「文覚荒行」「勧進帳」「文覚被流」「福原院宣」について、延慶本・屋代本での展開を表にまとめると、およそ次のようになる。

覚一本	延慶本	屋代本
	〈A 文覚発心譚〉	
〈B 文覚荒行〉		
夏山での修行		

那智での滝行		
童子に助けられる		
滝壺に戻る		
童子の助けを拒む		
★不動明王の加護を知る		
三七日の行を成し遂げる		
〈C　勧進帳〉	〈C　勧進帳〉	〈C　勧進帳〉
法住寺で勧進帳を読み上げる	法住寺で勧進帳を読み上げる	法住寺で勧進帳を読み上げる
守護の武士らと乱闘	守護の武士らと乱闘	守護の武士らと乱闘
〈D　伊豆被流〉	〈D　伊豆被流〉	〈D　伊豆被流〉
放免をからかう（1）	放免をからかう（1）	
	放免をからかう（2）	
龍神叱咤し嵐を鎮める	龍神叱咤し嵐を鎮める	龍神叱咤し嵐を鎮める
	★八大龍王の守護を受ける由来	
	放免の明澄、文覚の弟子となる	
	★天狗の法を成就	
神護寺造立の願を立て断食	神護寺造立の願を立て断食	神護寺造立の願を立て断食
	〈B　文覚荒行〉	
	那智での滝行	

	★不動明王の加護を知る	
	三七日の行を成し遂げる	
〈E 福原院宣〉	〈E 福原院宣〉	〈E 福原院宣〉
	頼朝と湯屋で出会う	
頼朝に義朝の頭を見せる	頼朝に義朝の頭を見せる	頼朝に義朝の頭を見せる
福原へ行き、院宣を持ち帰る	福原へ行き、院宣を持ち帰る	福原へ行き、院宣を持ち帰る

この表から、文覚説話の分量について、三本のうち最も多いのが延慶本で、少ないのが屋代本であることがみて取れる。覚一本は〈B文覚荒行〉から語り始めるが、延慶本では始めに〈A文覚発心譚〉を記す。この発心譚は、覚一本と屋代本には記されない。〈B文覚荒行〉は、延慶本では〈D伊豆被流〉の後に簡略なかたちで挿入され、屋代本では省かれる。

延慶本での文覚

延慶本は、文覚をどのように描くのだろうか。延慶本の特徴は、〈A文覚発心譚〉を冒頭に記すことである。覚一本では、文覚が出家に至った理由を述べていなかったが、延慶本では次のように詳述される。

文覚は、在俗の頃の名を遠藤武者盛遠といい上西門院の武者所に仕えていた。ある日、盛遠は、渡辺橋供養で垣間見た「まことに優なる十六七の女」に一目惚れをする。火事によって女の行方を見失ってしまうが、翌日に橋供養説法の上人から女の身元を聞き出し、鳥羽の刑部左衛門《ぎょうぶざえもん》の妻であること、女の母は娘の夫である刑部左衛門のことをよく思っていないことを知る。盛遠は女に近づくため、まずは女の母に仕え養子となる。ところが、女は鳥羽に住んでおり、たまに母のもとへ来るときがあっても、その姿を見ることさえできない。このようにして三年の歳月が流れた。

盛遠は恋い焦がれるあまりに、床に伏してしまう。盛遠は、自分の身体を案じてくれる母に、「三年前の橋供養の時から、鳥羽の娘のことを朝夕忘れることができないのだ」と告白する。それを聞いた母は、「そのようなことで悩んでおられたのか」と言うや、鳥羽の娘に「急病になったので、すぐに駆けつけるように」という嘘の手紙を送る。駆けつけた娘に対して母は、「盛遠と夫婦になりなさい。さもなくば、親子の縁を切る」と強く勧める。娘は「刑部という夫があり、また盛遠とは義理の兄弟の関係です。盛遠と夫婦になることはできません」と断ろうとする。なおも盛遠に言い寄られ、いよいよ断ることができなくなった女は、ある提案をする。「三日後に酒宴があります。その時に寝入った刑部を討ってください。そうすれば、あなたの言うとおりにもなりましょう」と。盛遠は、その提案を喜んで引き受け、約束通りに鳥羽の屋敷に忍び込んで刑部を討った。

ところが家に帰ると「鳥羽の娘が殺された」という知らせが入る。混乱する盛遠は、あわてて捨てた頸を拾いに行った。見ると、討った首は女のものであった。女は、板挟みに苦しんだ挙句、夫の身代わりとなる決心をしていたのだった。すぐさま盛遠は刑部のもとへと駆けつけ真実を話し、刀を差しだして自分を斬るよう頼んだ。ところが刑部は、盛遠の刀を投げ返し、自らの刀を抜いて自身の髪を切った。そして「私の妻は私たちに道心を起こさせるために観音として姿を現したのだろう」と言う。その言葉を聞いた盛遠も、その場で髪を切って出家をした。

発心譚の文覚像

この発心譚での文覚像は、覚一本とは異なる一面をみせている。延慶本では、一途に鳥羽の娘に恋い焦がれており、人間味のある弱さをもった人物として描かれている。荒行の場面から語り始める覚一本とは異なり、延慶本では最初に発心譚があることで文覚のイメージがより豊かなものになっているといえよう。

延慶本において、文覚の力の由縁が語られるのは、〈D伊豆被流〉がはじめである。次に引用するのは、八大龍王の守護の由来を文覚自身が説く場面である。この場面は、覚一本・屋代本には記されない。

文覚の龍神叱咤によって嵐が静まったことに、舌を振って驚き恐れた護送の役人は、

「されば八大龍王*は、何《いか》なる志《こころざし》にて、文学御房《ごばう》をば守護しまひらせむと云、誓《ちかひ》は候けるやらむ」

（延慶本・第二末　五「文学伊豆国へ被配流事」四七九頁）

と、問う。その問いに対して、文覚は次のように答える。

「時に八大龍王《はちだいりゆうわう》、（略）三種《さんじゆ》の大願《だいぐわん》を発《おこし》て云《いは》く、『一《ひとつ》には、我願《われねがはく》は、仏入涅槃《ぶつにふねはん》の後《のち》、孝養報恩《けうやうほうおん》の者を守護すべし。二《ふたつ》には、我願は、仏入涅槃の後、閑林出家《かんりんしゆつけ》の者を守護すべし。三《みつ》には、我願は、仏入涅槃の後、仏法興隆《ぶつぽうこうりゆう》の者を守護すべし』。此の願の心を案ずるに、併《しかしなが》ら文学が身の上にあり」

（延慶本・第二末 五「文学伊豆国へ被配流事」四七九～四八〇頁）

かつて八大龍王は、「孝養報恩の者」・「閑林出家の者」・「仏法興隆の者」を守護するという三種の大願を起こした。私は、妻におくれて出家はすれども親を想う志は深く、山林修行を行い、神護寺修造を志す仏法興隆の者である。それゆえ、八大龍王に守護されるのは、いわば当然である。海を荒らした小龍らを従わせるなどたやすいことだ、と文覚は説くのである。

この龍神叱咤説話の後に、回想するかたちで、〈B文覚荒行〉が語られる。不動明王の使いによって命を助けられるという展開は、覚一本と同じである。ただし、八大龍王の守護を説いた後に付けくわえられることと、簡略な記述であるために、その印象が薄れてしまうことは否めない。のみならず延慶本は、文覚を「天狗の法*」をも成就した人物として描く。

このように、延慶本は、覚一本のように荒行を詳述しない代わりに、複数の要素を並列的に記すことによって、文覚像を造型しているといえる。

屋代本での文覚

ここまで、覚一本と延慶本について、文覚の験力の由来を物語がどのように説明しているのかを読み解いてきた。

最後に、屋代本について考えたい。屋代本では、覚一本が由来を説いた〈B文覚荒行〉も、延慶本が由来を説いた〈D伊豆被流〉の龍神叱咤の場面や天狗の法も記さない。つまり屋代本の記述からは、不動明王と八大龍王どちらの守護を受けたとも読み取れないのである。

ではどのようにして屋代本は、文覚の持つ力を説明するのだろうか。前掲の表から明らかであるように屋代本と覚一本の展開は、近似している。ただし、本文を詳細に検討すると、表現の違いがいくつか認められる。この表現の違いが、屋代本の文覚像を考える糸口となるのではないだろうか。

狂う文覚

はじめに取りあげるのは、〈C勧進帳〉で文覚が、守護の武士らに向かって刀を抜く場面である。

其後文覚ふところより、馬の尾でつかまいたる刀のこほりのやうなるをぬきいだひて、よりこん物をつかうどこそまちかけたれ。

（覚一本・巻第五「文覚被流」三五九頁）

其後文学懐より、柄に馬の尾巻たる刀の氷などの様なるを抜て、寄来らん者を突《つかん》とこそ狂ひけれ。

（屋代本・巻五「文学高雄山神護寺勧進事同流罪事」六八頁）

傍線部をみると、覚一本で「まちかけたれ」とある部分が、屋代本では「狂けれ」とある。この「狂ふ」という語は、どのような意味で使われているのであろうか。『古語大辞典』(1)の「くるふ（狂）」の項目には、次のようにある。

①神霊や物の怪が取りつく。神懸かりする。また、そのために正常でなくなる。
②精神が異常な状態になる。気が違う。心が乱れる。
③狂ったように激しく動き回る。
④じゃれつく。ふざけかかる。
⑤物事が正常の状態から外れる。

この場合、まず考えられるのは「③狂ったように激しく動き回る」の意味である。たとえば、③の例として「橋合戦」での明秀の合戦描写があげられる。

やにはに八人きりふせ、九人にあたるかたきが甲の鉢にあまりにつよう打あてて、めぬきのもとよりちやうどをれ、くッとぬけて、河へざンぶと入にけり。たのむところは腰刀、ひとへに死なんとぞくるいける。（覚一本・巻第四「橋合戦」三一〇〜三一一頁）

ここでは、次から次へと襲いかかる敵を、斬り伏せかいくぐり、刀が折れても、なお戦いに熱狂する様を「狂ふ」「ひとへに死なんとぞくるいける」と表現している。

しかし、「狂ふ」の語の意味は、これだけではない。たとえば、「①神懸かりする」の意味として、屋代本に次のような例がある。

「粟津の辺に行向て貫首《くわんじゆ》を奪ひ留めるべき也。但し領送使あんなり。事故無く奪留奉ん事有難し。若し別事無く奪留め奉るべくんば、此にて先づ一つの瑞相を見せしめ給へ」と、各肝胆を摧《くだき》て祈念しけり。無動寺法師に乗円律師が童、鶴丸とて生年十八歳に成けるが、身心を苦しめ五体に汗を流して、狂ひ出でたり。「我れ十禅師権現乗居させ給へり。生々世々心憂し。末代と云とも、争か吾山の貫首を他国へは移さるべき。さらんに取ては、我此の麓に跡を留て何かはせん」とて、左右の袖を皃《かほ》に押し当て、涙にぞ咽びける。

（屋代本・巻第二「山門大衆先座主奉取留事付一行阿闍梨火羅国被流事」一一二頁）

西光らの讒言によって、叡山座主の明雲が伊豆国に流罪になった。叡山の衆徒は、明雲座主を奪い留めるべきかの判断を山王大師の託宣に委ねることにした。胆肝を砕いて祈念をすると、鶴丸という一八歳の童が、汗を流して苦しみだした。鶴丸は、「我れ十禅師権現乗居させ給へり」言い、自身に十禅師権現が乗り移られたことを告げる。ここでの「狂ふ」は、神霊が取りつき、神懸かりした状態をさす語として用いられている。

ここで、なぜ文覚が法住寺殿で乱闘騒ぎを起こすことになったのかを思い返してみたい。屋代本には、次のようにある。

高雄に神護寺と云寺有り。久く修造なくして荒廃したりしかば、扉は風に倒て落葉の下に朽、軒端は雨露に侵《ひた》されて仏壇更にあらはなり。文学是を見て、「我れ、在俗の身也しかども、適《たまたま》出家遁世の身と成れり。夫に取ては、かゝる無縁の堂舎を修造せんにしかじ」とて、勧進帳を書て、十方檀那を勧ありきけるが、或時院の法住寺殿へぞ参りたる。

（屋代本・巻第五「文学高雄山神護寺勧進事同流罪事」六四頁）

神護寺は、空海が真言道場と定めた寺で、その弟子真住のころには大いに栄えたが、平安末期には荒れ果てていたという。文覚が刀を抜いてまで法住寺殿にとどまろうとした理由は、他でもなく、神護寺修造のためであった。文覚のこの行動を、単に「激しく動き回る」の意と解釈してもよいのだろうか。

観音の化身・天照大神のような文覚

ところで、覚一本と屋代本を比較すると、〈E福原院宣〉にも次のような表現の違いがあることに気づく。文覚が福原へと赴き、後白河法皇に院宣を下してもらえるよう頼む場面である。院の側近、藤原光能に取り次ぎを頼んだ時、光能の反応は次のようであった。

兵衛督「いさとよ、わが身も当時は三官ともにとゞめられて、心ぐるしいおりふしなり。法皇もおしこめられてわたらせ給へば、いかゞあらんずらん。さりながらもうかゞうてこそみめ」とて、此由《よし》ひそかに奏せられければ、法皇やがて院宣をこそくだされけれ。

（覚一本・巻第五「福原院宣」三六五頁）

光能卿、「いさとよ、我も三官共に止《やめ》られて、心苦しき折節也。君も当時押し籠められて渡らせ給へば、如何が有べかるらん」と宣けるが、是も天照大神の御勧《すゝめ》にてもや有覧とて、偸《ひそか》に奏《そう》せられたりけるは、法王やがて院宣下されけり。

（屋代本・巻第五「文覚福原新都馳上院宣申下与頼朝事」七八頁）

傍線部の光能の心内語に注目する。屋代本では、文覚の申し出を「これも、天照大神の御勧によるものなのだろうか」と推量している。屋代本ではこの一句があることにより、文覚の行動が天照大神の加護あるものと読み取れる。ところが覚一本では、前後の文脈はほぼ同文であるにもかかわらず、「そうではあるけれども、伺ってみましょう」と消極的である。

また、六代の助命のために文覚が鎌倉へ向かったと聞いた六代の母と乳母の女房の心境は、次のようであった。

いそぎ大覚寺へまいッて此由申ければ、是をきゝ給ひける母うへの心のうち、いか斗《ばかり》かはうれしかりけん。されども鎌倉のはからひなれば、いかゞあらむずらんとおぼつかなけれども、当時聖のたのもしげに申て下りぬるうへ、廿日の命ののび給ふに、母うへ・めのとの女房すこし心もとりのべて、ひとへに観音の御たすけなればたのもしうぞおもはれける。

（覚一本・巻第一二「六代」四〇一頁）

大覚寺へ参りて此の由かうと申せば、人々嘆《なげき》沈《しづん》で御坐しけるが、急ぎ起上て、「観音は未だ御坐しけるにこそ。此の三年が間、志を致し歩を運びて長谷観音に祈申つるはこゝぞかし。鎌倉殿の免されは何か有んずらん。覚束無けれども、暫《しば》しの命は延びぬるにこそ」とて、

（屋代本・巻第一二「六代御前高雄文学請取事」三九八頁）

傍線部の六代の母と乳母の女房の心内語に着目する。屋代本では、「観音はいまだ御座しけるにこそ」と言い、文覚と長谷観音を重ね合わせている。そして、「三年の間、あつい信仰心を持ち誠意を尽くして長谷観音へと足を運び、祈り申し上げたその験《しるし》は、まさに、これなのだよ」と続ける。三年とは、都落ちの際に、夫である平維盛と別れてから今までの歳月のことをいう。屋代本は、六代を助けるために奔走する文覚を、あたかも長谷観音の化身のように描いている。もちろん、覚一本にも、「観音の御たすけ」という表現はあるものの、屋代本の方がより文覚と長谷観音との関係を密接なものとして描いている。つまり覚一本と比較した時、

屋代本は、文覚を天照大神や長谷観音と重ね合わせる傾向が強いといえる。

この点を踏まえて、屋代本が神護寺復興に尽力する文覚に用いた「狂ふ」という語の意味を考えるとどうだろうか。単に「激しく動き回る」の意味ではなく、「神懸かりする」と解釈するのが適当であろう。この語は、神懸かりしたとでも言うべき、道理を越えた人物として文覚を描くために屋代本が選択した語と理解したい。

屋代本において、文覚に「狂ふ」の語を用いるのは、この一度きりである。覚一本では、文覚に「狂ふ」を使うことは一度もない。しかし、延慶本では六例(2)がみえる。たとえば、次のような例である。

文学船の舳《へ》に立出《たちいで》て（略）「いかに此程《これほど》の大願発《だいぐわんおこし》たる僧の乗たる船をば、あやまたむとはするぞ。只今天《ただいまてん》の責《せめ》を被《かうぶ》らむずる龍神共《りゆうじんとも》かな。水火雷電《すいくわらいでん》はなきか。とく〳〵此《この》風しづめ候へ」と、高声《かうしやう》に詈《ののしり》て入《いり》ぬ。「例《れい》の又あの入道が物狂《ものぐるはし》さよ」と、諸人《しよにん》をこがましく聞居《ききゐ》たる処《ところ》に（略）即風定《すなはちかぜしづまり》てけり。

（延慶本・第二末 五「文学伊豆国へ被配流事」四七八頁）

文覚申けるは、「（略）『我願成就せよ』とをめき叫て、物もくわで有しかば、見聞人《みきくひと》は皆、『文学には天狗《てんぐ》の付て、物に狂《くるふ》か』など申《まうし》あいたりき」

（延慶本・第二末 七「文学兵衛佐ニ相奉ル事」四八八頁）

この二例は「諸人」や「見聞人」の言葉で、文覚のことを「物狂い」と言う例である。ここでは、文覚の常軌を逸した行動を非難しているため、「②精神が異常な状態になる」の意味でよい。また、次のような例もある。

「かやうに文学は心そう〱にして、物狂《ものぐるは》しき様《やう》には侍《はべ》れども、父にも母にも子《みなしご》にて候之間《そうらひしあひだ》、親を思ふ志《こころざし》、今になをあさからず」

（延慶本・第二末 五「文学伊豆国へ被配流事」四八〇頁）

文学申《もんがくまうし》けるは、「院の近習者《きんじゆしや》に、前右衛門督光能卿《さきのうゑもんのかみみつよしのきやう》と云人《いふひと》あり。彼仁《かのじん》に内々《ないない》ゆかりありて、年来申承事《としごろまうしうけたまはること》あり。彼仁《かのじん》の許《もと》へ蜜《ひそか》にまかりて、此由《このよし》を申べし。物狂《ものぐるはし》く、いづちともなく失《うせ》たる物哉《ものかな》と、おぼすな」

（延慶本・第二末 七「文学兵衛佐ニ相奉ル事」四九〇頁）

この二例は、文覚自身の言葉である。文覚は、「人からは物狂いのように見られているが、実はそうではないのだ」と弁明している。延慶本での「狂ふ」の語は、文覚を、常軌を逸した者として造型しつつも、それを否定する文脈にある。つまり、文覚に対して使われる「狂ふ」の語の意味は、屋代本と延慶本とで異なっているのである。

おわりに

文覚は、『平家物語』という物語を、人並み外れた験力によって展開させていく人物であった。その文覚が持つ力の由縁は、覚一本・延慶本・屋代本、それぞれに違う方法によって説かれていた。

①覚一本では、冒頭の〈B文覚荒行〉で文覚の荒行を詳述し、そこで不動明王の守護を得たことを印象的に描き、験力の由来を説明していた。その験力は、覚一本にのみにみられる「やいばの験者」という呼称に象徴されていた。

②延慶本では、〈D伊豆被流〉の場面で、八大龍王の守護を得ていることを護送の役人に語ることによって、その力を説明していた。さらに、〈B文覚荒行〉で不動明王の守護を得

たことや、天狗の法を成就していることなど、複数の由来を積み重ねていた。
③屋代本では、〈B文覚荒行〉での不動明王の守護や、〈D伊豆被流〉での八大龍王の守護を記さない。その代わりに、登場人物の心内語や発話部分によって、文覚を天照大神や長谷観音と重ね合せていた。このことにより、文覚もつ力は道理にかなったものと理解できる。また、〈C勧進帳〉では、文覚に「狂ふ」という語を用いることによって、常人とは異なる、神がかりした人物という印象を与えていた。

今回検討した文覚の人物像から、『平家物語』の諸本は、大筋での物語展開が同じであったとしても、それぞれの諸本が描き出す世界はそれぞれに異なることが認められた。くわえて、本稿では「狂ふ」という語を取り上げたが、同じ語を取り出してみても、その語の持つ意味はその諸本ごとに異なっていることも指摘できる。

文覚の魅力は、常識にとらわれない性格、権力に屈することなく自分の意志で生きるタフさ、京鎌倉間を瞬時に往復する行動力、そして破天荒なところにある。

説話の世界では、人間離れをした力を持つ個性豊かな人物が、数多く描かれている。我々の想像を越える不可思議な出来事も、説話の世界ではそれ自体で完結したこととして記される。

一方の軍記物語の世界は、実際に起きた歴史的な事件を踏まえて描かれている。『平家物語』が描く軍《いくさ》の勝敗は、軍事力・政治権力・人の知恵や判断・武運によって決する。こうした軍記物語においては、説話の世界で描かれるような験力が、軍の勝敗に直接影響を与えることはない。

そんな中、文覚は、超人的な験力でもって困難な状況を打開し、物語を動かしていく。彼は、〈説話の世界〉と〈軍記物語の世界〉とが交錯する領域に存在しているといえるのではないだろうか。

注

（1） 中田祝夫他編『古語大辞典』（小学館、一九八三年）。

（2） 延慶本の「狂ふ」の六例のうち五例は、「物狂ひ」・「物に狂ふ」としてみられる。「ものぐるひ（物狂）」の語について、『古語大辞典』によると、①気違い。狂気。また、気違いじみた人。②神が乗り移ること。また、その人。③（能楽で）亡夫や行方不明の個などを思って、時々以上に興奮して狂乱する人。また、それをまねた芸をする遊芸人。とある。

使用したテキストは以下の通り。ただし、表記を改めたところがある。なお、延慶本と屋代本は、読みやすさの便宜のために平仮名交じり文に改めた。

覚一本：高木市之助・小澤正夫・渥美かをる・金田一春彦『日本古典文学大系　平家物語　上・下』（岩波書店、一九五九～一九六〇年）。
延慶本：北原保雄・小川栄一編『延慶本平家物語　本文篇　上・下』（勉誠社、一九九〇年）。
屋代本：麻原美子・春田宣・松尾葦江編『平家物語　屋代本・高野本対照』（新典社、一九九〇～一九九三年）。
『今昔物語集』：山田孝雄ほか校注『日本古典文学大系　今昔物語集四』（岩波書店、一九六二年）。
『狂言集』：小山弘志校注『日本古典文学大系　狂言集　下』（岩波書店、一九六一年）。
『謡曲集』：横道萬里雄・表章校注『日本古典文学大系　謡曲集　下』（岩波書店、一九六三年）。

「熊野観心十界曼荼羅」にみる性愛のイコノグラフィー

鈴木堅弘

はじめに

性愛と仏教、一見、相反する考え方がひとつになった絵画がある。「熊野観心十界曼荼羅」*である［図1］。同絵は、中世後期から近世前期にかけて、諸国を遊行する熊野比丘尼《びくに》*たちによって絵解*きされた。彼女たちは、道端や橋のたもとで、通りゆく女性たちにむけて、血の池地獄や両婦《ふため》*地獄などの女地獄の絵相を見せながら、愛欲の戒めを説いた。ただし、愛欲の不義は、性愛の意義を説かずして示すことはできない。双方は相対的な関係にある。ゆえに、熊野比丘尼が「熊野観心十界曼荼羅」を用いて〈性愛の意義〉を説いたことも、また歴史の真実

［図１］「熊野観心十界曼荼羅」（京都市・六道珍皇寺蔵・乙本）
（小栗栖健治『熊野観心十界曼荼羅』岩田書院、2011年より）

ではなかろうか。

なお、同絵に関しては、すでに文学・美術史・歴史学などにおいて、さまざまな研究がなされている。(1) とくに「心字」*を中央に四聖《ししょう》（声聞《しょうもん》・縁覚《えんがく》・菩薩《ぼさつ》・仏）と六趣《ろくしゅ》（地獄・餓鬼《がき》・畜生《ちくしょう》・阿修羅《あしゅら》・人界・天界）を配した〈十界の構図〉は、宋より伝来した「円頓《えんどん》観心十法界図」*をもとにする説があり、(2) あるいは天台本覚思想*による「観心十法界図」の影響を受けたとする説もある。(3) また不産女《うまずめ》地獄や目連《もくれん》母の地獄釜などの女地獄のモチーフを考究対象にすることも多く、(4) その視座は、熊野比丘尼が愛欲を戒める女人教化にフォーカスする傾向が強い。

そこで本稿は、そうした視点とは異なり、同絵の〈「心」字の絵相《イメージ》と構図の意味〉を中世後期に拡がった色欲肯定の仏教思想観に着目することで、熊野比丘尼が夫婦和合の意義を説いた実相をふまえつつ、〈性愛〉の側面から読み取ることを目的とする。

また、そうした絵画《イメージ》を理解する方法として、〈見る〉という行為にくわえて、〈読む〉という行為を重視する。絵画を読むとは、その絵がつくられた時代における人びとの生活や慣習、あるいは思想観や信仰心を、同時代の―またそれ以前の―歴史資料、経典資料、説話文学などから探り出すことにより、描かれた図像の意味を知ることにある。そしてはじめて、その絵が当時の人びとにどのように受け止められていたのか、歴史的な機能性が浮き上がってこよう。

ただ注意しなければならないのは、絵画のなかに何が描かれているかを特定する場合、視覚情報のみにとらわれ過ぎると、その絵がほんらい示してきた歴史的な意味を見失うことになりかねない。なぜなら、絵画は視覚イメージであるがゆえに、見る者の主観や経験によっていかようにも判断することができるからである。そのため誤解も生じやすく、だからこそ同時代の文献資料や説話資料を用いて絵画を〈読み〉、〈見る〉ことの理解を補うことが必要となる。

そこで本稿も、そうした*図像学《イコノグラフィー》の方法をもちいて、熊野比丘尼による唱導資料や、天台宗の玄《げん》旨《し》帰命壇《きみょうだん》による口伝書などから、「熊野観心十界曼荼羅」に描かれた〈性愛〉の意味を読み解くことを試みる。

熊野比丘尼と性愛の唱導

中世期の熊野比丘尼については不明瞭な点も多く、その起源や実像をつかむ資料もほとんど遺されていない。その始まりは、熊野地域の巫女であったとする一方、俗間の尼僧たちが熊野参詣《さんけい》を志すなかで熊野信仰に帰依したとする説もある。いずれにせよ、彼女たちは、正式に受戒した尼僧ではなく、また既存の仏教教団に属する僧者でもなかった。いわば民間の遊行者たちであり、熊野三山（本宮・熊野速玉《はやたま》・熊野那智《なち》）の「本願寺院」（本願所）を拠点に、諸国をめぐり、熊野の社殿や堂塔を維持、管理するための資金を集めた。

一方、江戸期に入ると、熊野三山の勧進《かんじん》*にいそしむ本願比丘尼と、地方村落に設けられた熊野本願寺院の末寺に定住する寺付比丘尼に分かれていったが、(5) 既存の仏教教団や神道社家からは軽視された。その理由として、熊野の本願寺院は、比丘尼と山伏を同居させる男女混合の信仰形態を保ち、そこに性的なイメージを喚起させることも要因のひとつとなった。熊野比丘尼は、既存の教団組織からするならば、いわば邪教あつかいされる面も少なからずあり、江戸中期以降、色を売る女性の象徴として見なされるようになった。彼女たちが、性愛の実践者として認識されたのも、その信仰背景に男女和合の教えを説く、色道肯定の意識が見え隠れしていたかもしれない。

では、熊野比丘尼はどのような唱導活動をおこなっていたのか。まずフリーア美術館蔵*「住吉神社祭礼図屏風」（元和―寛永頃〈一六一五―四四〉）の画中画からみていこう［図2］。熊野比丘尼が、大坂・住吉大社の太鼓橋の東側で、熊野観心十界曼荼羅を掲げて絵解きをしている。鼠色の頭巾をかぶった姿のかたわらには、子どもの小比丘尼が座っており、勧進柄杓《ひしゃく》*をもって、人びとから投銭を集めている。挿し棒は「心」字を示し、地獄の風景にくわえて、月輪、日輪、老いの坂（人生の階段）も描かれている。この画中画の曼荼羅は、心字を中央にして、

「天上」の明星（月輪・日輪）、「地上」の人生の階段（老いの坂）、「地下」の地獄の場景と、三層の世界観をくっきりと分け、仏界と盂蘭盆施餓鬼図が描かれていない。また絵解きを楽しむ聴衆には、華やかな衣裳を身につけた遊女《あそびめ》らしき女性たちが目立ち、幼子を抱いた母親—あるいは乳母か—もみえる。その光景はまさに、女性による女性のための語り場である。とはいえ、そこに男たちも紛れ込んでおり、橋のたもとには、ふたりの若衆もみられる。そのうちのひとりは口元を手でかくしており、もう片方は後ろから髪をちょい結びにした女性に誘われている。若衆が年増《としま》女性に誘われる場面であり、女性が男の両肩に手をのせて半ば強引に引き寄せ

［図２］「住吉神社祭礼図屏風」（フリーア美術館蔵）
（小栗栖健治『熊野観心十界曼荼羅』岩田書院、2011年より）
(Freer Gallery of Art, Smithsonian Institution, Washington, D.C.: Gift of Charles Lang Freer, F1900.25/26)

る仕草が愛欲の高まりを象徴的に示している。

こうした場景を鑑みるならば、熊野比丘尼の唱導の場には、どこか男女の性愛を感化させる雰囲気が漂っていたのではなかろうか。彼女たちの語りは、地獄巡りの戒めだけでなく、そうした奈落へと人を導く愛執に陥らないために、正しき愛欲をも説いたにちがいない。

そんな観点を想起させる資料として、「笠加熊野比丘尼関係資料」*の『教説書』*は注目にあたいする。同資料は、備前国邑久郡下笠加（現・岡山県瀬戸内市）の大楽院に伝来し、熊野比丘尼の教えを記した教本《テキスト》である。成立は中世末期（桃山時代）にまで遡ることができ、[6] 当時、熊野比丘尼がどのような仏教思想観を享受していたのか明確に知ることができる。興味深いのは、そのテキストのなかに、男女和合の教理を説く文言が記されている点である［図3・4］。

日本記《ニッホンキ》ニハ陽神《マウシン》ヲハ伊弉諾《イサナギ》ノ尊《ミコト》ト号《ガウ》ス父《チヽ》ナリ男《オトコ》ナリ　陰神《インジン》ヲハ伊弉冉《イザナミ》ノ尊《ミコト》トガウス母《ハワ》ナリ女《ヲンナ》ナリ　真言《シンゴン》ニハ男《オトコ》ヲハ金剛界《コンガウカイ》ノ大日《ダイニチ》トイヘリ女《ヲンナ》ヲハ胎蔵界《タイザウカイ》ノ大日《ダイニチ》トイヘリ　レキ《暦》タ《道》ニハ男《オトコ》ヲハ盤古王《ハンコワウ》ト言女ヲハ光明天女《クワウミヤウテンニョ》ト号《ガウ》ス神通《シンタウ》ニハ男《オツト》ノ陽《マウ》ヲハ天《アマ》ノ逆鉾《サカホコ》トイウ女《ヲンナ》ノ陰《イン》ヲ青海原《アヲウミバラ》ト言《イフ》八嶋開始天地開闢也《ヤシマヒラケハジメテンチカイビヤクナリ》　一ト言《イフ》ハ男女縁邊相定《ナンニヨエンヘンアイサダマウ》テ夫婦婚嫁《フウフトツグ(コンカ)》セシトスルトコロ也

聖天

精《セイ》ト言《イフ》ハ男女婚嫁《ナンニョコンカ》シテ両婬《リヤウイン》ヲ致《イタ》ス処ナリ　父ノ精《セイ》ヲハ阿浮曇《アフドン》ト言《イフ》　母《ハヽ》ノ婬《イン》ヲハ訶羅藍《カララン》トイヱリ　佛法《ブツホウ》ニハコノヲロス処ノ婬精《インセイ》ヲ父母《ブモ》清浄《シヤウジヤウ》一滴水《イツテキスイ》トイヱリ　真言《シンゴン》ニハ金胎《コンタイ》大日ノ法水《ホフスイ》トモイヱリ　爰《コヽ》ヲ哥道《ウタダウ》ニハ夫婦《フヲウ》ト謂《イヘリ》　哥《ウタ》ニ曰《イワク》天津神《アマツカミ》御嫁《ミトノマクバイ》勢紫《セシ》今日《イマカ》弐阿良《アラ》両神《フルカミノ》始《ハジメ》南留覧《ナルラン》　我父《ワガチヽ》カ母《ハヽ》ノ腹《ハラ》ノ上《ウヘ》ニ昇《ノボリ》タル処ヲ　天浮橋《アマノウキハシ》ニ立《タツ》トイヘリ父母《ブモ》ノ赤白《シヤクビヤク》二躰《タイ》カ相堅《アイカタマウテ》母胎《モタイ》ニヲイテ五色《シキ》ノ阿字《アジ》トナル

その内容は、記紀神話の伊耶那岐《いざなぎ》・伊耶那美《いざなみ》による国産み神話や、真言密教による金剛界*・胎蔵界*の仏教観などを含みつつも、一貫して男女良縁による夫婦和合を説く(7)。その相愛の両婬に至る行為こそ、生命誕生の根源であり、男女が同衾《どうきん》する挿絵も添えられている。また興味深いのは、そうした淫欲をもとにした性行為が、「父母《ブモ》ノ赤白《シャクビャク》二躰《タイ》」が相固まり、女性の胎内で「五色ノ阿字」になるなど、仏教思想観に基づいて説かれている点にある。そしてその文言が真言宗の密教観に近しいのは、同資料が伝来した大楽院が、当時、真言修験派の醍醐三宝院《だいごさんぼういん》の統括下に属していたためであろう。同寺は、室町末期に、熊野那智山の宗永上人が弟子の山伏と比丘尼を伴って開いた山伏寺院である。そうした事情もあってか、その教義に真言宗の要

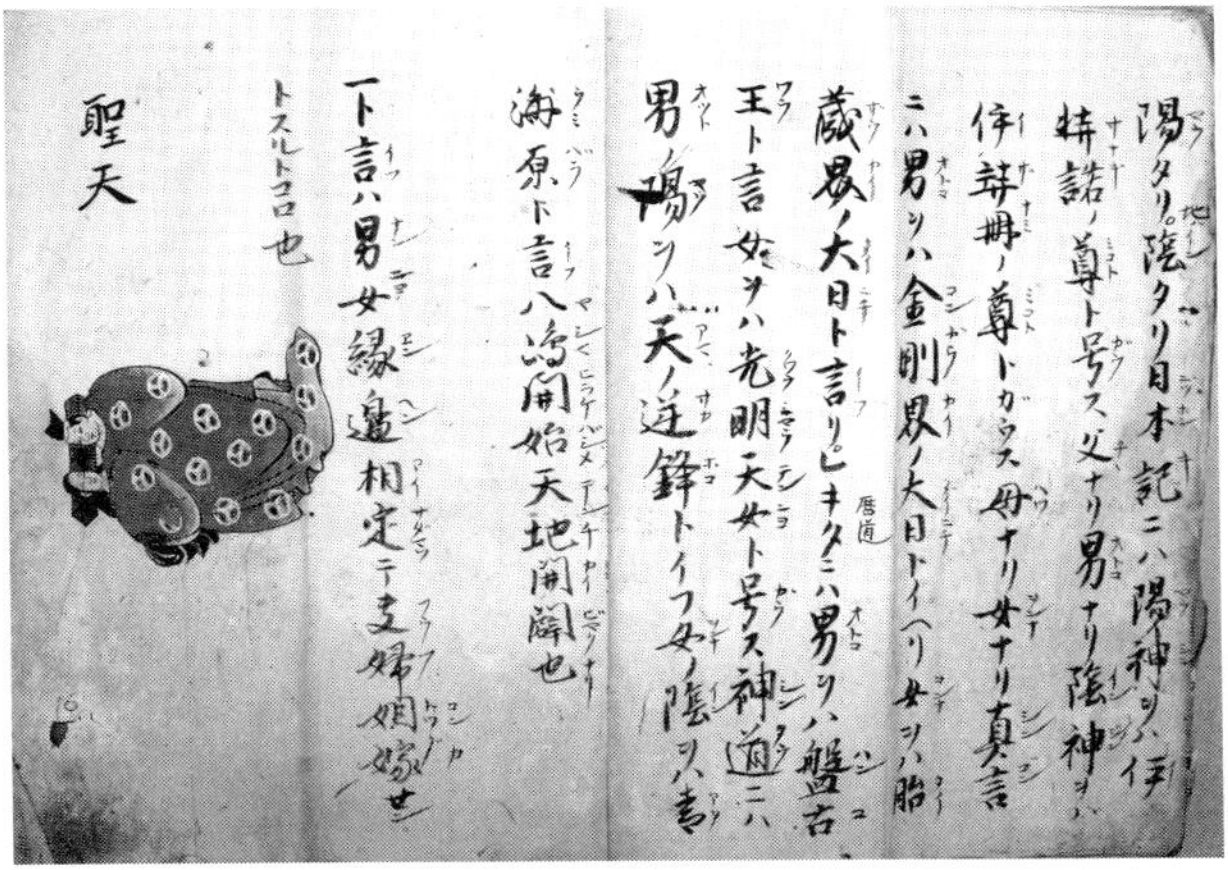
陽タリ。陰タリ日本記ニハ陽神ヲハ伊
弉諾ノ尊ト号ス、父ナリ男ナリ陰神ヲハ
伊弉冊ノ尊トカウス母ナリ女ナリ真言
ニハ男ヲハ金剛界ノ大日トイヘリ女ヲハ胎
蔵界ノ大日ト言リ。ヒキタニハ男ヲハ盤古
王ト言女ヲハ光明天女ト号ス神道ニハ
男ノ陽ヲハ天ノ逆鉾トイフ女ノ陰ヲハ青
海原ト言ハ八嶋開始天地開闢也
下言ハ男女縁邊相定テ夫婦婚嫁セ
トスルトコロ也
聖天

［図３］『教説書』（笠加熊野比丘尼関係資料）（大楽院資料蔵）

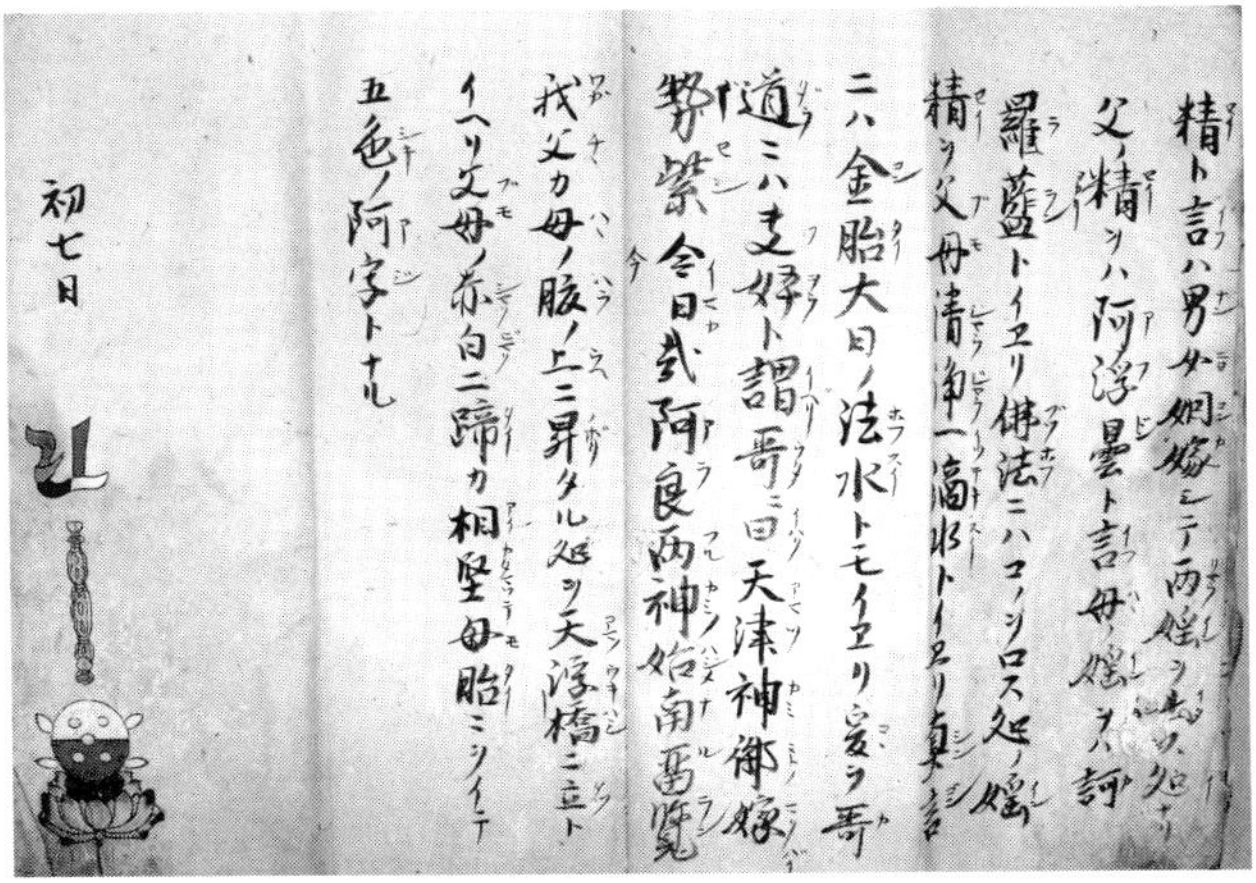
精ト言ハ男女婚嫁シテ両婬ヲ出ス処ナリ
父ノ精ヲハ阿浮曇ト言母ノ婬ヲハ訶
羅藍トイエリ佛法ニハコノシロス処ノ婬
精ヲ父母清浄一滴水トイエリ真言
ニハ金胎大日ノ法水トモイエリ要ヲ哥
道ニハ夫婦ト謂哥ニ曰天津神御嫁
今日式阿良両神始南遇覧
我父カ母ノ腹ノ上ニ昇タル処ヲ天浮橋ニ立ト
イヘリ父母ノ赤白ニ諦カ相堅母胎ニシイテ
五色ノ阿字トナル
初七日

［図４］『教説書』（笠加熊野比丘尼関係資料）（大楽院資料蔵）

素が加えられたのかもしれない。

もっとも、日本の仏教文脈を見渡した場合、色欲肯定・夫婦和合の教えを声高に主張した嚆矢は、天台宗の本覚思想である。同仏教観は、平安後期から鎌倉期にかけて進展し、天台教理と大陸由来の密教真意が根本的に同じであるとする円密一致の理念にもとづき、最澄の弟子である円仁や円珍などの天台高僧によって大成された。またその特異性は、厭世的な思考法に偏りがちな仏教世界において、むしろ現世を肯定的に扱う方法を実践し、煩悩にもとづく男女交合にこそ菩提にいたる道であると「煩悩即菩提《ぼんのうそくぼだい》」の理念を示す。こうした性愛を重視する仏教観を、当時の仏典記述から探り出すならば、天台経典の『*一尋集《いちじんしゅう》』（一一世紀後半成立）には、次のような問答が記されている。

仏性の根源は世俗なりや何ん。答ふ。男・女、浄飯・摩耶なり。問ふ、何を以て種子となすや。答て曰く、赤白二渧を以て種子となす。男は天、金剛界、女は地、胎蔵界、浄飯・摩耶は是れ雙て天の根本、赤白の二法なり。委くは大神呪経・善住天子経の淫欲即ち是道の如し。(8)

この文言が、熊野比丘尼の『教説書』に近しいことは一目瞭然であり、彼女たちが享受した思想観に、「*赤白《しゃくびゃく》二渧《にてい》」や「煩悩即菩提」などの天台本覚思想が含まれていたことは想像に難くない。

ちなみに、平安前期の天台僧・安然《あんねん》は、天台教理の『法華経』と密教を一致させる理由を「*十《じっ》界互具《かいごぐ》」に求め、十界は金剛界と胎蔵界の両界曼荼羅の中に含まれると説いた。ここから、十界が一仏であるとする仏教観こそ密教（台密）の本質であるとする思想観（本覚思想）をつくり上げたのである。(9)

もっとも、こうした天台経典と大楽院『教説書』の間には時間的な隔たりがあるため、平安末期に盛行した本覚思想が、そのまま熊野比丘尼の教えに影響を与えたとは考え難い。この点に関しては次節にて詳しく検討し、ここではひとまず、熊野比丘尼が唱導の場で、性愛の意義を説き、男女和合を生命誕生の根源とする教えを聴衆に語り伝えていた可能性を指摘しておきたい。

赤白二渧と日輪・月輪の図像

では、熊野比丘尼は、「熊野観心十界曼荼羅」のいかなる図像を介して、性愛の意義を説いていたのであろうか。まず着目したいのは、日輪と月輪の図像である。現在、「熊野観心十界曼荼羅」は五八本の遺存が確認されており、[10]そのほとんどに、日輪と月輪が描かれている［図5］。その形はともに円形であり、つねに画面上部の左右に配置され、黒・白の飛雲にのって天上から降下する図像として描かれる。もっとも、その色彩は諸本によって異なり、〈赤色／白色〉、あるいは〈黄色／黒色〉の二つのパターンに分けられる。唯一、飛雲のない日輪と月輪を描く「六道珍皇寺甲本」（江戸初期）では、赤色と白色に描かれており［図6］、*宝幢院本の「地蔵十王図」（泰広王）でも、日輪宮と月輪宮は赤色と白色で描かれている。そう考えると、日輪と月輪のイメージは、赤色と白色の彩色を基本とするのではなかろうか。

　ではなぜ、日輪と月輪は、そのような色のイメージとして「熊野観心十界曼荼羅」に描かれたのだろうか。それを読み

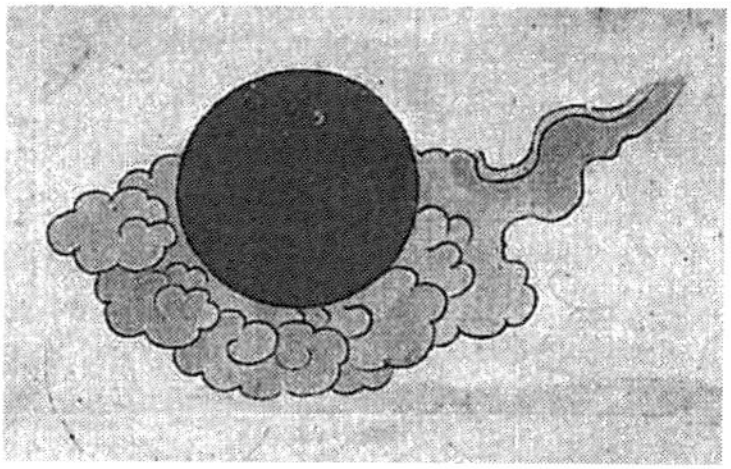

日輪

月輪

［図5］「熊野観心十界曼荼羅［部分］」（京都市・六道珍皇寺蔵・乙本）
（小栗栖健治『熊野観心十界曼荼羅』岩田書院、2011年より）

解く鍵が、天台一派の玄旨帰命壇*による口伝・聞書類に記されている。玄旨帰命壇とは本覚思想の流れを受けて南北朝以降に確立した天台宗派であり、その秘典の「帰命壇傳受之事」〈真如蔵・行光坊傳受〉（「玄旨帰命壇秘録集」）では、日輪と月輪の意味を、

　一、此相伝今夜勤ル事、教主釈尊モ高祖天台モ今夜悟道発明シ玉フニ、今夜ハ月宿際トテ日月一處ニ寄合テ宿シ玉フニ、月光ハ日光ニ被レ奪、闇ニ、陰陽和合スル此精気下界ニ下テ萬物生成シ、我等受生ノ根源モ天ノ日月ノ精気、父母陰陽和合ノ時、息風ニ乗テ入二ル胎内ニ一、十月間五位ヲ終テ出生ニ委ク追而。(11)

と記す。ここでは、日と月が一所《ひとところ》に寄り合って重なり、陰陽和合することでその精気が下界へと降り、万物生成の

［図６］「熊野観心十界曼荼羅［部分］」（京都市・六道珍皇寺蔵・甲本）
（小栗栖健治『熊野観心十界曼荼羅』岩田書院、2011年より）

根源となると説く。そして天にある日と月の精気は、父母の和合により、「息風」に乗って胎内に入り、一〇ヶ月間を経て、人として誕生するという。まさに日輪と月輪の相重なりが、夫婦和合を意味しており、その精気が息風に導かれて天から下降することで、人の身に子を宿すと、性愛を寓意化する。

また、先ほどの『教説書』（「笠加熊野比丘尼関係資料」）による「父母《ブモ》ノ赤白《シャクビャク》二諦《タイ》」の文言に着目するならば、「熊野観心十界曼荼羅」による日輪・月輪の赤色と白色は、夫婦和合を示す「赤白二渧」の仏教観をシンボリックに示しているといえよう。これについては、同じく玄旨帰命壇の経典『天台灌頂玄旨』*の「聞書・注釈書」（慶長八年〈一六〇三〉）に、興味深い記述がある。

> 法体ノ根源ト者此ノ肉団也、胎内ノ五位ノ時キ、最初伽羅濫ト者、赤白二渧和合シテ二色不二ナレバ黄色ニ成ル、ソコニ託シテ二虚空ノ識神ガ一、色心一体ナル處ヲ最初伽羅濫ト云也、其ノ形ハ八葉ノ蓮花也[12]

出家者（法体）の根源は、胎内で「赤白二渧」が和合して二色が混ざり合い「黄色」となり、そこに虚空の識神を託して「色心一体」である心躰（人）となる。さらにその形は八葉の蓮《はすの》花《はな》であるとする。

　これらの教えを、「熊野観心十界曼荼羅」の絵相に重ねてみるならば、まさに日輪と月輪の描出は、双方を結ぶ夫婦和合、ひいては「赤白二渧」の意味を暗示しているといえよう。また、日輪と月輪が左右から下降し、その斜線上で交差する点（混合する点）に「心字の一円」が描かれている。このことから、心字の図像は、色《からだ》と心《こころ》が一体化する「色心不二《しきしんふに》」の教義を象徴的に示していると考えられる。くわえて、ほとんどの「熊野観心十界曼荼羅」は、心字を「黄色」で描いており［図7］、白色の円面のなかに赤線の輪郭で縁取られている。それはまさに「赤白二渧和合シテ二色不二ナレバ黄色ニ成ル」を図像化したものであり、そこには八葉の蓮花であることが寓意的に秘められていよう。

　なお、「玄旨灌頂私記」〈真如蔵〉（「玄旨帰命壇秘録集」）によれば、日輪と月輪の精気を胎内へと導く「息風」をつかさどるのは、「阿弥陀如来」であると記す。

［図７］「熊野観心十界曼荼羅［部分］」（京都市・六道珍皇寺蔵・乙本）
（小栗栖健治『熊野観心十界曼荼羅』岩田書院、2011年より）

仍此中尊ハ無量壽佛也　是即我等カ息風ノ出入ヲ以テ弥陀ノ来迎引接トス息風切断スレハ死ニ帰スル（中略）又息風ハ虚空同体ニシテ無量壽也　六識轉ノ佛果ト云モ此ノ心也(13)

この記述にしたがうならば、「阿弥陀如来」とは「息風」＝「虚空」＝「無量壽」であり(14)、「赤白二渧」の融合から「色心不二」を導く虚空の識神とは阿弥陀如来のことであるとわかる。

そう考えるならば、「熊野観心十界曼荼羅」では、「日輪と月輪」と「心字」を結ぶ斜線の中継点に必ず阿弥陀如来（来迎図）が描かれている［図8］。これは、日輪・月輪の精

［図8］「熊野観心十界曼荼羅［部分］」（京都市・六道珍皇寺蔵・乙本）
（小栗栖健治『熊野観心十界曼荼羅』岩田書院、2011年より）

気が〈息風〉によって「心字」へと導かれる思想観を、その構図によって示している。しかも、その軌跡は、そのまま熊野比丘尼の挿し棒の動きを想起させる。彼女たちの絵解きは、まず日輪と月輪による性愛の意義を説き、そのあとに阿弥陀如来と心字の意味を語り、「老いの坂の入口」（館での赤子誕生図）へと聴衆を導いたのであろう［図９］。

［図９］「熊野観心十界曼荼羅［部分］」（京都市・六道珍皇寺蔵・乙本）
（小栗栖健治『熊野観心十界曼荼羅』岩田書院、2011年より）

玄旨帰命壇の教義と〈心〉字の構図

ここで「玄旨帰命壇」についてふれておきたい。同派は、天台宗の檀那《だんな》流の流れをくみ、その口伝をもとに中世期に形成された天台一派であった。原拠の*檀那流は、檀那院の覚運（九五三～一〇〇七）が興し、源信の恵心流とあわせて恵壇《えだん》二流と称され、中古天台教学の二大流派のひとつをなした。同流派の教義は、天台本覚思想をもとに秘授口伝や切紙によって師から弟子へと個別に伝えられることが多く、経典として遺される場合は少なかった。そんな檀那流を源流とする玄旨帰命壇は、本覚思想に説かれる現世肯定の思想観（迷悟不二《めいごふに》、煩悩即菩提など）

を受け継ぎ、南北朝以降、愛欲と性交を仏教教理の本質とする教えを積極的に展開した。ゆえに、その口伝秘儀は、同時代の*真言立川流の教義とも相重なり、両者が中世仏教界にて何かしらの関わりがあったことが指摘されている。(15) いずれにせよ、玄旨帰命壇は天台派における性愛教理の色合いがつよく、中世仏教の世俗化に多大なる影響を及ぼした。にもかかわらず、江戸期に入り淫祀邪教として批難され、一気に衰退した。そのきっかけをつくったのが雲空光謙の*『闢邪篇《へきじゃへん》』（元禄二年〈一六八九〉）である。以後、同派は幕府や諸教団から徹底的に弾圧され、(16)一八世紀初頭にはその流伝を途絶えさせるにいたった。

では、玄旨帰命壇の教義とは、いかなるものであったのか。これについては、「天台玄旨灌頂入壇私記」（「玄旨帰命壇秘録集」）に記載された「五箇の血脈」という切紙が参考となる。そこでは「但シ天台ノ二字ハ帰命壇ノ宣説ナル故　今夜沙汰不　事口伝也」との記述の後に、

一、天台灌頂玄旨（文殊利劒）
二、一心三観血脈（常寂光土第一義諦等）
三、一心三観　慈恵記、一心三観傳（夫一心三観者）
四、一心三観記　覚運ノ記（夫聞一心於一言）

五、鏡像円融口決（示云凡円融三諦）(17)

と記す。ここから、玄旨帰命壇は五つの儀義を口授し、なかでも「*一心三観《いっしんさんがん》」を教義の主柱にそえたことがわかる。「一心三観」とは、「空観《くうがん》」（現象の否定）・「仮観《けがん》」（現象の肯定）・「中《ちゅう》観《がん》」（相対の中間）の三つを同時に観法することである。既存の仏教観では、それらを別々の儀義として捉え、互いに相容れない相対的な概念とするが、「一心三観」では、それぞれを〈一つの心〉のもとに結びつけ、衆生のさまざまな現実的な立場をすべて肯定する。いうならば、生・死、悟・迷、煩悩・菩提、浄土・地獄など相対する観念をすべて「一心」のもとに融合させることで、揺るぎない真理を体得する方法である。(18)この絶対的な現実肯定主義《ポジティヴ・シンキング》こそ、玄旨帰命壇の教義の本質であり、その源流は平安期の天台本覚思想に求められる。さらにいえば、玄旨帰命壇では、「空・仮・中」の三観を「阿・彌・陀」の三字に置き換え、「一心三観」を阿弥陀三尊とみなす。(19)これについては「玄旨灌頂私記」（元和八年〈一六二二〉・「玄旨帰命壇秘録集」）による「彌陀三尊ヲ以テ一心三観ノ本尊」の記述が参考となる。

そして興味深いことに、この「一心三観」の理念が、玄旨帰命壇の口伝類に図式化して表されている。たとえば、『玄旨重大事口決私書』［図10］や「三車一心三観」（『玄旨壇秘鈔』）の書

記には、「夫一心三観ト者、天然自体本来不思議ノ諦、一切《（イナシ）》色心諸法共不思議不留、一法心性不思議本法」として、

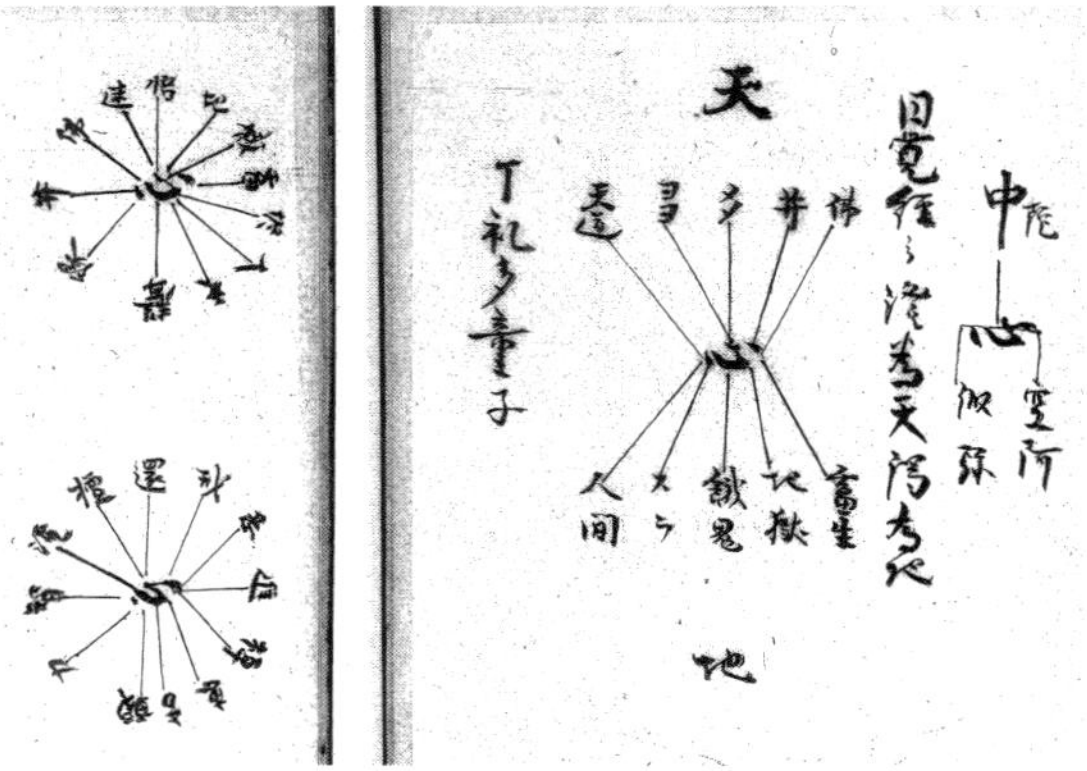

［図10］『玄旨重大事口決私書』（正保2年〈1645〉写本）
（大津市・西教寺蔵）

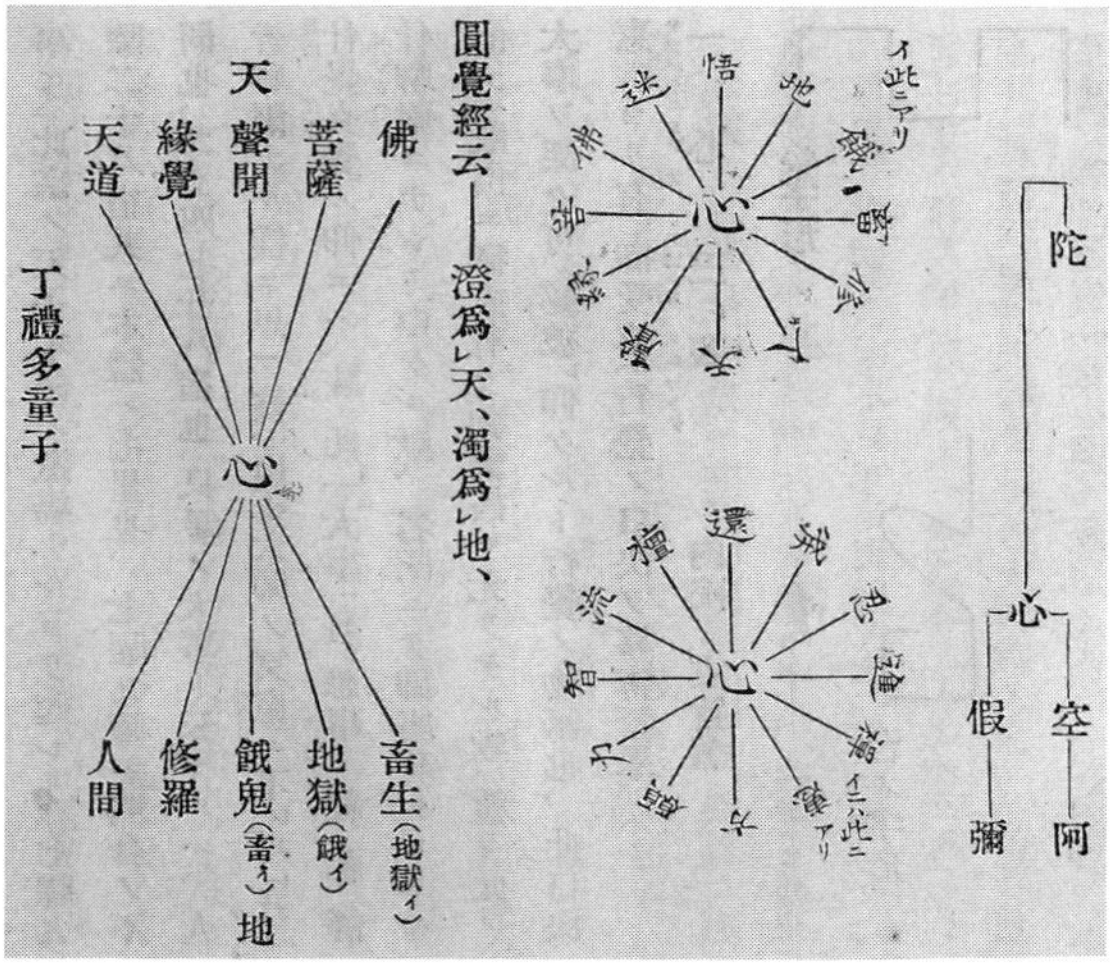

［図11］「三車一心三観」（『玄旨壇秘鈔』）
（早川純三郎編『信仰叢書』国書刊行会、1915年より）

① 「阿彌陀三字と〈心字〉をつなぐ図」
② 「〈心字〉を中心とした十界円融図」
③ 「天・地に十界を配し、中央の〈心字〉と結ぶ図」

が記されている［図11］[20]。また「皷一心三観」（『玄旨帰命壇秘録集』）の書記では、③と同一の図案が記されており、心字と十界をつなぐ糸が〈赤色〉であると明記する[21]。

さらに、「玄旨私記」（『玄旨帰命壇秘録集』）によれば、

サレハ十界ハ一心ノ変作也、吾等カ一心清ヌルハ昇テ天成、濁レルハ下リテ地ト成　故ニ天道已上ヲハ上ニ図シ　地獄已上ヲハ下タニ図ス也[22]

と、「一心三観」（③の構図）を、上部に天道、下部に地獄を配した絵図にしたことがわかる。そして興味深いことに、この構図（③）と、ほとんど同じ「観心十界曼荼羅」が、平塚市長善寺に遺されている［図12］。

おそらく「一心三観」をもとにした*十界図が、他にもいくつか描かれたと考えられるが、「熊野観心十界曼荼羅」も基本的には同じ構図（③）であるといえる。〈心字〉を中心に、「上部」に仏・菩薩・声聞・縁覚・天道、「下部」に畜生、地獄、餓鬼、修羅、人間を配置し、(23)〈心字〉と十界を赤色の線で結び、この点も玄旨帰命壇の口伝図（③）と一致する。

このように考えれば、「熊野観心十界曼荼羅」が有する仏教観の構図は、天台の一心三観の概念図をもとに構成されており、その制作に玄旨帰命壇の教義が深く関わっていたことは確かである。

［図12］「観心十界曼荼羅」（平塚市・長善寺蔵）
（『平塚の文化財』平塚市教育委員会、2010年より）

［図13］「円頓観心十法界図」
（『大正新修大蔵経』より）

そうなると、「円頓観心十法界図」についても［図13］、玄旨帰命壇の口伝図（②）との近似性を指摘できる。同絵図に関しては、すでに先達の研究で天台本覚思想の「鏡像円融三諦《えんゆうさんたい》」との関連が指摘されており、(24)さらに踏み込んだ考察をするならば、その原拠は、先述の玄旨帰命壇の切紙に記された「五、鏡像円融口決（示云凡円融三諦）」に求められるのではなかろうか。「鏡像円融三諦」とは、円鏡を「一心」と捉え、天台の恵心流では相対する二面鏡、檀那院では一面鏡に、(25)「空・仮・中」の三観（三諦）が融合する自影をみる観法である。この観法を図式化したものが、口伝図（②）の構図と思われる。その構造は「円頓観心十法界図」と同じであり、唯一、異なるのは「悟・迷」の要素を含む点である。「円頓観心十法界図」に関しては、その源流が中国宋代の天台経典に求められるのは確かであるが、(26)中世後期から近世にかけての日本での伝播という側面に限っていうならば、同時代の玄旨帰命壇の仏教観が深く関与していたことはまちがいない。

もっとも重要なのは、それら「円頓観心十法界図」にも〈性愛〉の意義が含まれていた点にある。これに関しては、「鏡像円融口決」（寛永二年〈一六二五〉・『玄旨帰命壇秘録集』）による次の記述が参考となる。

謂ク彼三諦ヲ束テ今ハ心性ノ本源ノ三諦ト呼フ也。彼心性本源トハ彼々ノ事相事法ノ上ニ於テ得心可。謂ク当身ノ鏡像円融即是也。又云、鏡像トハ我等カ識性結生ノ一位。伽羅藍一位ノ時刹ノ形円ニテ鏡ノ如　一心彼ノ団円ニ遍ス、色心倶ニ円也。是即色心二ノ鏡也。色心倶ニ事法也。事法ニテ而モ和合ス。是当体ノ鏡像円融也。(27)

つまり鏡像円融は、三観が融合する「一心」、すなわち「色心一体の円」であるという。ならば当然、そこに男女和合の観法を捉えることも可能である。これについては、切紙「玄旨灌頂私聞書」(『玄旨壇秘鈔』)の記述が参考となろう。

最初伽邏藍ノ重ト者　赤白二渧和合シタル処ニ識塵ガ宿ル也。故ニ色心不二也、其ヲ見レバ色ガ冥心、心ガ冥色也。(28)

すなわち、男女和合こそ、「色心」が一体化した世界であり、そこには識塵も宿れば、心の迷いもあるという。(29)ここに玄旨帰命壇の本質、いうならば世俗の現実感覚にもとづき、男女の性愛を是認する独自の仏教観をみる。「熊野観心十界曼荼羅」や「円頓観心十法界図」が、「極楽」（識）と「地獄」（塵）を同時に描いた理由も、こうした「色ガ冥心、心ガ冥色也」という言葉の内に捉えることができる。つまりこれらの図は、中心の「心字」から、人は色事を介して、極楽へと、あるいは地獄へと、どちらの世界にも導かれる道理を描くものである。

なお、玄旨帰命壇の盛行期は、熊野比丘尼や熊野山伏の活躍期と重なる。ならば双方の理念が、何らかのかたちで共鳴したにちがいなく、そのことは「熊野観心十界曼荼羅」の〈心字〉の構図をみれば一目瞭然であろう。

陰陽和合の絵馬と富士講

では、玄旨帰命壇の仏教観が、どのようにして熊野比丘尼の唱導世界に入り込んだのか。これを読み解く鍵は、園城寺《おんじょうじ》（滋賀県・三井寺）にある。この天台密教の中心寺院は、平安時代（一二世紀）に、熊野三山を管轄下におくことになった。そのきっかけとなったのが同寺の高僧・増誉《ぞうよ》であり、彼は天皇や公卿と密接な関係を築き、白河上皇による*熊野詣の案内役を勤めたことで、*熊野三山検校《けんぎょう》職に任命された。以後、園城寺の僧侶が同役職を歴任し、熊野三山を統轄するとともに、古層の熊野信仰へ天台密教の思想と行法を持ち込んだのである。[30]

なお、増誉は修験道にも精通していたことから、修験本山派の聖護院《しょうごいん》（京都左京区）を開基し、俗間の修験者たちを統括する組織をつくりあげた。ここに、「熊野三山」（熊野信仰）・「園城寺」（天台宗）・「聖護院」（修験道）が結ばれる歴史の交錯点を捉えることができる。

こうした歴史経緯を鑑みるならば、玄旨帰命壇の天台仏教観が中世以降の熊野信仰に入り込み、熊野比丘尼や熊野山伏がその教義に触れることで「熊野観心十界曼荼羅」における唱導世界ができあがったと想起できる。

もっとも、このような唱導世界は、熊野比丘尼の活動の衰退にともなって、近世中期以降しだいに失われていった。ところが、この性愛を説く仏教世界観は、江戸末期の地方村落において、意外なかたちで継承されていった。その事例を、埼玉県狭山市の浅間神社（柏原白鬚神社境内）に遺る「陰陽和合図の絵馬」（江戸

［図14］「陰陽和合図の絵馬」（埼玉県狭山市・柏原白鬚神社蔵）

末期成立）から知ることができる［図14］。その絵馬には、男性と女性が向かいあって座り、中央には子どもが描かれている。また上部には、三つの宝珠がみられ、その真下には三峯の山並みの図像、すなわち富士山がうっすらと写されている。そしてその両脇には、赤と白の日輪・月輪が描かれており、下部には「心字」も見られる［図15］。特異なのは、これらの図像がすべて細い糸（線）で繋がれており、心字のうえには結び目も描かれている。また画中には、墨書で「月と日の　晦日の契りなかりせは　人のたねには　なにかなるへき　願主」との歌をそえる。

　この絵馬は、むかし絵解きされていたと伝わるが、歌意からもわかるように、日輪と月輪の契り、すなわち夫婦和合の摂理を示し、子孫繁栄への願いを描いたものである。これまでの考察を踏まえれば、絵馬の源流が「赤白二渧」や「色心不二」などの仏教的な性愛観にあると考えられ、「心字」と

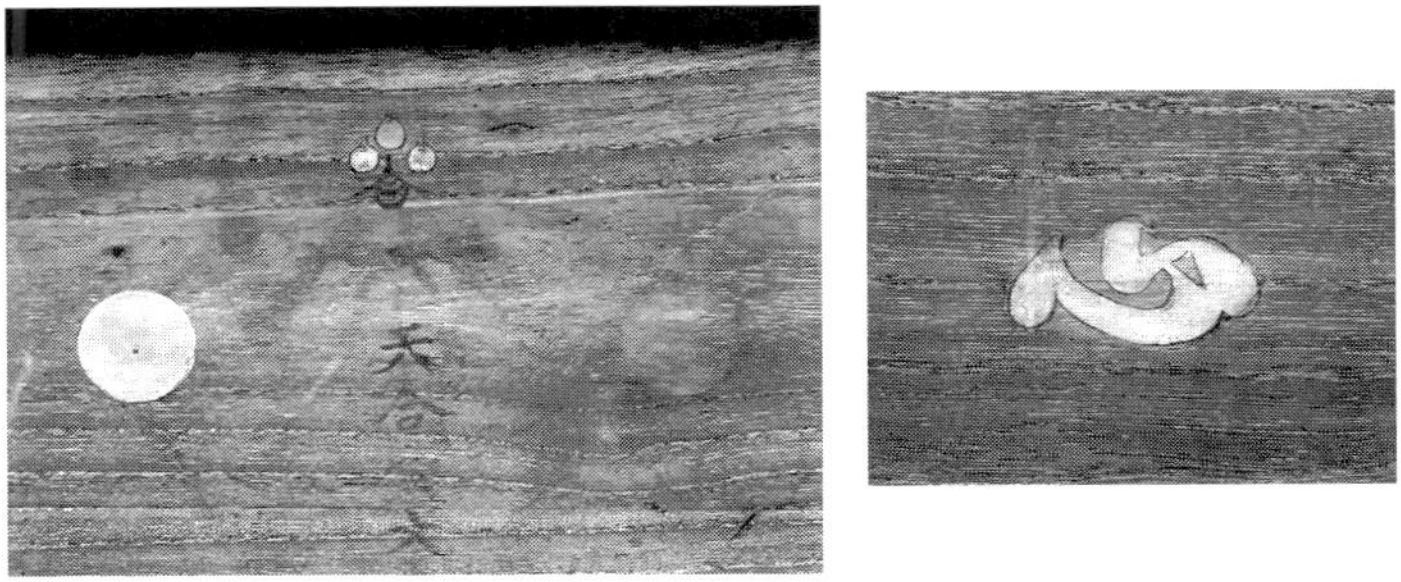

［図15］「陰陽和合図の絵馬［部分］」（埼玉県狭山市・柏原白鬚神社蔵）

「父母」と「日輪・月輪」を細い糸（線）で結ぶ絵相は、「熊野観心十界曼荼羅」との関連を想起せずにはいられない。

では、「絵馬」と「熊野」は、どのような位相でつながるのか。この絵馬はほんらい、浅間神社（柏原白鬚神社）の近隣にあった「笹井観音堂」に伝来したものである。同観音堂は、中世期において本山派修験聖護院による二八院のひとつとして、同地域の修験者たちを一手に束ね、周辺村里に対して絶大なる宗教権勢を誇った。江戸期の資料であるが『新編武蔵風土記』（文政一三年〈一八三〇〉）によれば「大僧正行尊此山に留り、中興せし」とし、(31)諸山遍歴をしていた行尊が、笹井観音堂に参拝し、四神相応の場所と感じ入り、衰微していた同所を中興開山したと伝える。(32)大僧正行尊《ぎょうそん》とは、永久四年（一一一六）に増誉の後をうけて園城寺長史となり、熊野三山検校職もつとめた人物である。そのような人物が中興の祖として伝えられたのは、笹井観音堂の信仰と繁栄を支えたのが「園城寺」と「聖護院」であったためであろう。

こうした状況を鑑みるならば、当然、熊野比丘尼や熊野山伏がそこに移り住み、同地域（現狭山市）の人びとに唱導活動をしたことは、容易に想像がつく。(33)もちろんその際に、玄旨帰命壇などの天台仏教観が伝えられ、その場に、夫婦和合の教えが蕩々《とうとう》と語り継がれていったにちがいない。「陰陽和合図の絵馬」は、その水脈が江戸末期になって、突如、浮き上がってできた絵図ではなかろうか。

もっとも、そうした出来事が興るためには、何かのきっかけを要する。それが「富士講」ではなかろうか。笹井観音堂の周辺は、江戸後期になると、富士講が非常に盛んに行われた地域であった。毎年、村民の一同で富士登山をめざし、山頂で一年の家内安全と作物豊穣を願った。こうした富士講は、文化年間（一八一八～三〇）に、江戸近郊の鳩ヶ谷宿で*不二道《ふじどう》という民間信仰が興り、その流行を受けて江戸近郊の村里に一気にひろまった。(34) 不二道は、富士山を万物生成の母体とみなし、そこに子孫繁栄の根源である夫婦和合の理念を重ね合わせ、性愛行為を天地に稔りをもたらす象徴《シンボル》とした。(35) こうした思想観は、たとえば『不二道考心講詠歌和讃集』による次の記述から知ることができる。

> 陰と陽を御つなぎ替遊し　男のはらへ女の気を入れ　女の腹え男の気を入　是を女綱男綱御つなぎかた申て　天地の間に有程の事皆々ふり替り、是より気の世躰の世と申せし事躰の世を捨てて気の世としたり　夫ニ付十月はらみを十月にて半身の教ハと丶のはず、夫を不便に思し召　また御つなきかた気の世と成りて　十月十日の生まれと成りて　ミろくの世となったり(36)

ここでは、夫婦和合によって陰（月）と陽（日）が結ばれ、女と男を綱《つな》で繋ぐことで、子どもが誕生すると説く。この理念を図像化したのが、まさに「陰陽和合図の絵馬」である［図14］。ここで注目すべきは、男女和合の結実として「気の世」と「躰の世」が相互に融合し、結果、万物を生み出すとする。これは玄旨帰命壇による「色心不二」の教義と同義であり、ここでの「気」とは「心」のことを表す。つまり、絵馬に「心字」が描かれたのは、「男のはらへ女の気を入れ　女の腹え男の気を入　是を女綱男綱御つなぎ」の意味を絵図化したためである。ここに、江戸末期の地方村里において、日輪と月輪が結ばれ「心字」となる熊野観心十界曼荼羅の理念が再び描き出された実相をみる。

　ところで、富士山という山岳は、男女和合といかなる位相で結ばれるのか。「熊野観心十界曼荼羅」が富士山周辺の村里に数多く遺されていることは、すでに先達の研究で明らかにされており、(37) 同地域が熊野比丘尼にとって重要な唱導拠点であったことは確かである。富士周辺が、中世後期から近世にかけて、彼女たちの唱導の場であったことは間違いない。

　では、なぜ熊野比丘尼は富士山周辺に集まったのか。このことについては、玄旨帰命壇の秘典「山家五ヶ一心三観」（『玄旨帰命壇秘録集』）による次の記述が参考となる。

仍我等カ色心和合ノ身体即常光土即第一義諦也。霊山トハ霊ハ即霊知ノ心品、山ハ色法也。是即清浄ノ本法也。故ニ浄ト云。諸法ノ依地タリ、故ニ土云。(38)

つまり玄旨帰命壇では、霊山は「心」であり、また「色」であると説く。色心が一体化した場所（土）こそが、清浄なる山であり、そこは諸法が依る大地でもある。熊野比丘尼が、富士山周辺に集まったのも、こうした仏教観がその背後にあったからといえよう。彼女たちにとって富士山とは、まさに熊野三山と同じく、色心不二の場所であり、生命誕生の根元であったといえる。そう考えるならば、「熊野観心十界曼荼羅」に描かれた「山」（老いの坂）もまた［図8］、「色心不二」の仏教観を象徴的に描いたものといえよう。その「山」の図像は、心と体が相互に融合した状態を示す表徴である。いうならば、彼女たちにとって霊山とは、まさに男女和合によって成される「心字」のシンボルであったのである。(39)

おわりに

このように本稿では、「熊野観心十界曼荼羅」に描かれた図像の意味を、その絵が用いられた時代の仏教観や経典を通じて探ることで、それらの絵相の背後に潜む教義の痕跡を浮き上がらせることを試みた。結果、われわれの目の前に歴史の〈残存〉として立ち現れたのは、その絵をめぐる人びとの考え方であり、また行為であり、信仰である。熊野比丘尼が、諸国を遊行し、それぞれの土地で絵解きした内容は、なにも地獄語りだけではなかっただろう。日輪と月輪と心字をむすぶ性愛の意義もまた彼女たちにとって大切な語りのひとつだったにちがいない。そしてその語りが失われつつあった時代に、彼女たちが説いた夫婦和合の信仰は、富士講を介して絵馬として描かれ、後世に遺されていった。

こんにちの我々は、「熊野観心十界曼荼羅」を目の前にして、まず地獄の様相に惹かれる。それは我々が絵画を〈見る〉ことに慣れてしまったからだろうか。それとも、熊野比丘尼の語りが過去に失われてしまったからだろうか。そのどちらでもあろう。とはいえ、〈見る〉ことにとらわれず、絵画を〈読む〉ことにこだわれば、おのずとそこから熊野比丘尼による性愛の語りが聞こえてくるのではなかろうか。

注

（1）「熊野観心十界曼荼羅」に関する主な研究書・論文として、林雅彦『日本の絵解き――資料と研究』（三弥井書店、一九八二年）。赤井達郎『絵解きの系譜』（教育社、一九八九年）。黒田日出男「熊野観心十界図の宇宙」（宮田登編『仏教と日本人8―性と身分』春秋社、一九八九年）。堤邦彦『近世仏教説話の研究―唱導と文芸』（翰林書房、一九九六年）。西山克「地獄を絵解く」（網野善彦編『中世を考える 職人と芸能』吉川弘文館、一九九四年）。石黒久美子「「熊野観心十界図」と〈心〉字―「観心十界図」、「二河白道図」との関わりから―」（『宗教民俗研究［第一六号］』日本宗教民俗学会、二〇〇六年一二月）。根井浄・山本殖生『熊野比丘尼を絵解く』（法蔵館、二〇〇七年）。小栗栖健治『熊野観心十界曼荼羅』（岩田書院、二〇一一年）などがある。

（2） 腮尾尚子「『円頓観心十法界図』についての一考察―図の源流をめぐって―」（『絵解き研究［第一五号］』絵解き研究会、一九九九年六月）。

（3） 加藤みち子「天台本覚思想の図像化―「十界曼荼羅」と「鏡像円融三諦図説亦名観心十法界図」を読む」（佐野みどり・加須屋誠・藤原重雄編『中世絵画のマトリックスⅡ』青簡舎、二〇一四年）。

（4） 石黒久美子「「熊野観心十界図」をめぐる女性表象の機能」（『絵解き研究［第一八号］』絵解き研究会、二〇〇四年三月）など。

（5） 注（1）前掲書（根井浄・山本殖生『熊野比丘尼を絵解く』）、四二二頁―四二三頁。

（6） 龍谷大学龍谷ミュージアム編『〝絵解き〟ってなぁに？ 語り継がれる仏教絵画』（龍谷大学龍谷ミュージアム、二〇一二年、一五五頁、二一〇頁）。

（7）なお、『教説書』の文言に「爰《コヽ》ヲ哥道《ウタダウ》ニハ夫婦《フヲウ》ト謂《イヘリ》哥《ウタ》ニ」と記されていることから、熊野比丘尼がこうした内容を唱歌として語り伝えた可能性も否定できない。現に、浅井了意『東海道名所記』（万治二年〈一六五九〉頃）によれば「いつのころか、比丘尼の伊勢・熊野にもうでゝ行をつとめしに、その弟子みな伊勢・熊野にまいる。この故に、熊野比丘尼と名づく。其中に声よく哥をうたひけるあまのありて、うたふて勧進しけり。その弟子また哥をうたひけり。又、熊野の絵と名づけて、地ごく極楽すべて、六道のあり様を絵にかきて、絵ときをいたし、おくふかくおはします女房達ハ、寺まうで、談義なんども、きく事なければバ、後世をしらぬ人のために、比丘尼ハゆるされて、ぶつぽうをもすゝめたりける也」とある。

（8）天台宗典編纂所編『續天台宗全書［口決1］恵心流Ⅰ』（春秋社、一九九五年、四二七頁、本稿著者により引用文を書き下し文とした。）なお同経典は、主に台密で用いられた。

（9）注（3）前掲論文、二九六頁―二九七頁。

（10）注（1）前掲書（小栗栖健治『熊野観心十界曼荼羅』岩田書院、二〇一一年）、一五四頁―一五五頁。

（11）上杉文秀『日本天台史［続］』（国書刊行会、一九七二年、八六六頁）。

（12）早川純三郎編『信仰叢書』（国書刊行会、一九一五年、六三頁）。

（13）注（11）前掲書、八四四頁。

（14）浅田正博「玄旨帰命壇の本質と愛色の思想―特に玄旨壇の堂内荘厳を通じて―」（『大倉山論集［第二九輯］』大倉精神文化研究所、一九九一年三月、一四四頁）。なお本稿は、同論文に拠るところが大きく、考察のきっかけとなった。また仏教の性愛観については、小川豊生『中世日本の神話・文字・身体』（森話社、二〇一四年）から多くの教示を得た。

（15）真鍋俊照『邪教・立川流』（筑摩書房、二〇〇二年、二九九頁―三一七頁）。

（16）玄旨帰命壇の衰退の要因が、雲空光謙『闢邪篇』の記述だけではない可能性も指摘されている。注（14）前掲論文、一三八頁。

（17）注（11）前掲書、八四〇頁。

（18）注（15）前掲書、三〇九頁―三一一頁。

（19）なお、玄旨帰命壇では阿弥陀如来の垂迹として「摩多羅三神」をそえる。

（20）③の図は、「円覚経云」と記されており、唐の大乗経典から引用された可能性も指摘できる。

（21）注（11）前掲書、八六〇頁。

また天文一〇年〈一五四一〉刊記の「皷一心三観」の口伝書も遺されており（下図、注（11）前掲書、八七〇頁）、戦国期に玄旨帰命壇にてこうした教義の図式が口伝秘記として伝わっていたことがわかる。

（22）注（11）前掲書、八四三頁。

（23）「熊野観心十界曼荼羅」における「人間界」の配置に関しては、諸本にて統一化されていない。「老

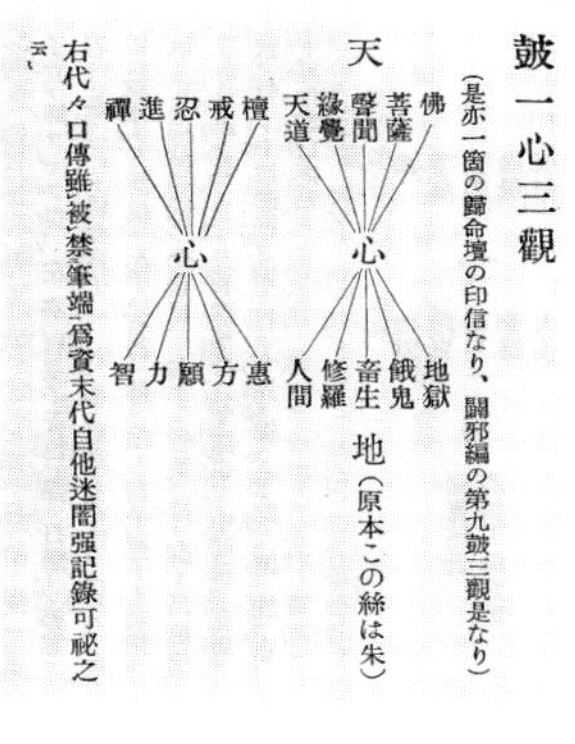

注（21）

い坂」の入り口（館の赤子誕生）を「人間界」と明記するものがあり、その配置は〈心字〉より下部、あるいは並列に描かれるケースが多い。なお、「老いの坂」（人生の階段）を「人間界」と見なすならば、心字より上部となる。

(24) 注（3）前掲論文、二九九頁―三〇一頁、三一一頁―三一四頁。

(25) 注（11）前掲書、八八九頁。

(26) 注（2）前掲論文。

(27) 注（11）前掲書、八九〇頁。

(28) 注（12）前掲書、四九頁。

(29) なお、「観心十法界図」（東京芸術大学所蔵本）には、中央に心字ではなく蓮台が描かれている。これも本文にて引用した『天台灌頂玄旨』の「聞書注釈書」の「色心一体ナル處ヲ最初伽羅濫ト云也、其ノ形ハ八葉ノ蓮花也」によれば、その「蓮台」が男女和合による生誕の意味を象徴していることがわかる。

(30) 鈴木昭英「熊野信仰と美術」（『佛教藝術［八一号］』毎日新聞社、一九七一年八月、一〇六頁）。

(31) 『新編武蔵風土記稿［第九巻］』（雄山閣、一九九六年、一三五頁）。また武蔵風土記の同記述は、『観音堂寺記』（一二世紀成立）の記述によるものである。

(32) 『狭山市史 通史編［1］』（狭山市、一九九六年、三六五頁）。

(33) 現在、笹井観音堂は廃堂となり、御堂等は存在しない。同寺社に遺された佛像・神像や寺社資料は、狭山市教育委員会や柏原白鬚神社によって管理されている。今のところ、それらの資料に熊野比丘尼の痕跡を見つけ出すことができず、今後の課題である。

(34) 宮田登『女の霊力と家の神―日本の民俗宗教』(人文書院、一九八三年、九七頁)。

(35) 富士講に関しては、江戸初期に江戸町人層で広まった民間信仰である。とはいえ、江戸後期(文化年間)より、宗派としての信者組織が形成され、夫婦和合や現世利益など独自の信仰形態(不二道)を確立する。宮崎ふみ子「近世末の民衆宗教―不二道の思想と行動」(羽賀祥二編『幕末維新の文化』吉川弘文館、二〇〇一年、一三二頁―一五九頁)。

(36) 岡田博『不二道孝心講詠歌和讃集』(鳩ヶ谷市教育委員会、一九七六年、五九頁)。

(37) 大高康正「観心十界図と地域信仰―静岡県富士市域に伝来する宗教画の受容―」(『山岳修験』山岳修験学会、二〇一一年三月、三五頁―五三頁)。

(38) 注(11)前掲書、八八四頁。

(39) なお詳細な検証が必要であるが、富士山が「八葉の蓮花」や「阿弥陀三尊」として象徴されるのも、中世期の天台系の遊行者・修験者による玄旨帰命壇などの教義が少なからず関わっていたのかもしれない。

※本稿に関する現地調査は、日本学術振興会科学研究費補助金「「明治期の高僧絵伝」における地方寺社伝承の近代化に関する研究」(研究代表者・鈴木堅弘　平成二五年度から平成二七年度まで)によって遂行されたものである。調査先である柏原白鬚神社の御神職、ならびに資料提供をして頂いた狭山市教育委員会の安井智幸氏に厚く御礼申し上げます。

語　注（五十音順）

各論考の中に用いられている語句で、難解なもの、説明を要する語句について簡略な語注を示す。

『阿育王経《あいくおうきょう》』　僧伽婆羅の漢訳。阿育王とはインドの王であるアショーカ王のこと。アショーカ王は初めてインドを統一し、仏教に深く帰依していたとされる。『阿育王伝』も類似した内容をもつ。

飛鳥寺《あすかでら》　→法興寺を参照。

荒《あら》ぶる神《かみ》　霊力の荒々しく発現する神。時に、天皇の統治に従わない神格をいう。

『安宅経《あんたくきょう》』　『安宅神呪経』のこと。地鎮祭や起工式に唱えられることで有名。離車という長者が、仏のもとに赴き、家を護る神を呼んで、災厄をもたらす悪鬼を誡める、という内容をもつ。もとは中国の民間信仰の書であった。古くは、『日本書紀』孝徳紀（六五一年）の記事に見える。

図像学《イコノグラフィー》　美術史において最も基本的な絵画分析の方法論のひとつ。絵画に描かれた図像《イコン》の意味を、同時代の宗教観や社会観などを記した文献をふまえて読み解くことで、その絵画が示す主題や寓意《ぐうい》を明らかにする。

石鎚山《いしづちさん》　西条市南部にある二〇〇〇メートル級の山、西日本の最高峰。伊予における山岳信仰の霊地。古く『日本霊異記』に初見。

『一尋集《いちじんしゅう》』　一一世紀後半に成立したと推定される天台宗の口伝《くでん》書。体裁は上・下巻と遺補からなる一書。天台宗の口伝法門の文献としては最初期にあたる。中国仏典からの引用も多い。作者は、良義というが、経歴や出身については、不明。

『一切経《いっさいきょう》』　一切の経典の意味。『大蔵《たいぞう》経』と同義で用いられる。経・律・論の三蔵とその注釈書などを含む経典の総称。経は釈迦の教説、律は僧侶の規律、論は経・律の解説書のこと。唐代の智昇の編纂による『開元釈教録』によると、その総数は一〇七六部五〇四八巻。日本での『一切経』の初見は、白雉二年（六五一）に味経《あじふの》宮《みや》で『一切経』を読ませたとする『日本書紀』の記事である。書写には莫大な費用が必要であったが、奈良時代には官営の写経所を中心に多く書写された。平安時代以降も多く写経されたが、中国や朝鮮半島で印刷された版経も多く輸入された。

一心三観《いっしんさんがん》　天台宗の観法の一つ。執《と》われの心を打ち破る〈空観〉、すべての現象が仮のものであることを悟る〈仮観〉、あらゆるものを超越した境地へといたる〈中観〉の三つを同時に、一つの〈心〉のうちに観ずる仏教修法。

『今物語《いまものがたり》』　鎌倉時代中期の世俗説話集。藤原信実の編纂か。宮廷や寺院における説話が中心を占め、そのほとんどに和歌や連歌が組み込まれている。一方で末尾には僧侶の失敗談なども見られる。

院参《いんざん》　院に出仕・伺候すること。院は譲位した天皇＝上皇を指すが、中宮・皇后などで女院号の宣下を受けた女性も院と呼ぶ。

院宣《いんぜん》　平安時代以降、院司が上皇または法皇の命令を受けて出す文書。私的なものから公的なものまで内容は多様であるが、院政期になって公的な面での重要性を増した。

誓約《うけい》　神意を占う法。表現としては「甲か、乙か」もしくは「AならばB、CならばD」という選択肢を前提にして占いをする。たとえば、靴を投げて「あした天気になれ」と占うときには、「靴が表なら晴、裏なら雨」というふうに選択肢が、前もって用意されている必要がある。物語や昔話に見える難題の根底には、この誓約の原理がはたらいている。

『宇治拾遺物語《うじしゅういものがたり》』　全一九七話。成立は鎌倉時代か。編者未詳。世俗説話集であるが『今昔物語集』との共通話も多い。

『宇治大納言物語《うじだいなごんものがたり》』 散逸した物語。現存する『今昔物語集』『宇治拾遺物語』の祖形と推定される。

『打聞集《うちぎきしゅう》』 一巻二七話。編者不詳。一九二五年に近江の金剛輪寺で唯一の伝本が発見された。長承三年（一一三四）の奥書があり、書写者は叡山の僧栄源。和文体の説話集で、『今昔物語集』『宇治拾遺物語』などとの共通話を多くもつ。

盂蘭盆会《うらぼんえ》 日本では、「盆」または「お盆」と略称され、祖霊に対する民俗信仰と習合し広く行われた行事。七月一五日に先祖の霊を招いて僧に読経を依頼し、さらに僧を接待することで功徳を積み、それをもって先祖を供養することを目的とする。インドにおいて、僧が亡親などへの追善のために盆器に食事を盛ってさしあげた供養がはじまりといい、中国で盛んに行われた。特に中国では、釈迦の弟子目連《もくれん》が、地獄にいる母を救うために盂蘭盆会を始めたと記す『盂蘭盆経』が制作され、その後、日本でも『盂蘭盆経』と目連救母説話はともに広く受容され、文学にも影響を与えている。

穢食《えじき》 不浄な食べ物。

絵解《えと》き 寺院において、地獄極楽絵巻、高僧絵伝、寺社縁起、曼荼羅絵などを、会衆に説き語ること。内容は実に多様で、有名な『当麻《たいま》曼荼羅』『十王図』『涅槃絵』『熊野曼荼羅』『一遍上人絵伝』『九相図《くそうず》』などの他、物語や伝説を説いたものもある。もとは宗教的なものだったが、後に熊野比丘尼などの活躍によって芸能化し、各地に普及した。

円宗寺二会《えんしゅうじにえ》 円宗寺は仁和寺の南にあった寺。後三条天皇の御願により建立された。最初は円明寺と称し、延久二年（一〇七〇）に落慶供養が営まれ、翌年に円宗寺と改称された。京都で行われた三大勅会（天皇の御願で行う法会）である北京三会のうち、法華会と最勝会が行われた。

円宗寺二会とは、その二つの法会を指す。北京三会は基本的に天台宗系の僧侶が出仕したが、そこで出仕することで僧綱《そうごう》（朝廷の定める僧官と僧位）に補任される重要な法会であった。

『延暦僧録《えんりゃくそうろく》』 唐僧思託が延暦七年（七八八）に撰した僧伝。もと一〇巻とされるが、その大半が散逸した。わずかに『扶桑略記』『日本高僧伝要文抄』『東大寺要録』などに部分的に引用されているものが残る。

往生譚《おうじょうたん》 現世を去って仏の浄土、特に極楽浄土に生まれ変わることを中心とした説話。

応和《おうわ》の宗論《しゅうろん》 応和三年（九六三）に宮中の村上天皇の御前で行われた論争。法華十講が行われることになり、天台宗と南都（奈良）僧からそれぞれ一〇人が呼ばれ、問答議論によって法華三部経の意義を明らかにしようとした論義。天台宗の拠る一乗思想（皆が等しく仏になることができるとする説）と法相宗《ほっそうしゅう》の拠る三乗思想（人の悟りの素質は三種類に分けられるとする説）の優劣が争われた。『扶桑略記』は、良源の活躍による天台宗の優勢で記述を終えるが、院政期成立の歴史書『仏法伝来次第』では、法相宗仲算の活躍で法相宗の優越が認められたとする。

怪異記事《かいいきじ》 現実には起こりえないと思われるような不思議な出来事についての記事。不思議な力を使う人間や妖怪、珍しい種類・様態の動物、天変地異、火災などについての記事のこと。

開眼供養《かいげんくよう》 新たに造られた仏像・仏画を堂宇に安置し、仏眼を開き魂を請じ入れるための儀式。香華《こうげ》・護摩《ごま》・灯明《とうみょう》などの供養を行う。この儀式を終えてはじめて神聖な像となる。

戒師《かいし》 戒を授ける師僧のこと。世俗の生活を棄てて出家する時は、師僧から、僧尼が守るべき戒律である「沙弥《しゃみ》戒（十戒）」や「具足《ぐそく》戒（比丘・比丘尼の場合）」を授けられて仏門に入る。

火界呪《かかいじゅ》 不動明王の真言陀羅尼（密教の呪文の一

種)。ここでは蘇生のために唱えられた。

葛城《かづらき》　大阪府と奈良県との境にある金剛山地北部の主峰で、金剛山ともいう。『金剛山内外両院代々古今記録』によると、行基・聖宝《しょうほう》・観賢や興福寺の僧などがこの地で修行したという。特に役《えんの》小角《おづぬ》の一言主《ひとことぬし》神呪縛の伝説は有名。

『閑居友《かんきょのとも》』　一旦完成したのち、編者自らの書き継ぎによって鎌倉時代前期の承久四年(一二二二)に成立した仏教説話集。編者は九条道家の兄である慶政。全二巻で上巻二一話、下巻一一話と多くはないが、独自の説話が目立つ。そして何より女性の死体の腐敗から不浄観を説くものなど、特徴的な女性説話が多い。これは書き継ぎの直接的な動機となった高貴な女性からの依頼による影響とも考えられる。

灌頂三摩耶《かんじょうさんまや》　灌頂とは水を頭に注ぐという意。元来はインドの王の即位儀礼。仏教に取り入れられ、修行者である菩薩が最上の境地に入るときに、それを認める儀礼となった。さらに密教では、師が弟子に教えを継承させることを示す重要な儀礼。三摩耶は三昧耶とも書き、密教では仏の本誓、すなわち如来・菩薩の衆生を救済するとの誓願を意味する。それに基づく戒律が三昧耶戒であり、これを保つものは僧俗を問わずに密教行者であるとされる。

勧進《かんじん》　仏僧が人びとを仏道に入らせることを目的とした教化。しだいに寺社の造営・修築、寺領の架橋・道づくりのために米・銭を集める行為を示すようになった。奈良時代の行基のころからはじまる。

「観心十法界図《かんしんじゅっぽうかいず》」　正式には「円頓《えんどん》観心十法界図」と呼ばれ、「心」の字を中心に、その円周へ十界(声聞《しょうもん》界・縁覚《えんがく》界・菩薩界・仏界・地獄界・餓《が》鬼《き》界・畜生《ちくしょう》界・修羅《しゅら》界・人間界・天上界)を配置した宗教画。「熊野観心十界曼荼羅」の源流にあたる仏教画であるとされ、古くは中国宋代の仏典『天竺別集《てんじくべっしゅう》』（一一四一年刊）の図版が知られている。

勧進帳《かんじんちょう》　勧進のために金品を募る旨の内容を記して、人々に読みきかせる巻物。

勧進柄杓《かんじんびしゃく》　中世末期から近世前期にかけて、仏僧や熊野比丘尼《びくに》などが勧進行為や絵解きをする際に、人びとから米・銭の寄進を受け取るために差し出した柄杓。熊野比丘尼の絵解きでは、従者の小比丘尼（子供の尼僧）が柄杓をもって聴衆のあいだをめぐり、寄付を募った。

『観無量寿経《かんむりょうじゅきょう》』　浄土三部経の一つ。「観経」とも。無量寿仏＝阿弥陀仏の救済と西方の極楽浄土を説き、阿弥陀仏と西方浄土を観想（集中して思いを凝らす）する方法を説く。

寄進《きしん》　祈願や感謝や信仰の証として、神仏に土地・金銭・財物などを献上すること。寄進された土地等々は寺社の財産となるので、寄進した品目・趣旨を記した寄進状・施入状などは重要な文書として保管された。

奇瑞《きずい》　不思議な吉兆。本来、仏法にかかわる瑞兆をいい、如来が衆生を教化するための奇蹟のこと。

及丁冠者《ぎっちょうかんじゃ》　毬杖《ぎっちょう》冠者のこと。「毬杖好きの若造」という意味。この時、後鳥羽院は二〇歳、文覚は覚一本によると八〇歳をこえている。「及丁」は毬杖のことで、は正月に行われる遊びの一つ。槌の形をした杖で直径一一センチくらいの木製の毬を打つ。後鳥羽院が毬杖を愛したことは他には見えない。

狂言《きょうげん》「泣尼《なきあま》」　出家狂言の一種。ある住持が法話を盛り上げるために「泣尼」という異名をとる老尼をサクラとして雇う。説法が始まると肝心の尼は眠ってしまう。説法後に尼は約束していたお布施を要求するが、住持は怒って老尼を突き飛ばして逃亡するというもの。

教説書《きょうせつしょ》　女性に対して亡き人への追善供養を勧め

た書物。初七日から十三回忌までに対応する十三の仏を表し、最後の三十三回忌には虚空蔵《こくぞう》菩薩を描く。また熊野比丘尼の教えを記した教本テキストであった。

「熊野観心十界曼荼羅《くまのかんしんじゅっかいまんだら》」　熊野信仰と結びついた宗教画。おもに熊野三山（本宮・新宮・那智）の山伏や熊野比丘尼（尼僧）によって絵解きされた。制作は室町時代にまで遡る。縦横一メートルを超す大画面に泥絵を用いて描かれ、現在六〇点ほどが確認されている。画には、上部に悟りの世界である声聞《しょうもん》界・縁覚《えんがく》界・菩薩界・仏界を、下部に迷いの世界である地獄界・餓鬼《がき》界・畜生《ちくしょう》界・修羅《しゅら》界・人間界・天上界の十界を描く。

熊野三山検校職《くまのさんざんけんぎょうしょく》　京都において熊野三山（本宮・新宮・那智）の寺社を統括した役職で、平安中期に設置された。当初は名誉職であったが、鎌倉中期以降は園城寺や聖護院門跡《しょうごいんもんぜき》の重代職となり、室町期以降（一四世紀中頃）は、熊野三山に対する実権を掌握することになった。同職は、明治元年（一八六八）まで続き、その後、近代の幕開けと共に失われた。

熊野比丘尼《くまのびくに》　おもに中世末期から近世前期（一七世紀）にかけて、熊野権現の信仰をひろめるために諸国を唱導して歩いた女性の仏教芸能者。加賀笠をかぶり、白衣《はくえ》を身につけ、文箱《ふばこ》を背負った姿をしていた。文箱には、地獄絵や熊野牛王《ごおう》宝印《ほういん》（厄除けの護符《ごふ》）が入っており、旅先の庶民に地獄語りを披露し、牛王宝印を授けることで、集銭を募った。

熊野詣《くまのもうで》　平安後期頃から、上皇や貴族が熊野三山（本宮・新宮・那智）へ参詣巡行を何度も行ったことから、以後、その慣習がしだいに庶民層までひろがり、貴賤男女を問わず、多くの人びとが熊野を訪れた。

啓白《けいびゃく》　法会や修法の際に、仏前で謹んで申し上げること。ここでは一条天皇の蘇生を願った。

外道《げどう》　仏法以外の教え、またはその信奉者。異教徒。仏法外の修行者。釈迦伝には、仏法以前の信仰をつたえる六師外道などが登場し、釈迦の布教を妨げる。また転じて無信心な人でなしを罵倒する語として定着する。

玄旨帰命壇《げんしきみょうだん》　平安時代後期の天台宗法脈である恵《え》檀二流《だんにりゅう》の一つ檀那《だんな》流の流れをくむ一派。室町時代に最も栄え、天台密教の要素をたぶんに含み、祈禱・儀礼を実践するなかで人間生死の本源に近づく教え。また、愛欲こそ悟りの道であると、性交・色欲の意義を積極的に肯定したために淫《いん》祠邪教《しじゃきょう》の扱いをうけ、江戸前期において徹底的に弾圧され、一気に根絶した。真言立川《しんごんたちかわ》流と比較されることも多い。

『廣弘明集《こうぐみょうしゅう》』　三〇巻。唐の道宣の著。天智天皇三年（六六四）成立。梁代の『弘明集』にならい、道教および誦経からの仏教批判に対する反《はん》駁《ばく》として説話、詩文などを集めた書。

『高僧伝《こうそうでん》』　一四巻。梁の慧皎《えこう》の著作で梁高僧伝ともいう。継体天皇一三年（一四九七）成立。正伝二五七人、付見二四三人の高僧について伝記や事蹟、霊験を記す。

薨伝《こうでん》　薨卒伝。四位以上の皇族・貴族の死亡（三位以上は薨、四・五位は卒）記事に付して六国史が記す人物の伝記。

光明真言加持土沙義《こうみょうしんごんかじどしゃぎ》　光明真言は陀羅尼《だらに》の一つ。この真言をもって加持した土砂を死者にかけると生前の罪障が滅するといわれる。大灌頂頂光真言ともいう。

高野《こうや》　和歌山県の高野山《こうやさん》。高野山山頂には、空海開基の金剛峯寺《こんごうぶじ》がある。密教修学の霊場。

『古今集註《こきんしゅうちゅう》』　古今和歌集の注釈書。二〇巻。治承元年（一一七七）九月一二日から二四日まで藤原教長が守覚法親王に講じたもの。後代に、いくつかの『古今集註』が著される。

心字《こころのじ》　熊野比丘尼が絵解きの際に用いた絵図「熊

野観心十界曼荼羅」には、かならず中央に「心」の文字が描かれている。

『古今著聞集《ここんちょもんじゅう》』　鎌倉時代中期の建長六年（一二五四）に成立した世俗説話集。全二〇巻。編者である橘成季の関心に基いて各巻ごとに分類された七〇〇話以上の説話が集積される。我が国においては『今昔物語集』に次ぐ説話量である。

『古事談《こじだん》』　源顕兼編。鎌倉初期に成立した世俗説話集。奈良時代から鎌倉時代までの説話を集め、『宇治拾遺物語』と二〇数話が重なる。

孤立話《こりつわ》　『宇治拾遺物語』には、およそ出典や典拠をもつ説話が多いが、現存する他の文献には伝わらない説話という意味で「孤立」している説話。『宇治拾遺物語』独自の説話であれば、『宇治拾遺物語』の特質がうかがえる可能性がある。

権官賞《ごんかんのしょう》　寺社行幸では訪れた先の寺社の上層部に賞が与えられる。春日社の場合、実質支配権を持っていた興福寺の別当と権別当も賞与の対象となった。権官賞は権別当に対してである。賞は人事の昇進・任官であることが多く、本人に対してだけでなく、賞の譲与も認められていたので、権別当信憲は弟子の重信の大僧都昇進を申請した。

金剛界《こんごうかい》　仏教においてダイヤモンドのように堅固な〈悟りの境地〉を示し、強力な光を放つ世界とされている。日本の真言密教では、ゆるぎない〈知恵の世界〉を意味し、万物不変の真理を示す胎蔵界と一対をなす。

根本中堂《こんぽんちゅうどう》　天台宗の総本山である比叡山延暦寺の本堂。最澄が延暦七年（七八八）に創建した一乗止観院が前身である。現在のものは寛永年間（一六二四～一六四四）に再建されたもの。

『最勝王経《さいしょうおうきょう》』　『金光明経』『金光明最勝経』ともいう。大乗経典のひとつ。日本では唐の義浄の訳が用いられ、内裏の御斎会や諸国の国分寺などで読誦された。護国経典として有名。

『三国伝記《さんごくでんき》』 室町時代の仏教説話集。編者は僧の玄棟であるが、伝未詳。全一二巻で僧、俗、遁世者の三人が天竺、震旦、本朝の話を順番に話していくという構成をとる。これは『太平記』巻第三五「北野通夜物語」の構成に影響されたと言える。

山王大師《さんのうだいし》 滋賀県日吉大社の祭神である「山王権現」を、仏教の立場から呼んだ語。「大師」は、仏菩薩や高徳の僧を敬っていう語。

『三宝絵《さんぼうえ》』 平安時代中期の永観二年（九八四）に成立した仏教説話集。源為憲（?〜一〇一一）編。全三巻。編者の源為憲が出家入道した尊子内親王（冷泉天皇の第二皇子）のために仏教行事などを平易に解説したもの。『三宝絵詞』とも呼ばれ、もともとは絵画とセットになっていたが、現在は本文のみが残る。

『三宝感応要略録《さんぼうかんのうようりゃくろく》』 三巻一六四話。遼僧、非濁（?〜一〇六三）編の仏教説話集。『今昔物語集』天竺、震旦部の重要な出典資料であり、いわゆる二話一類方式の配列にも影響を与えたとされる。

祀官《しかん》 『石清水祀官系図』の場合、「祀官」は八幡大菩薩に仕える祭祀・経営組織の上層部を意図して使われているが、石清水宮の司として平安時代・院政期に「祀官」が用いられた様子はない。護国寺には検校・別当・権別当・修理別当・少別当・上座・権上座・寺主・権寺主・都維那・権都維那といった役職がある。朝廷から任命される「官符」が出される場合と、護国寺で任命する「寺任」の場合があった。俗官の方は、俗別当・権俗別当・神主・権神主で構成される。

持経者《じきょうしゃ》 常に経文を読誦して修行する人。

慈救《じく》の呪《じゅ》 不動明王の呪文。慈救は、衆生をめぐみ救済するという意味。呪は、梵語のまま唱える経文のこと。陀羅尼ともいう。この呪を唱えると災害を免れ、願いがかなうという。文覚は、慈救の呪を三〇万遍唱えて、所願の回数を満たそうとした。

地主神《じしゅしん》　地主権現ともいう。在来の神格。

『私聚百因縁集《ししゅうひゃくいんねんしゅう》』　鎌倉時代中期の正嘉元年（一二五七）に成立した仏教説話集。全九巻。浄土系唱導僧である住信が常陸国で編纂した。原典を忠実に筆録する傾向があり、それは説教に利用される台本的な性格をもつとみられる。

十界互具《じっかいごぐ》　天台宗の教学において、〈迷えるもの〉と〈悟れるもの〉の境地を示した十界がそれぞれ互いに他の諸界を補って成り立っている世界観を示したもの。地獄に堕ちた人びとでも、仏の慈悲によって救われるという仏教的な平等思想にもとづいている。

私度僧《しどそう》　官の許可をえないで剃髪・出家した僧尼《そうに》。剃髪・出家して仏道を修行し（入道）、僧尼となることを得度《とくど》という。日本古代の律令国家は、この許可を与えるのは教団ではなく、国家とした。この許可を得ず私的に得度したものを私度僧といい、発覚すれば罪に問われた。しかし、実際には私度僧として修行を積んだ者を、国家が後に僧侶として認めることもあった。

『沙石集《しゃせきしゅう》』　鎌倉時代後期、弘安四年（一二八三）に成立した仏教説話集。編者は無住。全一〇巻。草稿本の位置づけや後人の改訂増補の可能性を含め、諸本については決していない問題が多く、伝本によって大きく異なる内容を収めるので本文を見る上で特に注意が必要である。また仏教説話集でありながら笑話のような説話が載るのも極めて異例で特徴的。

赤白二渧《しゃくびゃくにてい》　男女の冥合《みょうごう》（性交）を象徴的に示した仏教用語。「赤」とは母親の経血を表し、「白」とは父親の精液を表す。その二つの渧《しずく》が合わさることで生命（身体）が誕生するという仏教思想観にもとづく。

蛇道《じゃどう》　死後、蛇身に生まれ変わるという苦の世界。

十界図《じっかいず》　「迷えるもの」と「悟れるもの」の境地

を一〇種類に分けた仏教の世界観である。一〇種のうち、迷いの世界は地獄界・餓鬼界・畜生界・修羅界・人間界・天上界であり、悟りの世界は声聞界・縁覚界・菩薩界・仏界である。これら十界の世界を絵図にしたものが十界図である。

定印《じょういん》　心を平穏に安定させた瞑想の境地にある状態を両手の形で表すもの。釈迦の定印（禅定印）、阿弥陀如来の場合は阿弥陀定印、胎蔵界大日如来の場合は法界定印、金剛界大日如来の場合は智拳印などと、決まりがある。良宴がどの定印を結んだかは不明。

『聖徳太子伝暦《しょうとくたいしでんりゃく》』　平安時代に成立したとされる聖徳太子の伝記。『日本書紀』を柱として各種の太子伝を利用し聖徳太子の伝説的生涯をまとめた。太子伝の中心的テキストとなり、後代には多くの注釈書が生まれた。

正念《しょうねん》　正法《しょうぼう》を思い続けること。邪魔をするものによって乱されない信心。ここでは、臨終時にも極楽往生を信じて疑わない、一心に念ずる状態。

上表文《じょうひょうぶん》　臣下が君主にたてまつる文書のこと。上書、上疏ともいう。

『勝鬘経《しょうまんきょう》』　釈迦の面前で、舎衛国《しゃえいこく》の波斯匿《はしのく》王の娘、勝鬘夫人が釈迦の神通力を受けて説いた大乗仏教の教えを記す経典。迷いの生活を送る全ての人々の心にある悟りの可能性（如来蔵）について説く。在家における仏教信仰を認める点でも重要な経典。推古天皇一九年（六一一）聖徳太子により、その注釈書が著されたとされる。『維摩経義疏』『法華経義疏』とともに、いわゆる『三経義疏』と総称される『勝鬘経義疏』などである。

神宮寺《じんぐうじ》　神社に付属する寺院。すでに奈良時代から存在したとされ、神仏習合思想の発展を示す指標となった。明治時代の神仏分離令による廃仏毀釈によって廃絶したものが多い。
真言立川流《しんごんたちかわりゅう》　醍醐三宝院の勝覚（一〇五七〜一一二九）の弟子・仁寛《にんかん》（?〜一一一四）により始められた真言宗の一派。仁寛が伊豆へ配流の後、在地の人びとに真言密教の教えを説き、これを武蔵国立川の陰陽師たちが習ったことから、後世にこの一派を立川流と称するようになった。その教理は、色欲の教えを大胆に説き、男女の性交を仏にいたる秘術とするなど、しばしば淫《いん》祠邪教《しじゃきょう》として扱われた。天台宗の玄旨帰命壇と対比されることが多い。
『真言伝《しんごんでん》』　鎌倉時代末期の正中二年（一三二五）に成立した伝記集。全七巻。編者は真言僧栄海。印度、中国、日本にわたって、密教の力が王法を守る歴史を、説話をもって描く。
神身離脱《しんしんりだつ》　古代末期以降に、神がみずからの苦を訴え、仏法による救済を求めるという宗教現象。
真如《しんにょ》　あるがままにある姿のこと。全ての物の本体としての永久に変わらない真理。
神仏習合《しんぶつしゅうごう》　在来の神祇信仰に仏教が融合する宗教現象。
随求陀羅尼《ずいぐだらに》　随求菩薩とは、観音の化身《けしん》のこと。観音の陀羅尼、すなわち呪文をもつことは、修行者がすぐれた効験をそなえていることを示す。
出挙《すいこ》　「出」は貸与、「挙」は回収を表す、利息付き貸借。律令制度の中で行われ、国家が行う公出挙と私人が行う私出挙がある。一年契約で、利息が定められ、債務不履行の場合は財物の差押さえや労働による債務返還の規定もあった。狭義では稲の貸借をさすことが多く、永観が行ったのも稲の私出挙である。
正史《せいし》　正統なものとして国家的に認められた歴史書。また、国家として編修した歴史。中国では紀伝体の歴史書である『史記』から『明史』までの「二十四史」（『新元史』を入れて「二十五史」）をいう。日本では、古代律令国家が編纂した編年体の官撰史書である『日本書紀』『続日本紀』『日本後紀』『続日本後紀』『日本文徳天皇実録』『日本三代実録』の「六国史」が正史とされる。

殺生戒《せっしょうかい》　仏教の戒律の一つ。衆生の命を奪うことは最も罪深いこととされる。

『善家秘記《ぜんけひき》』逸文　三善清行の作と伝える、怪異を記した書。「善家異記」という書名も知られているが、これと同じ内容かどうかは不明。

『撰集抄《せんじゅうしょう》』　西行に仮託された作者未詳の仏教説話集。作者や成立年代には諸説あるが、一三世紀中期には成立していた可能性が高い。高僧はもちろん、武士や遊女などの遁世《とんせ》までも描き、遁世者の理想を説く。

専修念仏《せんじゅねんぶつ》　極楽に往生するために、他行をさしおいて専ら阿弥陀仏の名を称えること。法然は阿弥陀仏本願に絶対帰依《きえ》し、易行である口称念仏以外を雑修として退けた。

千日回峯《せんにちかいほう》　回峯行。比叡山無動寺の相応が始めたという。比叡山の峯や谷を巡り経典の読誦や礼拝などを繰り返して七年間苦行を続け、さらにその後、無動寺で九日間の断食と不眠不休の行を勤め、さらに厳しい修行を続け、合計一〇〇〇日の修行を満じて完成する。

『雑談集《ぞうだんしゅう》』　鎌倉時代後期、嘉元三年（一三〇五）に成立した仏教説話集。編者は無住。全一〇巻。『沙石集』とは異なり、現存諸本の本文には大きな異同は認められない。『沙石集』と同じく仏教説話集でありながら笑話的要素は認められるが、『沙石集』よりは控えめになっている。むしろ、『雑談集』は無住自らがその生い立ちについて詳細に語っていることや昔話など民間説話が豊富に載ることにその特色がある。

尊勝陀羅尼《そんしょうだらに》　仏頂尊勝陀羅尼のこと。災厄を払い延壽の功徳があるとされる。八七句から成る。

『尊卑分脈《そんぴぶんみゃく》』　洞院公定編。藤原氏・源氏・平氏等々

の諸氏系図集。一〇巻。南北朝後期成立。ただし増補・脱落があって、原形どおりではない。新訂増補国史大系版が便利である。

「大安寺碑文《だいあんじひぶん》」　宝亀六年（七七五）淡海三船作と伝えられる。大安寺の創立から碑文が撰された時までの歴史を記す。『続々群書類従』雑部・『大日本仏教全書』「寺誌叢書」に収録。

大官大寺《だいかんだいじ》　藤原京に所在した寺院。朝廷が壇越《だんおち》（檀家）となり、造営と運営を行っていた巨大な寺院。起源は舒明天皇一一年（六三九）に造営された百済大寺に遡り、天武天皇二年（六七三）高市大寺が建立され、同六年（六七七）に改称されて大官大寺となった。弘福寺（川原寺）、法興寺（飛鳥寺）とともに三大官寺として隆盛をきわめた。和銅三年（七一〇）に藤原京から平城京に移され、大安寺と改称した。

『大集経《だいしゅうきょう》』　大乗仏教経典。正式には『大方等大集経』。全六〇巻。釈迦が一〇方の仏菩薩を集めて大乗の法を説いたもの。

胎蔵界《たいぞうかい》　母親が胎内で子供を慈しみ育てるような〈慈悲の世界〉とされている。日本の真言密教では、万物不変の宇宙の真理を意味し、堅固な知恵の世界を示す金剛界と一対をなす。

『大般若経《だいはんにゃきょう》』　大乗仏教経典。正式には『大般若波羅蜜多経』。唐の僧である玄奘《げんじょう》三蔵が国家の一大事業として般若経典をインドなどから持ち帰り、漢訳を行った。全六〇〇巻。

大楽院《だいらくいん》　現在の岡山県瀬戸内市内に、かつて存在した山伏の寺院。室町末期に、熊野那智《なち》山の宗永上人が、弟子の山伏や熊野比丘尼をともなって建立したという。この寺は、京都の醍醐寺三宝院が統括し、多くの仏画や仏像を所蔵していたが、その後荒廃した。

陀我大神《だがだいしん》　陁我大神とも。未詳。近江国多賀大社の祭神か。

陀羅尼《だらに》　教理や教法を記憶し、保持する呪文。一字一句に無限の功徳をもつという。

檀越《だんおつ(おち)》 僧のために布施をほどこす信者のこと。施主・檀那・檀家などとも呼ばれる。

檀那流《だんなりゅう》 平安末期から比叡山を中心に天台教理を口伝・教授する諸流派が誕生し、おもに恵心《えしん》流と檀那流の二つの法脈《ほうみゃく》ができた。檀那流は、そのうちの一つであり、呪法や祈禱《きとう》を行う天台密教の流れをくみ、中世期に盛行を極めた。その秘儀や手法は師匠から弟子へと口伝・切紙《きりかみ》（呪法を記した小紙）によって伝えられ、天台法門としては閉鎖的な傾向がつよいところに特徴があった。

中陰《ちゅういん》 中有《ちゅうう》とも。死の瞬間から（死有）、次に何かに生まれ変わる（生有）までの期間をさす。七日・四十九日・無限定などの説がある。中陰を過ぎると次の生が定まる。転生の先は、極楽は別にして六道が基本である。

重祚《ちょうそ》 譲位した天皇が再び位につく（重ねて践祚する）こと。飛鳥時代の皇極天皇が斉明天皇として、奈良時代の孝謙天皇が称徳天皇として即位した例がある。

追善供養《ついぜんくよう》 死者の滅罪や地獄からの救済を祈って善事を行うこと。また、そのための法会。一般には、四十九日、百日、一・三・七・十三・三十三回（周）忌、あるいは命日《めいにち》や彼岸などに墓前に塔婆《とうば》（梵字・戒名などを書く細長い平板）を建てたり、法具や仏像・堂塔を建てたり、貧者に施行を行ったり、経典を読誦・講説する法会を営む。これらの功徳を積むことで、死者の安穏を祈る。

番論義《つがいろんぎ》 論議とも。論義は仏経に関する議論を、問答の形式で行うもので、法会《ほうえ》の際に行われた。番論義は、研学中の僧から問者・答者を一対として定めて、一番二題で五番一〇題を行うもの。

『恒貞親王伝《つねさだしんのうでん》』 恒貞親王の伝記。一巻。現存するものは首部と中間部に欠失がある。親王没直後から十世紀初頭までの成立とされる。作者については紀長谷雄《きのはせお》とする説と三善清行とする説がある。『続群書類従』伝部に所収。

天狗《てんぐ》の法《ほう》　軍記物語での「天狗」は、仏法や王法に敵対し、人に憑依《ひょうい》して世を乱そうとする天魔や怨霊に近い存在。文覚《もんがく》が天狗の法を成就していることは、正しい仏法者ではなく、怪しげな外法《げほう》を使う山林修行者像を浮かび上がらせる。

『天台灌頂玄旨《てんだいかんじょうげんし》』　中世期に盛行を極めた玄旨帰《き》命《みょう》壇の口伝書の一つ。玄旨帰命壇では、その教えや秘儀を口授・切紙によって師匠から弟子へと受け継いでいたが、本書はそうした口伝を文書として書き残したもの。

天魔《てんま》　欲界（欲望に囚われた生物が住む世界。地獄・餓鬼・畜生・阿修羅・人・天の六道がある）で、もっとも最高所にある天界の第六天の主、魔王のこと。仏や修行者に対して様々な悪事をなし、人が善事を行うのを妨げるので、出離・往生を願う人々にとって、臨終時には妨害を受ける可能性のある危険な存在であった。

同一説話《どういつせつわ》　表現の一致までが認められる、同文性の強い説話。同話ともいう。説話研究の基本は、説話を比較することで、異同を手がかりに説話の個別性や特質を考察することにある。従来、同一説話が比較に最も適した説話と考えられてきた。

導師《どうし》　法会・供養などの時、衆僧の首座となって儀式をとり行う僧の呼称。

鍍金《ときん》　メッキ。重源の活動を助け、東大寺の大仏像の表面に金箔を施すための砂金を得るべく、西行は奥州の藤原秀衡のもとへ旅立った。

都率天《とそつてん》　弥勒菩薩が住む天。歓楽に満たされており、天寿四〇〇〇歳で、この天の一昼夜は人界の四〇〇歳に当たるという。欲界六天の第四天。

独鈷《とっこ》　密教で使う法具。

遁世譚《とんせたん》　俗世間の煩わしさを捨てて静かな生活に

入ること、また仏門に入ることや出家することを中心とした話。後者の意として用いる場合は発心譚とほぼ同義。

那智《なち》　和歌山県那智山中にある那智の滝。那智の千日籠は、『古事談』巻六にもみえる。

『日本霊異記《にほんりょういき》』　正式には『日本国現報善悪霊異記』という。薬師寺僧景戒の編とされる。八一〇〜八二三年ごろの成立。上中下巻で合計一一六話からなる。教義は法相宗の立場という。因果応報の理を説く。いまだ仏教になじまない時代の民衆を教化しようとする厳しさに満ちている。奈良時代における私度僧たちの勧進活動とのかかわりがあるとされる。後代の『今昔物語集』や『三宝絵詞』への影響がみとめられる。

『仁王経《にんのうきょう》』　大乗仏教経典。鳩摩羅什《くまらじゅう》が漢訳した『仏説仁王般若波羅蜜経』と、不空が漢訳した『仁王護国般若波羅蜜多経』の二種がある。ともに全二巻。特に鳩摩羅什訳では国家が仏教界に対して不干渉であることを強く主張している。中国では早くから偽経（サンスクリット本などから翻訳された経典である真経に対して、中国や朝鮮、日本で作られた経典のこと）との説があったが護国経として重視され、中国、朝鮮、日本を通じて、仁王会などの国家仏事に重用された。個人の病や災厄、国家の危機や兵革などを克服するときに用いられることが多い。

羽黒山《はぐろさん》　山形県の羽黒山。東北最大の修験の霊場。『慈慧大師伝』『吾妻鏡』『神道集』などに羽黒修験に関する記載がみえ、平安時代末期には羽黒山に修験教団が成立していた。

人身御供譚《ひとみごくたん》　人の身を神に犠牲として供える物語。「猿神退治」や、橋を守るために犠牲となった人柱などが有名。

飛鉢《ひはつ》の法《ほう》　高徳の僧が、鉢を飛ばして水や食べ物の寄進をうける秘術。逆にいえば、飛鉢の法を駆使できることは高徳の僧である徴《しる》しといえる。

布施を受けることを示す類型的で説話的な表現。

白癩病《びゃくらいびょう》　『令義解』には「悪疾所謂白癩、此病有虫食五臓。或眉睫堕落或鼻柱崩壊、或語声嘶変或支節解落也、亦能注染於傍人。故不可与人同床也」とある。ハンセン病かといわれる。

百鬼夜行譚《ひゃっきやぎょうたん》　夜、妖怪が都大路を列をなして徘徊《はいかい》するという伝説。出会うと場合によっては命を失うと怖れられた。『大鏡』や『今昔物語集』などに見える。

表白《ひょうびゃく》　法会や密教修法を行う時に、その趣旨を本尊・僧・大衆に告げるために読み上げられる文。啓白や開白とも呼ばれる。通常、法会を司る導師が読み上げる。漢文体で記す基本形式にに従うとともに、開催の趣旨や所願を華やかな美文で表現している。これを美声で読み上げることで聴衆の心を打つ時は、神仏も感応し霊験があると信じられていた。空海・最澄作のものも遺されているが、特に平安時代末期の澄憲のものが有名。澄憲は、天台宗の唱導（表白を含む法会での弁説）の一流派である安居院《あぐい》流の祖。彼の表白を集成した『転法輪抄』が有名。

不二道《ふじどう》　「不二」とは「富士」のこと。江戸初期に江戸町人にひろまった「富士講《ふじこう》」の流れをくむ民間信仰。文化年間（一八〇四～一八一八）頃から、江戸近郊の庶民層のあいだで急速にひろまり、とくに家族ぐるみの入信者が多かった。教義は、修験信仰にもとづき富士登山を修行の場とし、日常生活では勤倹の「行《ぎょう》」を旨とした。また子孫繁栄の教えに重きをおき、夫婦和合（性交）を積極的に説いた江戸期の民間信仰であった。

不浄説法《ふじょうせっぽう》　邪法を説き、名聞《みょうもん》利欲のために説くこと。『宝物集』下巻に「道命阿闍梨ハ泉式部ニヲチテ不浄ノ僧也シカドモ、法華経ヲ読テ往生シタリキ」とあるように、好色・妻帯を不浄とする見方もあるが、観智の場合、本来の意味での不浄説法を行った報いが鬼道に堕ちることであった。

『扶桑略記《ふそうりゃくき》』　院政期に成立した歴史書。かつて皇円（一〇七四?～一一六九）の編といわれたが、現在は異論も多い。正史に比べて仏教史に比重が置かれている。

両婦地獄《ふためじごく》　嫉妬の罪をおかした女性たちが堕ちる地獄。恋敵である二人の女性が、蛇となって一人の男性に巻きつき、いつまでも争い続ける地獄である。この地獄観は女性の嫉妬を戒める教訓として示され、江戸時代になって家の考えが庶民層へふかく浸透するなかで育まれた。

『仏祖統紀《ぶっそとうき》』　全五四巻。南宋の志磐の編。一二五九年成立。天台宗の立場から編纂された中国の仏教史書。

不動明王《ふどうみょうおう》　密教では大日如来と並び尊敬される明王。大日如来の教令を受けて、教化しがたい衆生を救うために忿怒《ふんぬ》の相をとる。右手に降魔《ごうま》の剣を、左手に羂索《けんさく》を持つ。

フリーア美術館《びじゅつかん》　アメリカのワシントンＤ．Ｃ．にある美術館。スミソニアン協会が運営する博物館施設のひとつ。デトロイトの実業家チャールズ・ラング・フリーア（一八五四～一九一九）によって設立され、日本のみならずアジアの美術品も数多く所蔵されている。

『闢邪篇《へきじゃへん》』　江戸中期の天台宗の高僧・霊空光謙《れいくうこうけん》（一六五二～一七三九）によって元禄二年（一六八九）に記された書物。天台宗の玄旨帰命壇を淫祀邪教とみなし、同派を徹底的に排除・批判する。この書物が原因で、玄旨帰命壇は一気に衰退し、以後、その流伝が途絶えた。

編年体《へんねんたい》　歴史上の出来事を、年月の順序に従って記す歴史書編纂の方法の一つ。編年体は年、紀伝体は人、紀事本末体は事に主眼をおいた記述といえる。日本では『日本書紀』以降の正史である六国史に編年体が用いられた。紀伝体の歴史書としては『大鏡』『今鏡』が挙げられる。歴史編纂の方法には、ほかに紀伝体や紀事本末体などがある。紀伝体は、皇帝の伝記の「本紀」と臣下の伝記の「列伝」を中心とし、年表・系譜を記す「表」、文化・制度を記す「書（志）」の四部からなる。また、紀事本末体は事件の経緯をまとめて記す形式である。

『法苑珠林《ほうおんじゅりん》』　唐の学僧、道世の編。六六八年成立。一〇〇巻。中国最大規模の仏教的な百科全書。教義、語彙、儀式など一〇〇の項目について解説や実例となる説話を記す。引用書には散逸したものも多く、貴重な資料。最近では『今昔物語集』とは直接の出典関係はないとされる。

法興寺《ほうこうじ》　『日本書紀』によれば、崇峻《すしゅん》天皇元年（五八八）に飛鳥の地で蘇我馬子が寺の造営を発願し、推古天皇四年（五九六）に完成した。飛鳥寺や法興寺などと呼ばれた。天武天皇の代には官寺（造営や維持費を国から受ける寺）となり、養老二年（七一八）には平城京遷都に伴い現在の地に移り、元興寺《がんごうじ》と呼ばれるようになった。

宝幢院《ほうどういん》　現在、滋賀県高島市にある真言宗・宗智山派の寺院。天平二年（七三〇）に、泰澄《たいちょう》（六八二～七六七）が開基したと伝え、一時荒廃したが、嘉吉二年（一四四二）に根来寺の僧・真遍上人によって再建された。同寺には、二一幅の「地蔵十王図」が伝来している。

法然《ほうねん》　法然房源空。一一三三～一二一二年。浄土宗の開祖。比叡山を下りて、阿弥陀仏の名号《みょうごう》を唱えることによって誰もが極楽往生できると説き、当時の多くの人々を感化した。しかし、専修念仏集団の活発な活動は比叡山の僧徒や興福寺の大衆の反感を買い、ついに承元元年（一二〇七）、法然やその弟子たちは讃岐に流罪となった。同年許されて摂津の勝尾寺《かつおじ》に移り、建暦元年（一二一一）に帰京。翌年、弟子の源智に

「一枚起請文」を与えて、東山大谷で滅した。

『宝物集《ほうぶつしゅう》』 鎌倉時代初期の仏教説話集。一説では、平康頼が編纂したとされるが、不明。諸本についても一巻本や二巻本、七巻本など、内容は大きく異なり、特に伝本に注意を払うべき説話集の一種である。

『法華経《ほけきょう》』 初期大乗仏教経典。宇宙の原理・永遠の姓名・菩薩行道などを説く経典。完訳で現存するものは三種であるが、鳩摩羅什の漢訳した『妙法蓮華経』全八巻が最も広く受容されている。日本では、除災招福や滅罪を目的として法会に講義・読誦されることが多い。

法橋《ほっきょう》 僧位（僧に与えられた位階）の一つ。律令制下で僧・僧尼の監督・教導に当たったのが僧綱《そうごう》で、僧正・大僧都・僧都・少僧都・律師の四職がある。この僧綱という官職に対して、貞観六年（八六四）、僧正は法印大和尚位《ほういんだいかしょうい》、大少僧都は法眼和上位《ほうげんかじょうい》、律師は法橋上人位《ほっきょうしょうにんい》という僧位が定められた。しかし、僧尼の統制が緩むにつれ、僧位の秩序も乱れるようになった。

『発心集《ほっしんしゅう》』 鎌倉初期に成立した仏教説話集。鴨長明の編。成立時期は一三世紀の初めか。天台浄土教の立場から、極楽往生をめざした出家発心に至る契機の重要性を説く。

発心譚《ほっしんたん》 仏陀の悟りを得ようと心を起こすこと、また仏門に入ることを中心とした話。発心は発菩提心の略。

法相宗《ほっそうしゅう》 唐の学僧、慈恩大師基（六三二〜六八二）を開祖として成立した仏教学派。唯識《ゆいしき》の立場から諸相の在り方を究明する。日本では元興寺、興福寺を中心として栄え、南都六宗のなかで最も勢力が盛んであった。『日本霊異記』や『今昔物語集』などの説話集は法相宗の立場から編纂されたとされる。

本覚思想《ほんがくしそう》 東アジアにおいて広く展開した仏教思想観。日本ではおもに天台宗において用いられ、平安末期からひろまり、中世期において盛行をむかえた。あるがままの現象世界をそのまま悟りの世界へと置き換える現実肯定主義を本質とする。とくに鎌倉仏教を牽引した天台宗の高僧たちに多大なる影響を与えた仏教思想観。

梵舜本《ぼんしゅんぼん》　江戸時代初期の僧で神道家の梵舜（一五五三〜一六三二）が書写した『沙石集』の伝本の一種。梵舜は『沙石集』のほかに『古事記』や『太平記』なども書写している。長年の間、梵舜本『沙石集』が『沙石集』の初期本文とされてきたが、近年になり梵舜本を改稿本・改編本とする新たな見方が提示されている。

『本朝書籍目録《ほんちょうしょじゃくもくろく》』　編者は諸説あるが、藤原実冬の著か。一三世紀末に成立した図書目録。神事、帝紀以下、約五〇〇部の書籍を掲げる。

『本朝法華験記《ほんちょうほっけげんき》』　三巻一二九話。比叡山僧、鎮源の編。長久年間（一〇四〇〜一〇四四）に成立。『法華経』の霊験譚を集成したもので『今昔物語集』本朝仏法部の主な出典資料のひとつ。

魔《ま》、魔王《まおう》　mara の音写、魔羅（摩羅）。天魔、波旬もほぼ同じ。煩悩によって仏道の成就をさまたげる存在。欲界を支配する第六天、他化自在天の王を魔王とよぶ。釈迦伝の第五に「降魔相」があり、修行中の釈迦が魔王、魔女による数々の誘惑、脅迫を退けたことを語る。日本では天狗と同一視され、仏道修行をさまたげる存在として知られた。

『摩訶止観《まかしかん》』『法華経』を重視した天台教学の重要経典の一つ。一〇巻。天台智顗《てんだいちぎ》著。

『三井続燈記《みいぞくとうき》』　天台宗寺門派の筆頭寺院である三井寺（園城寺《おんじょうじ》）に関する諸記録、及び、寺門派の主要な僧の伝記を集成したもの。園城寺僧、尊通の著作。文明一五年（一四八三）成立。全一〇巻。

弥勒信仰《みろくしんこう》　弥勒菩薩は釈迦に次いで、五六億七〇〇〇万年後にこの世に仏となって現れるという未来仏。すでに菩薩として修行も成就し、都率《とそつ》天《てん》の内院に住する。ここは弥勒の浄土といわれ、死後の転生先として往生が望まれた。日本では八世紀から一〇世紀の頃、都率上生の信仰が流行したが、一一世紀以後には弥勒下生を求める信仰も盛んとなった。

弥勒《みろく》（像《ぞう》）　友愛・慈愛の仏とされ、慈氏とも表される。弥勒の説法や救済について説く弥勒経典のなかで、今は都率天に住むが、釈迦に次いで五六億七〇〇〇万年後に、成仏《じょうぶつ》した如来としてこの世に現れ、一切の人と神を救済するという。釈迦滅後の救済者として信仰され、特に中国・朝鮮半島・日本に広まった。弥勒像は、二世紀に制作されたインド・ガンダーラの仏像が最古とされる。中国での造像は五世紀に遡る。日本へも仏教伝来直後に伝えられ、飛鳥時代より造像されていた。

『明月記《めいげつき》』　歌人である藤原定家の漢文日記。治承四～嘉禎元年（一一八〇～一二三五）の分が現存する。政治状況・歌壇や社会状況・自身や親族のこと、心情の吐露など、内容は詳細かつ豊富で、この時代の第一級史料である。

『冥報記《めいほうき》』　三巻。唐の唐臨編の仏教説話集。六五三年成立。冥界蘇生譚や霊験譚などの説話が多い。中国では散逸したが、日本では高山寺本、前田家本、知恩院本などの古写本が残る。

問者《もんじゃ》　講での質問者。法会では一般的に出席する僧は役割と人数があらかじめ決められ、経典を読誦する読師、それを講説する講師、質問をする問者、論議の判定をする証誠（あるいは探題）が定められ、問者は聴衆の中から選ばれた。講師の経典解説に対し、問者が質問する形式で論議が行われた。格式の高い法会に聴衆や講師として出仕できると、僧綱への昇進が可能になった。

維摩会《ゆいまえ》　興福寺で行われる『維摩経』を講讃する

法会。『維摩会表白』によると、藤原鎌足が病の際に、『維摩経』を読誦したことで癒えたことから、『維摩経』を重んじる法会が始められた。鎌足の子不比等も『維摩経』を重視し、興福寺を建立し、維摩会を始めた。後に鎌足の忌日《きじつ》に合わせて一〇月一〇日から七日間で行うことが定められ、延暦二〇年（八〇一）の勅命により永く興福寺で行うことになり、明治維新まで存続した。宮中御斎会、薬師寺最勝会とともに僧綱補任《ぶにん》につながる南京三会として有名。

『維摩経《ゆいまきょう》』　大乗経典のひとつ。在家の維摩が高度な教理を展開し、菩薩のみならず釈尊をしのいだという内容をもつ。その論破の過程は文学的で、日本文学に影響を与えたとされる。

『濫觴抄《らんしょうしょう》』　鎌倉時代末期成立。著者は不明。宮廷行事や仏教行事など和漢の物事の始原を四〇〇条にわたって記す。独自の記述もあるが、多くは『扶桑略記』など先行する書物からの引用で成り立っている。現在では散逸している書物の記事も含まれる。

龍王《りゅうおう》　雨・水力をつかさどる龍の神力を有する。仏教では八大龍王をさす。延慶本『平家物語』では、波風を鎮めることができたのは文覚が八大龍王に守護されているからと説く。

臨済宗《りんざいしゅう》　曹洞宗《そうとうしゅう》、黄檗宗《おうばくしゅう》とならぶ禅宗の一派。開祖は唐の臨済義玄。公案の工夫による修行を重視する臨済宗は楊岐派・黄竜派に分かれていく。日本では鎌倉時代初期に入宋した栄西が黄竜派の禅を伝えたことに始まる。

類似説話《るいじせつわ》　表現の一致にまでは及ばないが、構成が同じか、もしくは類似した説話。従来、類似説話は、同一説話に次いで比較に適した説話と考えられてきた。類話ともいう。

歴史叙述《れきしじょじゅつ》　歴史について述べる行為のこと。歴史は先験的に存在するのではなく、叙述されることによって、はじめて表れてくるものであるとされる。

『歴代三宝紀《れきだいさんぼうき》』　全一五巻。隋の費長房の著作。五九七年成立。五巻から随までの仏教的事蹟や訳経をもとに仏教交通の歴史を叙述する。

六代御前《ろくだいごぜん》　平清盛の嫡系最後の人物で、平維盛《これもり》の長男。六代の名は、平正盛から数えて六代目の正嫡にあたることに由来する。平家滅亡後、北条時政に捕らえられ斬られそうになったところを、文覚に助けられ出家した。この六代と文覚の物語は、御伽草子や能などに展開をみせる。

話末評語《わまつひょうご》　説話の末尾に付された、内容に対して批評や感想、教訓の提示や主題の確認、伝承経路の説明などを総称してよぶ。説話内容に対する説話集編者の意図がうかがえる場合もあり、作品理解のうえでひとつの手がかりとなる。

説話を読むためにお勧めの本

説話研究の研究史における注釈研究や、歴史的な意義をもつ論考は他の機会に譲り、これから説話を読もうとする人のために、稿者が読者の方にぜひお勧めしたい著書をまとめて挙げた。なお配列は、出版された刊行年の古いものの順とし、比較的手に取りやすいものに限った。


藤本徳明『中世仏教説話論』笠間書院、一九七七年。

桜井好朗『中世日本文化の形成—神話と歴史叙述』東京大学出版会、一九八一年。

池上洵一『『今昔物語集』の世界　中世のあけぼの』筑摩書房、一九八三年。

黒田俊雄『王法と仏法—中世史の構図』法蔵館、一九八三年。増補版、二〇〇一年。

小峯和明『今昔物語集の形成と構造』笠間書院、一九八五年。増補版、一九九三年。

美濃部重克『中世伝承文学の諸相』和泉書院、一九八八年。

池上洵一編『島原松平文庫蔵　古事談抜書の研究』和泉書院、一九八九年。

徳田和夫『イメージ・リーディング叢書　絵語りと物語り』平凡社、一九九〇年。

高取正男『神道の成立』平凡社、一九九三年。初版、一九七九年。

南方熊楠『十二支考』岩波文庫、一九九四年。初版、飯倉照平校訂、東洋文庫、一九七二年。

曽根正人編『論集奈良仏教　第4巻　神々と奈良仏教』雄山閣出版、一九九五年。

末木文美士『日本仏教史―思想史としてのアプローチ―』新潮文庫、一九九六年。初版、新潮社、一九九二年。

西山克『聖地の想像力―参詣曼荼羅を読む―』法蔵館、一九九八年。

小松和彦『異界と日本人』角川ソフィア文庫、二〇一五年。初版、角川書店、二〇〇三年。

小峯和明『『野馬台詩』の謎―歴史叙述としての未来記―』岩波書店、二〇〇三年。

井上光貞『井上光貞―わたくしの古代史学―』日本図書センター、二〇〇四年。初版、文藝春秋、一九八二年。

速水侑『平安仏教と末法思想』吉川弘文館、二〇〇六年。

堤邦彦『女人蛇体―偏愛の江戸怪談史―』角川学芸出版、二〇〇六年。

浅見和彦編『『古事談』を読み解く』笠間書院、二〇〇八年。

小川剛生『中世の書物と学問』山川出版社、二〇〇九年。

廣田收『『宇治拾遺物語』の中の昔話』新典社、二〇〇九年。

浅見和彦他編『古事談抄　全釈』笠間書院、二〇一〇年。

釈徹宗『おてらくご―落語の中の浄土真宗―』本願寺出版社、二〇一〇年。

大津雄一他編『平家物語大事典』東京書籍、二〇一〇年。

堤邦彦・徳田和夫編『遊楽と信仰の文化学』森話社、二〇一〇年。

阿部泰郎『中世日本の宗教テクスト体系』名古屋大学出版会、二〇一三年。

あとがき

本書は、関西を中心としていつも顔を合わせる研究仲間のうちで、説話を対象として「みんなで何かできないか」という思いが集まり、特に誰がというわけではなく、いわば自然発生的に立てられた企画です。あえていえば、日頃から格闘している説話集をそれぞれが抱えているので、それなら説話集ごとに、登場する僧の描かれ方を手がかりに、説話の魅力を論じてはどうか、という狙いをもって制作されました。本書を御読みいただいた方が、「ちょっと読んでみようか」と説話集を新たに開いていただくきっかけになれば、私たちにはこれ以上ない喜びです。

ただ、そのような願いが本当に実現できたかどうかは分かりませんが、ともかく僭越ながら年長であることだけをもって、私が原稿のとりまとめ役をさせていただいた次第です。

末尾となってしまいましたが、いつもながら、このような若書きの書物の刊行を御許しいただいた岡元学実社長に心からの謝意を申し上げたく存じます。また、いつも細かいにところにまで目配りをしてくださる編集部小松由紀子さんと、読みにくい原稿の隅々まで行き届いた注意を向けてくださり、拙い内容を読めるものにまで引き上げてくださった田代幸子さんとの御二人に、執筆者を代表し、心を籠めて御礼の言葉を申し上げます。

二〇一六年一〇月

廣　田　收

教授。博士（文学）。「袈裟と女人—真福寺大須文庫蔵『袈裟表相』を中心として—」『説話文学研究』45号（2010年7月）、『中世真言僧の言説と歴史認識』（勉誠出版、2015年）、など。

久禮 旦雄（くれ・あさお）

1982年大阪府生まれ。京都大学大学院法学研究科修了。博士（法学）。モラロジー研究所道徳科学研究センター研究員。『日本年号史大事典』（共著、雄山閣、2014年）、「「年中行事」の淵源—伊勢神宮における節日儀礼をめぐって—」『藝林』60巻2号（2011年10月）、「神祇令・神祇官の成立—古代王権と祭祀の論理—」『ヒストリア』241号（2013年12月）、「境界を越えるもの—『出雲風土記』の鬼と神」『アジア遊学187　怪異を媒介するもの』（勉誠出版、2015年）、など。

三好 俊徳（みよし・としのり）

1980年福井県生まれ。名古屋大学文学研究科博士後期課程単位取得退学。博士（文学）。名古屋大学文学研究科研究員。「仏教史叙述のなかの宗論—応和の宗論に関連するテクストをめぐって—」『日本宗教文化史研究』12巻1号（2008年5月）、「聖教としての史書—中世寺院における歴史叙述—」阿部泰郎編『中世文学と寺院資料・聖教』（竹林舎、2010年）、「『酒飯論絵巻』成立背景としての宗論—中世寺院における宗論テクスト—」伊藤信博・クレール＝碧子＝ブリッセ・増尾伸一郎編『『酒飯論絵巻』影印と研究　文化庁本・フランス国立図書館本とその周辺』（臨川書店、2015年）、など。

城阪 早紀（きさか・さき）

1990年京都府生まれ。同志社大学大学院文学研究科博士後期課程。「覚一本『平家物語』における文覚像—その呼称から—」『同志社国文学』79号（2013年12月）、「『保元物語』の合戦場面における源為朝・源義朝の描出法—半井本と金刀比羅蔵本との比較から—」『同志社国文学』84号（2016年3月）、など。

鈴木 堅弘（すずき・けんこう）

1977年愛知県生まれ。総合研究大学院大学（国際日本文化研究センター）博士後期課程修了。博士（学術）。京都精華大学嘱託講師。「「山中温泉縁起絵巻」から読み解く霊場と信仰—寺社縁起・温泉霊場・白山信仰—」『佛教藝術』338号（2015年1月）、「『萩野堂縁起絵巻』と洞門説話—秩父三十四観音霊場・曹洞宗・神人化度説話—」『説話・伝承学』23号（2015年3月）、「近世怪異譚と春画」『ユリイカ　臨時増刊号　春画』（青土社、2015年12月）、など。

《執筆者紹介》（掲載順）

久留島 元（くるしま・はじめ）
1985年兵庫県生まれ。同志社大学大学院文学研究科博士後期課程修了。博士（国文学）。同志社大学、京都造形芸術大学、園田学園女子大学嘱託講師。『怪異学入門』（共著、岩田書院、2012年）、『江戸怪談を読む　皿屋敷幽霊お菊と皿と井戸』（共著、白澤社、2015年）、「メディアとしての能と怪異」『アジア遊学187　怪異を媒介するもの』（勉誠出版、2015年）、など。

廣田 收（ひろた・おさむ）
1949年大阪府生まれ。同志社大学大学院文学研究科修士課程修了。同志社大学文学部教授。博士（国文学）。『『宇治拾遺物語』表現の研究』（笠間書院、2003年）、『『宇治拾遺物語』「世俗説話」の研究』（笠間書院、2004年）、『『宇治拾遺物語』の中の昔話』（新典社、2009年）、『入門　説話比較の方法論』（勉誠出版、2014年）、など。

生井 真理子（なまい・まりこ）
1951年北海道生まれ。同志社大学大学院文学研究科修士課程修了。同志社大学、大阪産業大学、大阪樟蔭女子大学非常勤講師。「大安寺塔中院建立縁起と石清水」『仏教文学』（第39号、2014年4月）、「長徳元年の「石清水遷座縁起」について」神戸説話研究会編『論集　中世・近世説話と説話集』（和泉書院、2014年）、「行教と八幡遷座説話群—縁起と託宣—」廣田收編『日本古典文学の方法』（新典社、2015年）、など。

加美 甲多（かみ・こうた）
1978年兵庫県生まれ。同志社大学大学院文学研究科博士後期課程修了。博士（国文学）。京都精華大学専任講師。「無住と梵舜本『沙石集』の位置」小島孝之監修『無住　研究と資料』（あるむ、2011年）、「後世における『沙石集』受容の在り方と意義—「思潮」としての『沙石集』—」大取一馬編『日本文学とその周辺』（思文閣出版、2014年）、「『沙石集』から『観音冥応集』へ—中世から近世への架け橋として—」神戸説話研究会編『論集　中世・近世説話と説話集』（和泉書院、2014年）、など。

佐藤 愛弓（さとう・あゆみ）
1970年神奈川県生まれ。名古屋大学大学院文学研究科修了。天理大学文学部准

説話《せつわ》の中《なか》の僧《そう》たち　新典社選書 80

2016 年 11 月 22 日　初刷発行

編　者　京都仏教説話研究会
発行者　岡元　学実

発行所　株式会社　新 典 社

〒101－0051　東京都千代田区神田神保町1－44－11
営業部　03－3233－8051　編集部　03－3233－8052
ＦＡＸ　03－3233－8053　振　替　00170－0－26932

印刷所 惠友印刷㈱　製本所 牧製本印刷㈱

ISBN978-4-7879-6830-2 C1395

http://www.shintensha.co.jp/　E-Mail:info@shintensha.co.jp